재조일본인이 본 조선인의 심상 2

『조선 및 만주』의 조선문예물 번역집

재조일본인이 본 조선인의 심상 2

『조선 및 만주』의 조선문예물 번역집

김효순·송혜경 편역

역락

❘ 역자 서문

『조선(및 만주)』(1908.3~1941)는 식민지 조선에서 34년에 걸쳐 간행된 최장수 일본어종합잡지이다. 창간 목적은 재조일본인들의 이익을 도모하고 식민정책을 선전하며 내지의 일본인에게 조선 이주에 대한 정보를 제공하는 것으로, 그 안에는 일제의 식민정책의 변화에 연동하여 도한한 재조일본인들의 실상을 그대로 보여주는 다양한 목소리가 풍부하게 포함되어 있다. 이는 1908년 3월 샤쿠오 슌조(釈尾春芿)에 의해 『조선』으로 창간되었으며, 한일병합 후에는 '대륙팽창의 제국주의적 지향성'(임성모, 「월간『조선급만주』 해제」, 일한서방/ 조선잡지사/ 조선 및 만주사『조선 및 만주』 호성사/ 어문학사, 1998~2005)이 작용하여 잡지의 제목을 『조선 및 만주』로 개제한다. 잡지의 구성은 주장, 시사평론, 논설, 인물품평, 잡찬(雜纂), 문예, 실업자료, 주요기사, 조선문답, 만주문답, 시사일지 등으로 이루어져 있다. 이 중 문예란은 소설, 여행기, 번역소설, 수필 등의 산문과 와카, 하이쿠, 한시 등 다양한 장르를 게재하고 있을 뿐만 아니라 조선문예물도 다수 게재되어 있다.

창간된 1908년에는 거의 매호 빠짐없이 조선문예물을 번역하여 게재하고 있고, 1914년 이후에 일시적으로 감소했다가 1920년대가 되면 조선의 가요, 시조, 이언, 고전소설, 민담, 설화 등 다양한 장르에 걸쳐 번역이 이루어지고 있다. 이와 같은 조신문예물은 있는 그대로 번역된 것이 아니라, 번역자의 시선에 의해 선택되고 해석되고 편집되는 과정을 거치면서, 식민정책을 실현하는 데 필요한 식민지지의 일부로서 정리되고 체계화되었다. 그러한 재조일본인의 선택과 해설과 편집에는 제국주의적 시선이 바탕에 있겠지만, 우리가 알지 못했던 혹은 당연한 것으로 여겼던 조선인의 심성 문화 등의 특수성이 생생하게 드러나고 있고, 문예 혹은 문화로서의 조선문예물에 대한 인식이 드러나고 있어 흥미롭다. 본서는 역자가 식민지시기 일본어로 번역된 조선문예물을 연구하는 과정에서 한국 독자에게 소개하기 위해 정리해 두었던『조선(및 만주)』에 게재된 조선의 민담, 설화, 동화 등 전통문예물 관련 기사를 발췌하여 번역한 것이다.

이들 조선 전통문예물 번역에 드러나는 재조일본인의 조선 문예물 혹은 문화에 대한 시선은 언어 문화 정책의 변화에 따라 시기별 차이를 보이고 있는데 대략 다음과 같이 정리해 볼 수 있다.

첫째, 1908년에서 1919년 동안『조선(및 만주)』에는 식민지 조선에 대한 정보제공의 의미로서 조선의 문예물이 번역, 게재됨과 동시에 언어예술로서의 조선문예물에 대한 인식이 공존하고 있었다. 이러한 인식에서 조선 문예물이 적극적으로 소개되고 있었고, 조선의 가요, 속요, 동요, 시조, 이언(俚諺), 신체시(新体詩), 소설, 야담집(野談集), 속언 등 다양한 장르의 번역물이 게재되었다. 동시에 조선의 문예를 번역, 소개하는 것의 의의는 '그 나라의 진정을 직사한 것이 많'아, '조선을 알고자 하는 자에게는' '좋은 재료'(감소자(甘笑子)「조선의 가요1 (朝鮮の歌謡)(一)」『조선』제1권 제3호, 1908.5)라고 하거나 '한시를 직역하여 흥이 소연한 가운데에도 한 나라의 특징이 분명하기 때문에 세상 사람들이 참고로 할 만하다'(마쓰오 메이케(松尾茂吉) 「남훈태평가1(南薰太平歌)(一)」『조선』 제1권 제4호, 1908.6, p.52.)는 인식, 즉 좋은 정보자료로서의 가치가 있다고 하는 인식을 엿볼 수 있다.

둘째, 1920년대 3·1운동 이후 내선융화나 일시동인 등을 표방하는 문화정책 실시에 의해, 조선민중과 일선에서 접하는 총독부 관리, 경찰관, 지방관청의 관리들은 조선인과의 의사소통, 승진이라는 실리추구를 위해 조선어 습득과 조선사정 이해의 필요성이 증가하였다. 이러한 정책과 맥을 같이 하여 조선 문예물 채록·수집·번역 등이 눈에 띠게 되었고 따라서 이 시기에는 총독부 관리나 경성제국대학 교수 등이 관여하는 관주도의 번역이 활발하였다.

셋째, 조선사회의 저변을 유지하고 있는 민중의 언어, 사상, 심리, 풍속, 일상적 습관 등을 알 수 있는 내용이 압도적으로 많다는 점이다. 3·1운동 이후 내선일체, 일시동인 등 동화정책을 실현하는 주체는 조선민중을 일선에서 접하는 면이나 군 등 지방자치단체의 말단관리나 경찰관, 금융조합장이고, 이들은 동화정책의 대상인 조선민중들과 소통하고 이해할 필요가 있었다. 따라서 그러한 조선 민중의 언어나 사상, 심리 등이 잘 나타나 있는 장르인 즉 속요, 민요, 이언, 풍속, 전설, 민담, 미신에 대한 채집과 연구의 필요성이 대두되었다. 예를 들어 청구동인(靑丘同人)의 '조선의 연문학(朝鮮の軟文学)'에 대

한 고찰과 조선총독부 학편집과 이원규(朝鮮総督府学編輯課李源圭)의 '조선민요와 가요'에 대한 고찰기사는 시조나 한시, 한문위주의 상류계층의 문학과 민중의 삶이 생생하게 살아 숨 쉬는 대중문예물의 가치를 분명하게 구분, 정리하고 있다. 청구동인은 '조선의 연문학(軟文學)'의 범위를 '소설, 설화, 이언, 가요, 말장난 등 모두 대중적 문학'으로 정의하고, 이러한 연문학은, '적어도 300년이나 계속해서 민간에게 애독되고 있는 이상은 조선민족 공통적인 사상, 감정이 흐른다고 봐도 된다. 조선인의 인정, 풍속, 습관에 들어맞는다.'(청구동인 「조선의 연문학에 나타난 양성문제에 대한 사회적 고찰(1) (朝鮮の軟文学に現はれた両性問題に対する社会的考察(1))」『조선 및 만주』 제234호, 1927.5)라고 하며, 그 가치를 역설하고 있다. 총독부 관리 이원규 역시 민요는 '민중의 소박한 심정을 발로'시키는 문학이라 하며 지식계급과 민중의 문예를 구별하고, 다양한 종류의 민요, 가요 등을 <조선민요의 유래와 이에 나타난 민족성의 일단(朝鮮民謠の由来と此に現はれたる民族性の一端)> 시리즈(제248호, 1928.7 / 제249호, 1928.8 / 제250호, 1928.9 / 제253호, 1928.12 / 제259호, 1929.6) 등의 기사에서 상세히 소개하고 있다. 이 안에서 이원규는 민요는 기록으로 남아 있는 것이 적어 수집에 어려움이 있지만, '문필자가 돌아보지 않는데 민요의 진면목이 있다', '오히려 기록에 의지하지 않고 살아있는 입으로 발랄한 생명을 전하는데 또 다른 흥미가 있다'(이원규 「조선민요의 유래와 이에 나타난 민족성의 일단」『조선 및 만주』 제248호, 1928.7) 하며 높이 평가하고 있다.

또한 재조일본인들은 상당한 분량의 조선의 미신도 수집하여 분석하고 있다. 하마구치 요시미쓰(浜口良光)는 「조선의 미신에 대해서(朝鮮の迷信について)」(『조선 및 만주』 제204호, 1924)에서 미신이 조선 민족의 생활을 깊게 이해할 수 있는 수단이라 파악하여, 미신을 인간사, 병환, 기상, 동물 등의 범주로 세분화하여 조선인의 심상을 연구하고 있다. 이들 미신들은 짧은 글들이지만 조선인들의 남존여비 사상, 농본주의 정신, 사생관 등을 그대로 드러내고 있다. 특히 이들 중에는 북쪽으로 머리를 두고 자면 불행이 찾아온다고 하거나, 아이가 백 일이 되었을 때 쟁반에 붓과 먹, 돈 등을 올려놓고 집게 하여 아이의 미래를 판단하는 등, 여전히 우리의 일상생활에서 볼 수 있는 미신을 담고 있어 그 내용이 매우 흥미롭다. 당시의 재조일본인은 조선의 원활한 통치방법으로서 조선인에 대한 이해를 위해 미신을 연구하였고 이러한 연구는 산재해 있는 미신들을 체계화시켰다고 하는 아이러니를 드러내고 있는 것이다. 동화 역시 민족성의 이해에 도움이 되는 자료로서 다루어지는데, 하마구치 요시미쓰는 '민족특유의 동화는 민족의 공상의 기록이며, 자연에 대한 민족의 사랑의 표현이자, 민족 희망의 개념적 달성이다. (…중략…) 고로 그 민족이 갖는 동화를 보면 민족정신을 분명히 알 수 있다'(하마구치 요시미쓰 「조선동화의 연구(朝鮮童話の研究)」, 『조선 및 만주』 제211호, 1925.6)고 전제하며, 동화의 재료가 조선색을 띠고 있다고 소개하고 있다. 이와 같이 이 시기 조선문예물은 당시

조선사회의 저변을 유지하는 민중의 삶이 생생하게 호흡하고 있는 자료로서 그 가치가 발견되면서, 비과학적인 미신, 속어, 속담, 말장난, 방언 까지도 체계적으로 정리되고 연구되어야 할 대상이 되고 있다.

넷째, 조선의 전통 문예물을 현대적으로 재해석하여 재창조한 작품이 나타나고 있다는 점이다. 예를 들어 하마구치 요시미쓰의 「희곡 무영탑 이야기(1장)」(戲曲無影塔朝譚(一場))(『조선 및 만주』 제199호, 1924.6)와 「희곡 자식 기진(戲曲子供寄進)」(『조선 및 만주』 제200호, 1924.7)이 그것이다. 「희곡 무영탑 이야기」는 신라시대 석가탑을 만든 지나인 석공 아산이 예술과 사랑 사이에서 갈등하지만 석가에 대한 믿음으로 예술작품을 완성시킨다는 이야기로, 무영탑 전설의 한 형태라 할 수 있다. 이는 현진건이 1938~1939년 『동아일보』에 연재했다가 후에 『무영탑』(1941)으로 간행되어 오늘날 널리 알려져 있다(「희곡 무영탑 이야기(1장)」과 현진건의 장편소설 『무영탑』과의 관련성에 대해서는 졸고 「조선전통문예의 일본어번역의 정치성과 현진건의 『무영탑』에 나타난 민족의식 고찰」(『일본언어문화』 제32집, 2015.10) 참조). 또한 「희곡 자식 기진」은 에밀래종 이야기에 현대적 해석을 가미한 희곡으로, 에밀레종 선행 연구에서 언급된 바 없어 추후 면밀한 검토가 필요하다. 이처럼 조선의 전통 문예물을 현대적으로 재해석하여 재창조한 작품이 등장하고 있는데, 이는 조선의 근대작가들의 창작의 원천이 된다는 측면에서도 중요한 의미를 지닌다고 할 수 있다. 본서에서 번역한『조선 및 만주』에 게재된 조선의 전통 문예물 관련기사는 분명 식민통치를 위한 식민지(知)의 구축의 일환으로 번역된 것이다. 하지만 그 안에는 최전신에서 조선의 민중들과 접하는 재조일본인들의 눈에 비친 조선의 풍속, 인정, 심상 등이 생생하게 기술되고 있음은 물론 그것이 조선의 근대 작가들에게도 영향을 미쳤다는 점에서 매우 주목할 가치가 있다. 이들 기사는 우리의 눈에는 보이지 않거나 간과되어 기록되지 않거나 망각되었던 조선 민중의 실생활, 심상, 풍속 등의 일단을 이해할 수 있는 자료가 될 뿐만 아니라, 근대문학사의 공백을 메울 수 있는 좋은 자료로 활용될 수 있을 것이라 기대된다.

마지막으로 어려운 원문을 끝까지 함께 번역해 준 방송통신대학의 송혜경 교수님, 본서의 번역의 가치를 인정하여 출판을 허락해 주신 역락 이대현 사장님, 번역 원고 편집에 세심한 노력을 기울여 보기 좋은 책으로 만들어 주신 이소정 편집자님께도 감사의 마음을 전하는 바이다.

2016년 3월
역자 대표 김효순

┃차 례

조선의 미신과 풍습 … 271

조선의 역사와 문학

『삼국유사』 탈해전과 다양한 문제(1)

나카무라 우도(中村烏堂)

내 연구에 의하면, 신라민족은 옛날부터 일종의 전설을 갖고 있었다. 그 전설이 실제로는 일본의 『고지키(古事記)』,[1] 『일본서기(日本書紀)』[2]의 전설과 큰 차이는 없으며 그야말로 하늘나라(高天原)[3]에 관한 것이다. 그것을 전 세계적으로 말하자면 소위 주신(酒神) 같은 제 전설을 비롯하여 원래부터 일선(日鮮)민족에만 있는 전설은 아니지만, 그 존재 상태로 봐서 일선 양국의 전설은 가장 가까워 어구의 세세한 부분에 이르기까지 거의 평행한 것조차 있는 것처럼 민족관계로 봐도 일선 적어도 일본과 신라는 가장 접촉이 많았던 것으로 추측된다. 그렇지만 양자의 관계는 종래 일선 양 기록의 오해에 의해 추측된 것처럼 제 사상(事象)의 개재(介在)를 용인하지 않아 그 사실관계는 장래 제대로 연구를 하여 밝혀야 할 것이다. 나는 그를 위한 자료로서 일본고전과 신라 상대사의 기록을 제공하고자 하는데,

---

1) 일본에서 가장 오래되 역사서이자 문학서. 712년 오호노아소미야스마로(太朝臣安麻呂)가 편찬.
2) 720년에 편찬된 일본 최초의 사서이며, 이 세상의 생성 및 일본의 건국 신화를 담고 있는 신대(神代)에서 시작하여, 697년 지통천황(持統天皇)이 사망한 해까지의 역사를 연대순으로 기록한 통사(通史)
3) 일본 역사 서적 가운데 가장 오래된 『고사기』와 『일본서기』의 일본 건국 신화에 등장하는 신들이 살던 천상계.

그러한 신라상대에 관한 기록은 실은 신라민족 사이에서 옛부터 전승해 온 하늘나라의 신들의 전기 외에 다름이 아니다, 그렇지만 이들 전설기록은 신라 씨족이 자가의 왕통사를 수식하는 자료로서 마음대로 취사선택을 하고 변조와 날조의 괴 수완을 발휘한 것이므로, 그 비밀을 밝히고 진상을 밝혀내기 위해서는 그에 상응하는 수단을 다함은 긴요한 문제라 할 수 있다. 또한 신라 상대의 전기(傳記)로서 오늘날 남아 있는 것은 신라의 국사 등 신라 당대의 고기록이 아니고 가장 오래된 것도 고려 인종조의『삼국사기』, 지금으로부터 750년 전의 기록에 지나지 않는다.『삼국사기』는 종래의 조선고대사로서 현재 기록 중 가장 신뢰할 만한 사적이지만, 내가 보기에 그것은 원래 한편의 의한사(擬漢史)이며 지나기록의 차용이 그 대부분을 점한다. 더욱이 그 악용은 선용을 능가하여 신라 상대에 관한 부분 같은 것은 믿을 만하지 못하다. 더욱이 신라민족의 구비(口碑)에서 나온 제 전설에 이르러서는 무지한 전재(剪裁)에 조박(糟粕)을 더해 거의 저작(詛嚼)할만한 내용이 없다. 나는 오늘날의 사가(史家)들이 이를 추장(推奬)하는 까닭을 모르겠다. 그로부터 150년 후인 고려 충렬왕 조에『삼국유사』가 나왔다.『삼국유사』는 일연이 편집한 것이며 5권으로 이루어져 있다. 모두 삼국의 유문일사(遺聞逸事)를 수록(蒐錄)한 것이다. 그때 세상은 원(元) 황제 홀필열(忽必烈, 1215~1294)[4]이 우리나라 신슈(神州)에 쳐들어 왔을 때이다. 정동성(征東省)을 조선에 두고 고려의 장졸을 몰아 그들을 향도(嚮導)하고자 하였다. 반도의 혼란 극에 달

---

4) 원(元)의 세조(世祖).

했다. 일연 스님 그러한 상황에 처해 백안(白眼)으로 세상을 대했고 명창정궤(明窓淨几)5) 아래 조용히 단간영묵(斷簡零墨)6)을 찬집(纂集)하여 편언쌍어(片言雙語)의 구비(口碑)에 귀를 기울였지만, 신라시대의 고기록이 이미 산실되어 그 형체가 남아 있지 않고 고전분자(古傳分子)는 마치 줄이 끊어진 구슬처럼 큰 구슬 작은 구슬이 옥쟁반에 굴러다니지만 원래대로는 찾을 수 없고 개중에 중요한 구슬 몇 개는 이미 망실된 것도 있었다. 의주의옥(擬珠擬玉)이 혼입되어 있지만 그것을 식별할 방법이 없었다. 그것의 계통을 잡고 보철하였다. 전설의 풍광, 고금 그 취향을 달리하는 것을 감수한다 하지만 그 일을 다하기가 쉽지는 않다. 오늘날 『삼국유사』를 제대로 이해하는 자가 있다면 반드시 스님의 고충을 알 것이다. 조선의 안백순(安百順), 일찍이 이 책을 평하여, 원래 불씨입교(佛氏立敎)의 원류로 만들어진 것이므로 무단허망(無斷虛妄)의 설이 많다 하였다. 그야 원래 백 년 전에 존재했던 일개 부유(腐儒)7)가 어찌 전설을 이해할 수 있었을까? 그 허망한 소리는 천식(淺識)으로 인해 유도(遺導)를 몰랐기 때문이다. 오늘날 식자라 하는 자들 중에도 백순의 그 말을 방패로 자신의 명맹(明盲)을 덮으려 하는 자 열 명 중의 열 명이다. 최고학부라 하는 문과대학의 1902년의 헛소리도 백순의 말을 따른 것이었다. 그가 말하기를, 신이영묘(神異靈妙), 숭불홍법(崇佛弘法)을 주로 기록했다고 한다. 그는 도저히 고

---

5) 밝은 창에 깨끗한 책상이라는 뜻으로, 검소하고 깨끗하게 꾸민 방을 비유적으로 이르는 말.
6) 종이가 발명되기 전까지 종이 대신 썼던 대쪽과 먹 한 방울이라는 뜻으로, 종이 조각에 적힌 완전하지 못한 조각난 글월을 이르는 말.
7) 생각이 낡아 완고(頑固)하고 쓸모 없는 선비.

전설(古傳說)을 이야기할 수 있는 사람이 아니다. 또한 어쩌면 이는 허탄불경(虛誕不經)하여 믿을 수 없다고 하지만, 그 삼국연표, 도시주현(都市州縣) 등 역연한 증거가 있다. 유풍과 유속(流風遺俗)이 그 사이에 산견된다. 또한 그곳에 삽입된 신라향사 십수(十數) 수(首)와 같은 것은 신라고어가 멸망한 오늘날 참으로 창해(蒼海)의 유주(遺珠)라 할 수 있다. 서너 수만 예로 들어 보아도, 허탄불경부분에 대해서는 하나의 비어(庇語)조차 되지 못 할 것이라고 한다. 허탄불경이든 신이영묘든 그에 대해 고민족의 참모습을 보지 못하는 자가 어찌『삼국유사』를 말할 수 있겠는가? 이에 대해 연표는 과연 믿을 만 한 것인가, 과연 어디까지 믿을 수 있는 것인가, 주현도시를 어떻게 이해해야 하나, 유풍유속에서 전설을 수집함에 빛나는 눈동자, 향가가 과연 어떤 고어에 해당이 될까, 요컨대 그들이 말하는 모든 것은 허탄불경뿐. 그러한 어두운 눈으로『삼국유사』를 대한다. 이는 그가 '『삼국유사』를 쓰는 붓으로 당대의 곡절을 상세히 하고 믿음을 후대에 주지 못 함이 유감이다'라고 하는 소이이며, 민족연구에 관한 자료의 경중과 같은 것은 그들이 알 바 아닌 것이다.

나는 단언한다.『삼국유사』는 고전설의 기록은 아니라도 고전설분자의 유일한 옹호자라고. 이를 연구하고 이를 비교하는 명(明)과 식(識)이 있다면 그 기록을 기초로 하여 신라민족이 일찍이 가지고 있던 고전설 역시 추구(推究)할 수 있다. 시조 혁거세, 남해, 유리를 비롯하여 미추(味鄒)-내물(奈勿)과 같은 왕들도 이를 신라사에서 떼어내어 본래의 기원으로 돌아가 생각해 보는 것도 역시 어렵지 않다.『삼국유사』「탈해이사금전」을 연구함에 있어『삼국유사』에 대한 종래의 맹자(盲者)들을 꾸짖어 두는 바이다.

1. 탈해이사금

탈해를 일본에서 왔다고 하는 사람은 『삼국유사』 탈해전을 제대로 읽지 않은 사람이다. 탈해를 신라의 진짜 왕이라 하고 옛 성의 시조로 믿는 사람은 유사 탈해전을 제대로 해석하지 않은 사람이다. 아마 시조 혁거세 이후 기록에 고전설과 관련되는 한, 내 주장은 어느 것이나 편린미단(片鱗尾端)의 문제가 아니지만 점정(點睛)으로 용사(龍蛇)의 진골(眞骨)을 명징(明徵)하게 하는 것은 조선 현존 기록 중 『삼국유사』의 탈해전이 유일하다. 탈해전에 대해서 상세하기로는 『삼국유사』를 능가하는 것이 없다. 원래 고전설 산란 후의 보철로 이미 변조를 거친 신라국사 등 고기록의 탈해전과 비교해서도 그 경취(景趣)의 상이함을 인식할 수 있는 증거가 있다. 하물며 고기록의 자료로 삼은 신라민족의 고구비 전설과 비교함에 이르러서는 그 현격한 차이가 운양지차까지는 아니라도 상당하다고 하는 것 역시 『삼국유사』 탈해전임을 생각하지 않을 수 없다. 내 주장은 탈해전을 떠나 공상에 기초를 둔 것이 아니다. 『삼국유사』 탈해전은 다른 『삼국사기』 등 의한사에 비해 훨씬 고전분자를 다량 포함하고 있으며, 일견 신이영묘, 숭불홍법의 재료가 아닌가 하는 생각이 드는 부분조차 그것을 자세히 살펴보면, 실로 얻기 힘든 태고의 분자, 참으로 이는 진정한 의미의 창해의 유주이다. 이에 대한 비교자료로서 다행히 최신연구로, 아프리카지리로 풀어보는 「호오리노미코토해신행전(火遠理命海神行傳)」[8]이 있다. 희랍에 오디세우스전이 있고 라틴에 율리시스전이 있다.

또한 이와 더불어 연구하고자 하는 것은 김알지전이다. 유래 신라 김씨성 왕통의 시조라 칭해지는 환영과 같은 신인(神人)이지만 그것은 다름 아닌 탈해와 같은 신인이다. 우선 알지가 호오리노미코토이고 또한 희랍의 오디세우스임을 주의해야 한다. 호오리노미코토와 알지는 백합(유리)9)을 의미하며 라틴의 율리시스와 같은 명칭임은 뒤에서 상술할 것이다. 또한 알지 전설은 호오리노미코토의 전설과 마찬가지로 봉황신화에 속하며 『삼국유사』는 조수상수(鳥獸相隨), 희약창창(喜躍蹌蹌)을 진정으로 맛볼 수 있는 것으로, 원래 이는 불설(佛說)이 아니다. 아마 세상의 왕통을 믿을 수 없는 단서가 여기에 있을 것이다. 신라상대사의 비밀은 탈해전에 모두 포함되어 있다.

2. 전설 비교의 일례

탈해전은 「호오리노미코토해신행전」과 대략 서로 일치하며 그 외에 관계신화를 약간 가미했다고 생각되는 곳은 극히 일부분이다. 탈해전에서 탈해는 용성국(龍城國)에서 왔다고 되어 있고, 호오리노미코토는 와타쓰미노구니(綿津見國)의 용궁을 왕복했다고 되어 있다. 탈해전은 편도로 되어 있고 호오리노미코토전은 왕복으로 되어 있다는 약간의 차이가 있기는 하지만, 모두 용궁을 대상으로 하는 항해 내지 표류신화이며 그 도착지에서 공주와 결혼하고 특히 우물과 관계

---

8) 호오리노미코토(火遠理命)란 일본신화나 기기(記紀)에 등장하는 인물로, 진무천황(神武天皇)의 조부에 해당.
9) 일본어에서 백합(百合)은 '유리'라 발음한다.

하는 전설을 현저하게 공유한다.

　하루는 탈해가 동구(東丘)에 올라갔다가 돌아오는 길에 백의를 시켜 물을 구해 오라 하였다. 백의가 물을 떠 가지고 오다가 도중에 먼저 맛보고 드리려 하다가 그 각배(角盃)가 입에 붙어 떨어지지 아니하였다. (탈해가 이를) 꾸짖자 백의가 맹세해 말하기를 '후에는 멀고 가까운 곳을 논할 것 없이 먼저 맛보지 않겠습니다' 하니 비로소 그릇이 떨어졌다. 이로부터 백의가 두려워하여 감히 속이지 못하였다. 지금 동악 가운데 우물 하나가 있어 속(俗)에 요내정(遙乃井)이라 하니 바로 이것이다. 다른 곳에 이르기를… 곧 그 향나무 위에 올라가 앉았다. 해신(海神)의 딸 도요타마히메(豊玉姬)가 종비(從婢)에게 일러 옥기(玉器)로 물을 떠서 마시려는데 우물에 빛이 있었다. 올려다보니 여장부(麗丈夫)가 있었다. 매우 신기하였다. 호오리노미코토는 그 종에게 일러 물을 얻고자 하였다. 종은 곧 물을 떠서 옥기에 담아 바쳤다. 호오리노미코토는 물을 마시지 않고 목의 옥을 풀어(解) 입에 머금고(含) 그릇에 토하셨다(吐). 그러자 그 옥이 그릇에 붙어 떨어지지 않았다. 붙어 있는 채로 도요타마히메에게 바쳤다.

　두 전설의 주요 분자에서 일치하는 것은 위와 같다. 그 내용에 있어 쉽게 발견할 수 있는 차이는, 탈해전에서는 고전설에서 가장 중요한 '옥'의 관념이 망실되어 있는 점이다. 『삼국사기』에서는 탈해가 탄생한 나라를 다파나(多婆那)라고 했고 『삼국유사』에서는 그 아버지를 함달파(含達婆)라고 하고 있다. 다파와 달파는 일본어로 하면 옥(다마)이다. 신라라면 몰라도 고려 이후의 시기에 두 말에 옥의 뜻이 있다는 것은 어떻게 알았겠는가? 이로써 그들 주요 분자가 모두 옥과 관계한다는데 생각이 미치지 못하여 옥기를 각배라고 하고 '이 그릇에 붙어 떨어지지 않았다'를 '각배(角盃)가 입에 붙어 떨어지지 아니하였다'로 한 것이다. 그리고 '요내정(瑤乃井)'이라 해야 할 것을 '요내정(遙乃井)'이라 하는 등 전설의 풍광의 차이를 초래한 요소 중의 하나가 옥의 유무에 배태되어 있음을 알 수 있다.

게다가 '요내정(遙乃井)'은 원래 '요내정(瑤乃井)'의 오사(誤寫)에 의한 오전(誤傳)으로, 이 때문에 '후에는 멀고 가까운 곳을 논할 것 없이 먼저 맛보지 않겠습니다'와 같은 어설프고 서툰 설명 설화를 만들게 했지만, 적어도 한자사용의 초기 국사에서는 확실히 '요내정(瑤乃井)'의 고전이 있었음은 일본 요쿄쿠(謠曲)에 '옥 우물(玉の井)'의 단이 있는 것에서도 확실히 알 수 있다. 또한 탈해의 한자 표기 중 하나인 '토해(吐解)', 토해가 올라간 산인 토함산(吐含山) 등, 그 '해', '함', '토' 등의 한자는 일본전의 '옥을 풀어(解) 입에 머금고(含) 그릇에 토하셨다(吐)'라고 나와 있는 고전설을 바탕으로, 하나는 왕호로 하나는 산이름으로 하나는 기념적으로 한자의 음과 뜻을 평행하게 기술적으로 안배하고 있음은 의심의 여지가 없다. 또한 뒤에서 설명할 내용의 편의를 위해 일선 양 전설에서 겹치는 부분을 골라 기록해 보면 이하와 같다.

탈해전	호오리노미코토
脫解=兜率歌	十拳
儒理=道露=日知	須須鉤=須勢理
阿珍義先(기모)	足名椎=筆名高=足撫(아시나세)

탈해전	호오리노미코토
海尺(하이치 또는 이시)	速石=林
船, 載船	載其船
浮海	押流其船
浦邊有一嫗	海邊...?椎神來
一樹林＝姑林＝樹枝	湯津香木
端正男子	麗丈夫
七寶	百取机代物
奴婢＝白衣	婢(마카다치)
龍城國	綿津見宮＝龍宮
多婆那	玉国
含達婆(玉神)	豊玉姫(玉神姫)
一大卵	玉(鳳凰兒)
赤龍	一尋和遍
云否 爭訟否決	雖償不
詭計	善議
長生主	豊玉姫(玉依姫의 언니)
阿尼夫人(兄夫人, 海夫人)	(海原)豊玉姫
索水飮之	欲得水
白衣酌水	婢乃酌水
角盃	玉器＝王碗
角盃貼於口解	瑛着器不得離
遙乃井(瑤乃의 오사에 의한 오전)	옥우물(玉の井)
吐	그릇에 토하셨다(器につばき入れて)
解	목의 옥을 풀어(御頸の珠を解きて)

탈해전	호오리노미코토
含	입에 머금고(口に含みて)
貼於口	입에 머금고(口に含みて)
光自櫃出	우물에 빛 있었다(井に光あり)
闕智	淰煩煩=遠理

표 중에 점을 찍은 것은 관계신화에서 보충한 것이며 탈해전에는 알지전을 포함한 것이다.

3. 전설의 본지역

일선 양 전기기록 중 주요 분자에서 일치하는 바는 위와 같지만 이로써 바로 동일 고전에서 나왔다고 단언할 수는 없다. 그 개관에서 주인공 탈해의 이름은 호오리노미코토와 같지 않고 그 외에도 세어 보면, 같은 것 보다 다른 점이 몇 배나 더 많은지 모른다. 그 차이의 원인은 무엇이고 어디에서 기원한 것일까? 나는 우선 설명의 순서로서 두 전설이 본지에서 일치하는지 아닌지를 검토하고자 한다. 이것이 원래 근본 문제이기 때문이다.

호오리노미코토의 본지가 어디인지에 대해서는 신연구외에 그것을 상정한 적이 없다. 그리고 조선전설의 본지가 이로써 분명해짐과 동시에 서로 대조를 하여 그 정확함을 서로 보증하는 관점이 있는 것은 이상하지 않다. 신연구자 중에는 일본고전의 기록은 부앙천지(俯仰天地)에 새겨졌다고 하는 자가 있다. 그는 「호오리노미코토해신행전」은 그야말로 아프리카 지중해 해안 지리를 배경으로 읽어야 한다고 한다. 즉 그 중앙 돌출부인 시실리아 섬의 일부 지역과 서로 호응하므로 그곳을 본지로 삼고, 애굽 닐강의 구불구불한 강안을 따라 생긴 지금의 팍스시를 도요타마히메의 나라라고 판단했다. 고증의 상세는 일본태고사에서 볼 수 있는데 여기에서는 그 고전(古傳)과 지명을 표기해 둔다.

히포레기우스(히코[彦]의 주거지)	우치카 翁
히포지아리스 彦(劍을) 破	프(로)크로(무)袋(腰袋)
토스카 十拳	마쓰시리 竹(五百箇)
마큐리(희랍명 디오프스)	가루타고(無間勝間)

이 중 내가 특히 필요한 것은 '토스카'와 '카르타고'로 내 연구에 의하면, '토스카'는 '해인국(海人國)'을 의미하며, '가루타고'는 백합룡(百合龍)을 의미한다. 이에 대해서는 뒤에서 상술하겠다.

다음으로 와타쓰미노구니(綿津見國)에 대해서는 희랍의 오디세우스가 도달한 은부(殷富)의 나라 즉 하야시국 지금의 팍스를 대응시키고 있고, 희랍신화에 별도로 해신의 아들에 다마(Thauma)가 있고, 다마의 아들에 이리가 있다고 대응시키며 도요타마히메, 다마요리비메(玉依姬)의 나라라고 해야 한다고 한다.

사라시움/타라시움 Thalassium	海原 綿津見
하에시/하쿠스 은부 또는 숲	우라시마신화(浦島神話)의

	단고하야이시(丹後速石)
다마	玉
이리	百合＝依
리우코(지금의 크노스세마)	龍華＝龍宮

　신연구자는 '리우코' 지역을 지금의 애급해안의 서단 크노스세마 지역에 대응시키고 있는데, '하쿠사' 즉 '리우코'에 대해서는 나중에 상술하겠다.

　신연구자는 또 카르타고와 애급 사이의 일대 해안에 지금의 '스루티스'라는 명칭이 있고 둔치 또는 난파를 의미하기 때문에 그것을 태고 항통(航通)이 빈번했던 증거로 보는데, 스르티라는 이름은 신라 제3대왕 유리(儒理)의 본지로서 일본고전에서는 호스세리노미코토(火須勢理命＝호오리노미코토와 형제)의 이름에 해당하며, 주소쿠(呪咀鉤)의 이름에는 스스쿠(須須鉤)가 해당한다고 하는데 이 역시 마유리(真百合＝참백합)를 의미한다.

　이상 『삼국유사』 탈해전에 보이는 지명과 비교해 보면 참 신기하게도 딱 부합하는 것 같다. 『삼국유사』에 이르기를, 용성국 또는 정명국(正明國) 또는 완하국(琓夏國)이라고도 한다. 완하 또는 화하(花廈)라고도 한다. 왜국에서 동북으로 천 리 되는 곳에 있다. 부왕(父王) 함달파, 적녀국(積女國)왕의 딸을 아내로 맞이하여 7년이 지나 탈해를 알로 낳았다. (…요약…)라고 한다. 이로써 앞에서 언급한 애급 관계의 제 명칭과 비교를 해 보자. 아마 생각했던 것의 절반 정도에 지나지 않을 것이다.

龍城(류코르 또는 류키)	리우코
正明(사라시움과 약음[約音])	사라므
琓夏	하쿠사=하쿠스
花廈	하쿠사=하야시
(含)達婆	다마=玉

또한 적녀국이란 '하쿠스'의 동북해안 지에타무(혹은 게타무)라고 나와 있다. 이는 일본고전에 나오는 이나바(因幡)의 게타노미사키(気多 岬=흰토끼와 악어전설지)이다. 『삼국사기』의 여국(女國)이란 히요나고 (卑米子) 등을 상상하여 적(積) 자를 떼어 낸 것이거나 탈자이다. 『삼국 유사』에 '왜국에서 동북으로 천 리 되는 곳에 있다'고 하는 것은 용 성과 적녀국의 관계에 대한 구비의 와전(訛傳)이다.

또한 『삼국유사』는 용성국이 어디인지를 모르고 신라표착을 예상 했기 때문에, 그 기사에는 지리상 설화의 혼란이 매우 많다. 예를 들 면 아진포(阿珍浦)에 탈해가 표착한 것을 발견하고 이를 길렀다고 하 는 혁거세의 해척(海尺=배꾼) 어머니 아진의선(阿珍義先)과 같은 내용도 다른 전설의 삽입 없이는 알 수 없는 이야기로, 실은 아진의선이란 해원관계의 명칭이며 해척이란 하이시 또는 하야시로 용성국의 한 명칭이므로 이를 신라방면으로 가지고 오기 위해서는 다마요리비메 가 도요타마히메의 남동생으로 하여금 도요다마히메의 자식인 우가 야후키아에즈(鵜茅葺不合尊)[10]의 포육(哺育)을 위해 와타쓰미노구니에서 도쓰카(十拳) 방면으로 보내어진 것 같은 관계전설이 있어야 하기 때

---

10) 도요타마히메의 아들이자 진무천황(神武天皇)의 아버지.

문이다.

　다음으로 호오리노미코토의 출발 지점인 '카르타고'라는 명칭은 『삼국유사』에는 '가락(駕洛)으로 되어 있고, 신라부근의 지점에 위치하며, 카르타고 이동(以東) 해안의 명칭인 스루치를 수로(首露)로 하여 가락의 왕명으로 삼았다. 가락은 카르타고의 카르를 취하고 가고(바구니)의 뜻을 취해 만든 가차한자(假漢字)로 종래의 사가들이 김해(金海)라고 해석한 것은 무식의 소치이다. 스르치라는 이름은 『삼국유사』 및 『삼국사기』에 여러 가지 한자로 표기하고 있어서 유리(儒理), 수로(首露), 일지서지(日知西知) 등으로 나타나고 있으며, 가락 또는 허?(許?)이라고도 썼다. 그중에서 조선의 지명이 된 것은 전설 수입 후의 이사(移寫)이다. 또한 탈해의 본지가 도쓰카인 것은 그 한자가 도쓰카 또는 토라그(모두 타라시우무에서 유래)에 해당되는 것에서 알 수 있듯이, 이를 토해(吐解)라고 쓰는 것은 '토라게'의 '라'음이 탈락한 것이다. 그 성을 석(昔)이라 한 것은 원래 '위(違, 사치 혹은 사키)'의 신의 이름에서 온 것이다. 그 명칭 관계로서 보면 호오리노미코토와 다른 점이 전혀 없다.

『조선 및 만주』 제86호, 1914. 9.

『삼국유사』 탈해전과 다양한 문제(2)

4. 정명국

정명국(正明國)의 용성국 또는 다파국(多婆國)이 탈해가 태어난 나라라는 것은 『삼국유사』가 전하는 바와 같다.

이 말은 시카와(椎川) 씨의 「일한 상고사의 이면」에서는 일본의 형용명사라고 풀어 놓았는데 이는 구사파류(舊史派流)의 자의(字議)에서 부회(附會)한 독단설로, 왜 그 형용에 특히 정명이라는 문자를 사용했는지 조차 설명하지 못하고 있다.

정명은 음운으로 풀어야 하는 한자로 현대 조선어 '인(人)'을 의미하는 '사람'의 원어에 맞추어 쓴 것에 불과하다. 특히 내물전(奈物傳)에서는 정람(正覽)이라고도 쓰고 정식(正式)이라고도 쓴다. 박정람(朴正覽), 김정식(金正式)과 같은 일견 고유명사로 보이는 것도 실은 박사람, 김사람 즉 김모, 박모라고 하는 것과 같은 것이다. 일선지(日鮮支)의 기록이 한 개의 원음에 몇 가지나 되는 한자를 써서 고유명사와 같은 의장을 하는데, 이는 한자사용의 일대 폐해이다.

정명이라는 말은 일본고전에서는 아메노우주메노미코토(天宇受売命)라는 남신(男神)의 이름이다. 또한 여자이름에도 나타나며, 지나기록

조선의 역사와 문학 **31**

에서는 주(周)나라의 목왕전(穆王傳)과 같은 전설기록이나 산해경(山海經) 등에는 서왕모(西王母)라고 표기하였으며, 위진한서(魏秦漢書) 기타 구 기록에는 선비(鮮卑), 작락(作樂), 요락(饒樂), 서랍목(西拉木) 등으로 기록 되었다.

이들 말의 최초의 어형은 '사라시움(Thalassium)'이며 '타라시움'이 라고도 발음한다. 어간은 '사라사'이고 희랍어로 해(海), 남수(藍水), 창 수(蒼水)를 의미하며, 지나기록은 이를 창해(蒼海)로 번역했다. 창해족 이 바로 이것이다. 일본고전에는 와타쓰미 또는 우나하라(海原)라고 기록되어 있다.

또한 사라사라는 말은 희랍에서는 사루다로 바뀌어 적(赤)을 의미 했다. '에리토라이'는 '적'의 다른 말로 에리토사이 바다는 고대에는 지중해, 홍해, 아자비아(亞刺比亞海=아라비아해) 내지 파사해(波斯海), 인 도양 등 당시 알려진 해양의 총칭인데 지금의 홍해로서 아프리카, 아시아사이의 일부 지역에 그 흔적이 남아 있을 뿐이다.

사르다라는 말은 일본고전에서는 사르타히코(猿田彦)라는 이름에 나타나며, 에리토라이라는 말은 도코요(常世)로 나타나는데 원음대로 는 홋카이도(北道道) 에토로(択捉)의 명칭이 되었다. 에리토라이의 '리' 음이 탈락하여 '에토라이'가 되고 그것이 에토로우가 된 것이다. 또 한 '적(赤)'자가 나타나는 것은 일본고전에서는 아구누마(阿具沼) 관계 의 적옥(赤玉)이 있다. 해신의 딸인 도요타마히메의 '적옥은 실에 꿰 었지만 백옥으로 단장한 당신 불길하구나'라는 노래에 '적옥'이라고 나와 있다. 조선전에는 이 『삼국유사』 탈해전에 탈해를 바다에 떠내 려 보내는 대목에 '부해이축왈(浮海而祝曰), 임도유연지지(任到有緣之地),

입국성가(立國成家) 편유적룡(便有赤龍) 호강이지차의(護舡而至此矣)'의 '적룡'이 있다. 지나 산해경에서 서왕모는 '적수(赤水) 앞에, 흑수(黑水)의 뒤에 있다'의 '적수'가 있다. 또한 적수(赤水), 적룡, 적옥의 해인국과 밀접한 관계가 있음을 알 수 있다.

희랍어 사라사(海)라는 말은 일본에서는 '라'음이 탈락해서 '사사'가 되었다. '사사나미야(ささ浪や)의 시가(志賀)노 우미(海)'라는 마쿠라코토바(枕詞)[1]가 됨과 동시에 일체의 물을 구제의 액체 즉 술이라고 보는 다카아마하라(高天原) 관념으로부터 '사사'도 술의 이칭으로 바뀌었고 더 나아가 죽(竹)의 이칭이 되기에 이르렀다. 몽고어 '사라사' 혹은 '사라카(作樂, 饒樂)'가 황수(皇水)를 의미한다고 하는 것은 즉 술의 관념이 지나에 들어가서 황하황해(黃河黃海)의 이사명사(移寫名詞)의 어원이 되었다는 것이다.

일본지명에서 다지마(但馬)는 즉 타라시움의 나라이다. 아마 타라시움이 타다시우마가 되고 그것이 줄어서 다지마가 된 것이다.

조선 제주도의 고명인 다모나(多牟那=탐라), 히고노타마(肥後の玉)라는 이름 등은 다파나(多婆那)의 이사로, 희랍 고전에서는 타라마 또는 타마로 나타나는 타라레우무가 타라스무가 되고, 타루무가 되고 결국 타우무 또는 타마가 되었으며, 타마나(玉名), 타파나의 마지막 음인 '나'는 나라를 의미하는 글자이다.

타라시움이 타마로까지 줄어든 것처럼 사라시움도 사람(조선어 '사람')이 되고 '라'음이 탈락하여 사무 또는 사마가 되었다. 일본어의 '사

---

1) 와카(和歌) 등에서 습관적으로 일정한 말 앞에 놓는 4[5]음절의 일정한 수식어.

마(樣)’의 어원이며 신라의 ‘사람’을 의미하는 ‘잔(殘)’또는 ‘찬(湌)’이라는 한자가 이에 해당한다. 『삼국지』에 ‘진한인(辰韓人), 낙랑인(樂浪人)을 아잔(阿殘)이라 한다. 아는 진한(辰韓) 즉 우리를 의미한다. 낙랑인을 우리 잔여(殘餘) 사람이라 한다’고 하는 것은 잔(殘)을 자의로 추측하여 질병설로 하고 아잔은 단순히 ‘너희들’을 의미하는 것이다.

5. 용성국과 다파나

용함장주(龍頷藏珠), 또는 용쟁옥(龍爭玉)이라는 말이 있고, 용안(龍顔)에 대해 옥안(玉顔)이라는 말이 있으며, 용차(龍車)에 대해 옥차(玉車)라는 말이 있다. 이는 즉 지나기록에 나타난 창해(滄海)의 유주(遺珠)에 속한다. 일본용궁에 도요타마히메가 있고 조선용성에 대해 다파나가 있다.

이를 음의 형태로 보면 옥(玉)의 중국어 발음 ‘유’가 조선음 ‘옥’이 되고 일본어 ‘교쿠’는 ‘옥’ 또는 ‘욕’이 바뀐 음이다. 다음으로 용(龍)의 중국어 발음 ‘룽’이 조선어 ‘룡’, 일본음 ‘류’ 또는 ‘료’가 되었다. ‘리’음은 자음이 탈락하여 ‘이’가 되는 것이 보통이라면, 일본, 조선, 지나의 음형으로 봐서 융, 요구, 유, 요가 되고 옥의 발음과 완전히 같아진다. 용이 옥이거나 옥이 용이거나 하는 식으로 두 글자는 상대관계를 갖는 동시에 그 음이 같다고 할 수 있다.

아마 일선(日鮮) 민족에 타마, 요구, 유(용옥에 해당함)라는 말이 있다면 한자 수입후의 일이 아니라 한자 자체도 일선과 같은 고전(古傳)에서 음이 나왔다고 봐야 한다. 그 증거는 일선 지리명사를 보면 명확해진다.

일본어 종횡(縱橫, 다쓰, 요코)이라는 말은 용에 해당하는 두 고어(조선음 료쿠가 요쿠, 요코가 되면 같은 말)에서 왔거나 아니면 용의 '다쓰'와 옥의 조선 발음 '옥'에서 왔거나 둘 중 하나가 되는 것도 용과 옥의 관계를 바탕으로 봐야 한다. 조선의 도문강(圖們江=두만강)은 옥강(玉江)이라는 말에서 왔고 그 강을 따라 용낭(龍堂)이 있으며 조금 더 내려가서 웅기(雄基)가 있다. 웅기는 옥의 '옥'으로도 용의 '료쿠'로도 풀수 있는데 대동강이 대옥강(大玉江)으로 그 하구에 용강(龍岡) 땅이 있음을 생각하면 웅기는 용 또는 용성이라는 말에 해당하는 것이다. 이는 곧 용과 옥의 관계를 나타내는 것이다.

일본에는 무사시(武藏)의 다마가와(多摩川)에 유키(結城)가 있다. 즉 옥(玉)과 용(龍)의 관계이다. 사이타마(埼玉=幸玉)에 대해 요코하마(橫浜), 요코스가(橫須賀)가 있다. 요코는 유키와 동어이다. 기이(紀伊)의 다마쓰시마(玉津島)에 구마노가와(熊野川), 구마노우라(熊野浦)가 있다. 요쿄쿠에서 이를 '유야'라고 하는 것으로 보건대, 구마(熊)도 용(龍)의 가자(假字)인 것 같다. 빗추(備中)의 다마시마(玉島)에는 오오노가와(大の川)가 있는데, 오오는 용의 전음(轉音)이다. 그 외에 산성 도바야(鳥羽=다마[옥])와 요코가와(橫川)의 관계 등처럼 용과 옥의 대칭이 얼마나 현저하게 이사(移寫)되었는지 알 수 있으며, 이는 아무리 생각해도 지나문화 도래 후의 산물은 아닌 것 같다.

나는 이것들을 모두 창해의 고전 즉 애급 방면의 용성과 다파나의 이사와 관계가 있다고 생각한다. 그리고 그 일본어 종횡 내지 일선 지리의 이사 상태로 봐서 닐강(왕의 우물 즉 왕강)에 대한 팍스(Pax)

의 땅이 다파이고 용성임을 승인하는데 충분하다고 생각한다.

6. 완화(琓夏) 또는 화하(花厦)

완화 또는 화하는 『일한 상고사의 이면』에서는 하하(母)의 나라라고 해석한다. 정명(正明)을 자의에서 부회하는 것과는 다르다. 음절에서 자의를 구할 수도 있지만 부회라는 점에서는 전후 동일하다.

완화 또는 화하는 원음 팍스 또는 팍사에 대한 가차음(假音)이며 원래 하야시라는 말에서 나와 은부(殷富) 또는 숲을 의미한다. 일본고전의 치첩누각(雉堞樓閣)의 장려(壯麗)라는 것은 그 은부의 의미를 설명하는 것이며 그 궁전의 문에 오백향(五百香)의 나무가 있다고 하는 것은 숲의 뜻을 설명하는 것이다. 『삼국유사』에서도 숲속의 한 나무아래라고 하고 계림동하(鷄林東下)라고 하는데, 이는 적어도 이 숲의 고전을 전하는 것이다. 여기에서 완하나 화하라고 하는 것도 그 한자에 다소 우의(寓意)가 있다고 봐야 한다.

그것이 이사(移寫)로서 일본에서는 우라시마전설의 땅이라는 단고(丹後)의 하야이시(速石)가 있다. 물론 개(开)는 곧 팍스를 가르키는 것으로, 현재 일본 단고에 이 마을이 있다. 돗토리(鳥取)의 지리에서 이 이사는 산인도(山陰道)의 호키(伯耆), 히고(肥後)의 아마쿠사(天草)[하구사-아쿠사-아마쿠사]에 현저하며, 지쿠젠(筑前)의 하카타(博多)[하쿠사-하카타], 미야자키(宮崎) 등 약간 변형된 이사도 있다.

내가 이들 이사를 주장하는 것은 그 이사의 확증 별로 집단을 이루고 있는 것을 볼 수 있기 때문이며, 이는 결코 음운이 우연히 같은 것이 아님을 알기 때문이다. 이야기가 조금 빗나가는 것 같지만 그 이사의 상태가 어떠한 지를 이야기해 보겠다.

우선 산인도(山陰道)도 제 나라 이름을 살펴보겠다.

단고는 애급의 한 지역 타니파스 즉 타니하의 이사이다. 도리이 류조(鳥居龍藏) 씨는 다모나(多牟那), 다마나(玉名)와 동명이라고 하는데 이는 맞지 않다.

단고는 호오리노미코토의 마나시카쓰마(無間勝間)의 출발지인 카르타고의 타고이다. 타고는 용을 의미한다. 카쓰마와 동어이다. 카고가 사고가 되고 타고가 되고 탄고가 된 것이다. 사고의 예에 다카사고(高砂)가 있다. 이는 다카카고(竹籠)이며 마나시카쓰마와 동어이다. 현재 반슈다카사고(播州高砂) 근처에 가코가와(加古川)가 있는데 가코는 즉 가고(籠)이다. 단 요쿄쿠의 다카사고는 이 다카사고는 아니다.

다지마(但馬)가 타라시움이라는 사실은 이미 언급했다.

이나바(因幡)는 애급의 한 민족 이나하스족 명칭의 이사이다. 이와시로(磐代), 이나와(猪苗)는 이 이나족과 애급 닐강(닐은 시로(성)이다. 뒤에서 상술)의 결합명사이다.

호기(伯耆)는 전술한 바와 같다.

이즈모(出雲)는 닐강의 닐(日)의 이사명이다. 닐은 일, 실, 시로, 히르와 모두 같은 말로 일본어의 일(日)이다. 일의 끝 음이 지명적 변화를 거쳐 즈모가 된 것이고 이것이 이스모가 된 것이다. 아랄호수 남쪽에 호라즘국(花拉子模=Xorazm viloyati)이 있다. 하라스모란 아랄의 아라스모이며 하라스모가 된 것이다. 일이 이스모가 된 것과 같다.

이와미(石見)는 큰 뱀(우와바미)이다. 우와바미가 이하바미가 되고 이

하미가 된 것이다. 이는 야마타노오로치(八俣大蛇) 고전설의 이사이다. 산인도가 모두 애급관계의 이사로 호키(伯耆)만 그런 것이 아님을 볼 수 있다.

다음으로 규슈(九州) 지방의 이사상태를 관찰해 보겠다. 그중에서 특히 히고의 다마나(玉名)는 탈해의 탄생지라는 의미도 있어 현재 이 연구는 가장 중요하다.

히고(肥後)는 오래된(古) 비옥한(肥) 나라이다. 그곳에 시라카와(白川) 가 있고, 다마나가 있고 아시키타(葦北)가 있고, 아마쿠사(天草)가 있고, 시라누이(不知火)가 있다. 이들 모두 내 연구대상이다.

히노구니(肥の国)는 히(불)의 나라(火の国)인데 실은 히(날)의 나라(日の国) 이며 다른 히노구니 즉 이즈모구니와 같은 뜻이다.

시라카와(白川)는 '닐' 관계의 '시로'로 이즈모노카와(出雲の河)와 같 은 히(날)노카와(日の川)이다. 이를 합쳐 보면 비국(肥國)이 일국(日國)이 되는 것 역시 수긍할 수 있을 것이다.

시라누이(不知火)는 따라서 히(날)가 히(불)로 바뀐 것이다. 시라누이 (不知火)의 한자는 시대가 부회를 한 것이라 해야 한다.

다마나(玉名) 비국(肥國)은 이즈모의 한 형태로 거기에 닐 강의 한 형태인 시라카가와가 흐르는 것이다. 여기에서 다마나를 볼 수 있는 것은 이상하지 않다.

아시키타(葦北)는『삼국유사』의 아진의선과 같은 말로 이즈모계통 의. 명칭이다. 다음 장에서 같이 살펴보겠다.

이렇게 이사의 흔적이 현저한 이상 천초(天草)가 아마쿠사가 되는 것은 전혀 이상하지 않다. 그리고 이렇게 이사상태를 충분히 증명할 수 있는 이상, 탈해전을 통해 일선민속 이동의 관계를 엿보기에 충분하다는 도리이 씨의 설은 수긍할 수 있지만, 탈해가 다마나에서 왔다는 설은 수긍하기 힘들다.

7. 탈해와 아니(阿尼)부인

앞장에서 고명한 학자들의 설의 잘못된 점을 대략 적어 보았는데, 이번 장에서도 같은 방법으로 논의를 전개하겠다.

세 명 모이면 보살의 지혜라는 말이 있고 세 명 모두 내로라하는 대문학박사, 국학박사인데 그들이 감수했다고 표방하는 『일본신명사전(日本神名辭書)』에 스사노오노미코토가 이즈모에서 만난 구시나다히메(櫛稲田姬)의 부모 테나즈치(手名椎), 아시나즈치(足名椎) 두 명에 대해 손이 없고 발이 없다(手撫足撫)는 글자의 뜻으로 설명하고, 구시나나히메를 총애하여 손을 쓰다듬고(撫), 발을 쓰다듬는데서 온 이름이라 풀고 있다. 그렇지만 일본 고전의 신들의 명명을 밝히기 위해서는 이들 박사라 칭하는 사람들보다 훨씬 더 심원한 지혜를 필요로 하는 것으로, 테나즈치와 아시나즈치의 올바른 뜻도 그런 유치한 설로 설명할 수 있는 것이 아니다(이하 박사관계는 제외한다).

테나즈치와 아시나즈치는 단순히 원음을 가차한 것으로, 손을 죽(竹)의 약자, 다리(아시)는 갈대(아시)에 해당하며, 수무(手撫), 족무(足撫)와 같이 생각하면 대나무 즉 갈대술-번영-꽃을 의미하며, 원래 술관계의 명칭이다. 큰 뱀 퇴치의 「술 여덟 통 전설(酒八槽傳說)」도 실은 술관계를 기초로 하여 생긴 전설로, 스가(須賀)의 야쓰미미(八耳)란 술독

이 여덟 개(酒甕八耳=8개)임을 다카아마하라(高天原)의 구세관념으로 기술한 것이다. 또한 동설 중 술이 초목이 되고 국토가 되고, 구지(區志)-비지통(比地通)이라는 말이 이 안에서 변화하고 진화했다고 하는데, 손의 흙(手の土)과 발의 흙이 손의 술과 발의 술이라는 말이 되는까닭이 여기에 있다.

생각건대 일본어의 종횡이 옥과 용에서 유래한 것처럼 손과 발이라는 말도 대나무(타케)와 갈대(아시)에서 유래한 것이다. 눈(메)이든 코(하나)든 초목 관계의 말과 동음인 것들을 보라.

대나무와 갈대(竹葦)라는 말은 오오야마쓰미(大山津見) 관계의 명칭으로 테나즈치, 아시나즈치 외에 구니오시토미미코토(國忍富命)의 비중에 아시나다가노히메(葦那陀迦姬)가 있는데, 이는 갈대(아시)의 술-꽃을 의미한다. 『삼국유사』에서는 탈해를 발견하여 그를 키운 노파의 이름이 아진의선이다. 그것은 아시노쿠시(葦の区志)와 동어이며 갈대의 꽃이다. 이 명칭의 기념지를 아진포라고 하는데 지금은 그곳을 죽화포(竹花浦)라고 한다. 갈대꽃을 남성화하여 죽화라고 바꿔 부른것이다. 히고 아시키타(葦北)는 이와 동명이다.

대나무와 갈대의 관계는 탈해-토해와 아니(阿尼)부인에게서 찾아볼 수 있다. 아마 『삼국유사』가 니사금(尼師今)과 평행하게 치질금(齒叱今)이라는 한자를 사용하는 것으로 보아 아니가 아치(阿齒)이고 갈대의 일본어와 평행한 음임을 알 수 있다.

탈해의 비가 갈대부인인 것은 호오리노미코토의 비가 도요타마비매(豊玉比売)인 것과 전설계통을 같이 하는 소이이며, 모두 우미하라(海原) 내지 오오야마쓰미(大山津見)관계의 표징(表徵) 명사인 것에 불과

하다.

　토해(吐解)라는 말은 일본 고전에서는 무(武), 건(建)의 한자에 나타나며, 죽(竹)은 그 표징 식물이다. 과왕(過往), 직진(直進), 척고(脊高)를 의미하며 중국 창해족의 고전과 같이 임협무용(任俠武勇)의 민족으로 신연구에서는 이를 죽인종(竹人種)이라고 한다. 희랍신화의 아폴론이 1장 2척의 장신인 것처럼 게이코(景行), 주아이(仲哀), 일본 무(武)의 제신들이 1장 2척 내지 1장의 키를 갖는 것은 고전이 전하는 바이다. 『삼국유사』가 탈해를 전하여 '해골 둘레가 3척 2촌, 신골의 길이 9척 7촌이나 된다. 이는 서로 엉기어 하나가 된 듯 하고 뼈마디는 연결되어 있다. 이른바 천하에 대적할 이 없는 역사(力士)의 골격이었다.' 라고 부언하는 소이 역시 음미해 보아야 한다.

『조선 및 만주』 제87호, 1914. 10.

『삼국유사』 탈해전과 다양한 문제(3)

나카무라 우도

8. 대나무와 갈대

앞 장에서 탈해, 아니, 아진의선 등의 어의에 관하여 대나무꽃, 대나무술, 갈대꽃, 갈대술 등의 말로 설명하였다. 그렇지만 현재 일본의 대나무 혹은 갈대로는 이들 말은 도저히 해석이 되지 않는다. 그에 관해서는 고전에서 대나무나 갈대가 어떤 식물인지를 살펴보아야 한다.

현재 일본의 대나무와 갈대는 다른 식물의 명칭이지만, 고전의 대나무와 갈대는 동일 식물의 두 가지 명칭이며 지금의 대나무와 갈대와는 다르다. 따로 '나쓰메시슈로'라고 하여 야자를 부르는 것과 같다.

야자는 학명을 Phoenix dactylifera라 하며 보통 date palm이라는 것은 영국식 명칭이다. 독일은 Dattelbaum 혹은 Dattelbäume라 한다. 아프리카 북부, 아시아 남서부에 많으며 유럽 남부에도 산견된다. 종려(棕櫚)나무속 중 가장 아름답고 가장 중요한 식물로, 줄기는 60척에서 80척에 달하며 가지는 없고 한 줄기가 똑바로 뻗어 있으며 끝의 줄기도 거의 같은 굵기로, 정상 부분에는 커다란 새 날개와 같은 잎을 펼치고 있다. 그야말로 왕의 관과도 같다. 나무에 자웅이 있는 것이 일본 은행나무와 같으며 암나무는 열매 몇 송이 달리는데, 한 송이의 열매는 대략 180에서 200알갱이이다. 그 무게는 15에서 20파운드에 이르며 원주민의 주식으로 없어서는 안 되는 것이다. 또한 이 지방의 중요수출품이며 과실을 데이트너트 또는 팜너트, 코코너트, 아레너트라고 한다. 생으로 먹을 수 있으며 말려서 저장할 수도 있다. 파사만(波斯灣) 일대의 바닷가에서 자라는 것이 가장 좋으며 배양법 또한 발달하여 현재 그 종류가 백여 종이나 된다고 한다. 이를 원료로 야자주 또는 설탕을 만든다. 단 야자나무는 목재로서도 활용도가 커서 데이트재, 팜재, 코코넛재라고 한다.

너트를 일본어의 호두로 번역하면 일본명은 구루미(호두)슈로라고 해야겠지만, 이를 '나쓰메(대추)슈로'라고 하는 것은 대추를 지나호두라고 하는데서 볼 수 있다. 또한 대추도 호두의 일종으로 보는 것처럼 너트의 일종에 Nutmeg라는 것이 있다. 육두구(肉豆蔲)라고 번역하는데, 나쓰메라는 말은 이 말의 마지막 음인 '구'가 탈락된 것이다.

'슈로'는 한자 사려(梭梠) 혹은 종려(椶梠)라고 쓴데서 나온 명칭 같지만, 일본민족 고유의 명사로 즙이라는 말과 관계가 있어 오히려 지나명사가 일본명사에 바탕을 두고 있다고 생각한다. 아마 야자라는 이름도 '아시'의 사투리로 희랍어 '아시', 라틴어 '아스'에 있다고 생각하는 것이 '아시'의 바른 음임이 확실하다. 나카토미노요고토(中臣壽詞)[1]에, '백목흑목(白木黑木)의 술'이라는 말이 있다. 백목의 종

---

1) 천황 즉위식이나 대상제(大嘗祭) 때 나카토미(中臣) 씨가 천황의 치세를 축복하기 위해 하는 말.

려나무, 즙목(汁木), 흑목(黑木)의 호두나무. 밤나무는 조선에서 쿠리(栗)를 밤(Palm)이라 하는데 밤도 고대의 호두 속이었다 볼 수 있다. 또한 데이트, 다쿠치로스 등의 말이 어떤 형태로 일선어에 나타났는지를 검토하는 것은 매우 재미있는 문제이다.

일본가옥에 관한 말 중에 '미아라카', '쿠리', '쿠리야', '타테', '타치(館)'라는 말이 있다. 이들은 모두 가옥을 구축하는 목재의 명칭으로 대개 호두 속 즉 종려나무 목재를 사용하고 있는데서 근거를 찾을 수 있다. '아라카'는 전술한 '아래카너트'의 아래카이며, '쿠리', '쿠리야'는 밤이다. '타테', '타치'는 데이트이며 다테루이다.

타데(蓼-=여뀌)라는 말도 이 데이트 또는 다테루와 관련이 있으며, 원래 타케(竹) 또는 사려(梭梠)라는 말의 이사이다. 여뀌의 입상태와 줄기의 마디상태는 이 이름과 관련이 있다. 신연구는 다테가(伊達家)도 다케노마루의 문양을 보고 데이트를 어원으로 했음을 밝히고 있다.

쿠루마(車)라는 말 역시 쿠루미(호두)에서 온 것으로 쿠리마(栗馬)의 줄임말이며, 이 역시 그것을 만드는 목재의 명칭에서 나온 것일 것이다.

야자의 학명 페닉스, 다쿠치리페라는 다쿠치리페라를 주어로 한다. 이 말은 손가락(指掌)을 의미하는 다쿠치로스(Dactylos)에서 나온 것으로, 야자의 잎이 마치 사람의 손가락을 펼친 것과 비슷해서 지장 상식물의 의미로 이런 명칭을 붙인 것으로 보인다. 그러나 타케(竹)의 어원이 손이 아니고, 손의 어원이 타케이다. 내 견지로는 다쿠치로스라는 말은 다쿠 즉 다케(竹=일본어로 안다(抱く))를 어간으로 하므로 지장(손)을 의미하기에 이르렀다고 생각한다.

조선어에서는 나쓰메를 타이추(대추)라 하고 타케를 타이(대)라고 한다. 어학자는 타이추를 대추(大棗)라고 쓰고 그 어원을 설명하려 하지만 이것 역시 매우 잘못된 것이다. 타이추의 타이는 대나무의 타이에 해당하는 말로 이는 '타이'의 원음인 타크, 타카의 음이 바뀐 것이다. 여기에서 우리는 '타쿠치우' 또는 '타카치우'라는 말을 찾을 수 있으며 아마 '타쿠치우'는 다쿠치로(스)의 다쿠치오(스)에 해당하며, '다카리우'는 고어 다카치호(高千穗)에 해당할 것이다.

　타이치우나 다쿠치로(스)는 원래 고어 다카치호에 나오며 대 즉 아시(갈대)의 꽃과 열매가 천송이(千穗) 늘어진 것을 다카치호라는 말을 내세워 만든 말임을 추호도 의심할 수 없다. 세계에서 가장 오래된 말로 종횡활보하기에 족하며 별도로 존재하는 다른 어원에서 와전된 것이 아니다. 신연구가, 희랍 다카치호의 다카치호로 봉산(鳳山)＝응산(鷹山＝타카야마)과 텟사리아＝어간 테오＝치오(신)의 합성명사이며, 아프리카 다카치호(高千穗＝日子穗穗手見命의 高千穗)의 다카치호가 '다쿠치로(스)'의 와전 '다쿠치오'에서 왔다고 하는 것은 본지를 상정하는데 있어 한 수단일 수는 있어도 언어 발달의 순서를 무시한 점에서는 수긍하기 힘든 견해이다. 나는 왜 씨가 굳이 자국 본존으로 이러한 전도를 하는 지 의심스럽다. 그렇지만 '다그치로스'와 다카치호를 관계어로 인정하는 혜안에는 경탄하고 있으며, 조선어 '타이추'가 나쓰메이므로 보충 설명하는 바이다.

　'데이트너트'에 '아래카너트'라는 이름이 있음은 전술한 바와 같으며 일본의 '미아라카'라는 말은 이 나무이름에서 유래한다. 이에 대해 한마디 더 하겠다. 『일본서기』 중에 '노옹이 자루에서 검은 빗을 꺼내 땅에 던지자 오백개의 대나무 숲이 생겼다. 거기에서 대나무를 베어 성긴 바구니(荒籠)를 만들어 미코토를 담아서 운운', 호오리노미코토의 해신궁에 도착했고, 마나시카쓰마(無間勝間)의 작은 배의 한 명칭인 성긴 바구니(荒籠) 뗏목으로 삼은 것은 상상하기 어렵지 않다. 하지만 이것을 성긴 바구니라고 전한 것에 대해서는 한 번 더 생각해 볼 필요가 있다. 신연구는 성긴 바구니 즉 뗏목을 의미한다고 가상했기 때문에 영어 라프트, 독어 라하트, 희랍의 라호스가 라흐, 라호의 라코로 바뀌고 결국 발두음(發頭音)을 붙여 아라코가 되었다고 주장하는데 이것도 좀 견강부회의 감이 든다. 내가 생각하기에는 전술한 아래카너트의 아래카에 황롱(荒籠)이라는 한자를 붙여 상용화시킨 것이고, 배는 물론 아래카와 비슷하게 조성된 예이기 때문에 그 배도 단순히 '아래카'라고 부른 것이며, '미아라카'라는 말과 같은 예라고 생각된다. 희랍의 오로호(궁전, 집)이라는 말 역시 이와 관계가 있을 것이다.

야자와 함께 종려라는 명칭도 병용되고 있다. Betel-Date-Nut라고 하며 이 역시 호두 또는 종려나무속이다. 『고지키』의 호무치와케노미코(本牟知和氣御子)의 고니신화 조에 아지마사노나가호노미야(檳榔之長穗宮)라 나오는데 '아지마사'라고 읽는 법이 표시되어 있다. 신연구의 견해에 의하면, 이 궁궐 터에 메콩강 하구 아지마사(Agimatha)라는 지역이 있는데 그 철자로 생각건대 '아지(ち)마사'는 당연히 '아지(じ)마사'로 표기해야 하며, 또한 더 정확하게는 탁음을 떼고 '아시마사'라고 읽어야 한다. 현재 일본에서 '마사'에 '정(柾)' 자를 사용하여 삼정(杉柾), 어정(栂柾), 동정(桐柾)이라 하는 것은 나무결이 촘촘하고 품질이 좋은 양호한 것을 말하는 것이다. '아시마사'라는 명칭도 이와 같은 형이며, 어원 관계는 어떻든 간에 '마사'는 '아시'에 대한 부속어임이 확실하다면, 마사(檳榔)도 '아시'라고 했음에 틀림없으며 이렇게 해서 천 년 동안 해결이 되지 않았던 '아지마사' 명칭도 내 연구에서는 의외로 쉽게 설명이 가능하다고 생각한다.

위의 마사(檳榔)는 비토르에서 온 것인지도 모르겠지만 일본에 베쓰타라시라는 이름이 있는 것은 확실히 이 비토르의 한 발음형태인 베테르에서 온 것이다. 혹은 베쓰타라가 원음인데 비토르가 되었는지도 모른다. 데이트, 팜, 다쿠치로 등이 전해진 것을 생각하면 그런 생각이 전혀 틀린 것도 아니다.

다카치호(高千穗)나 마사노나가호노미야(檳榔之長穗宮)는 궁전의 명칭이며, 고전에는 이와 동형의 명칭으로 한자로 가나를 붙인 것이 많다. 난바다카쓰미야(難波高津宮)는 난파아시노미야(難波葦の宮)이며, 그 궁전 역시 '아시'로 만들어졌다. 또한 난바와 '아시'의 관계는 매우 밀접하다. 난바의 아시는 이세 바닷가의 억새라는 '오기'라고도 하는데, 야자의 한 명칭이나, 여기에서는 자세히 언급하지 않겠다. 난바라는 이름이 희랍 아카르나니아임은 신연구에서 주장하는 바다. 아시가 야자가 되었음이 확실한 이상, '아시의 난바'가 지금의 오사카가 아님은 물론이다. '아카르나니아'의 아카르는 아가루(勝る)이며, 희랍어 '아―시'에 대응한다. 그 외에 '미시', 라틴어의 '아스'는 모두 아가루이며 원래 초목이 생장하는 것을 나타내는 동사이다. 『고지키』의 이와래히코노미코토동정(磐餘彦命東征) 조에 우사쓰히코(宇佐津彦)와 우사쓰히메(宇佐津姬)가 아시히토쓰아가루미야(足一騰宮)를 지어 신을 대접했다고 한다. 모토오리 노리나가(本居宣長, 1730~1801)는 이 궁명에 대해 이상한 해설을 하는데, 이 아시히토쓰는 아가루의 조코토바(序詞)2)로서 아가루노미야라고 하는 것이 본체이다. 이는 도요아키라노미야(豊明宮)의 아키라노미야와 같은 뜻으로, 아카루도 아~시도 아스도 고전에서는 모두 '아시'이며 여자이다. 동사와 명사 사이에 교호하는 것은 드문 일이 아니다. 조선어의 '입'이나 '귀'도 그러한 예이다. 그러므로 아카루나니아는 갈대의 난바라는 말이 되는 것이다.

이상에서 설명해 온 바에 의해, 고전의 대나무와 갈대에 대해서 우리 조상이 그 꽃을 사랑하고 그 술을 귀히 여기고 다카치호의 숭중(崇重)을 자랑하며 마사노나가호미야의 아름다움을 노래하는 데에 확실히 그 연유가 있음을 알 수 있다.

『조선 및 만주』 제89호, 1914. 12.

---

2) 와카(和歌)의 수사법으로 특정 말 앞에 붙어 비유, 중의, 동음어 등으로 관계되는 말이다.

조선의 연문학(軟文學)[1]에 나타난 양성(兩性)문제에 대한 사회적 고찰(1)

청구동인(靑丘同人)

1.

여기에서 소위 '조선의 연문학'이라 함은 요즘 신문, 잡지에 게재되고 있는 소설이나 시가를 지칭하는 것이 아니라, 구시대의 문예물을 의미하는 것이다. 그 범위는 소설, 설화, 이언(俚諺), 가요, 말장난 등 모든 대중 문학에 걸쳐 그것을 밝히고자 하는 것이다.

원래 조선문학은 수천 년 동안 한문학을 정통 상승(上乘)[2]문학으로 여겨 왔다. 따라서 그 형식이나 사상에 있어 지나(支那)를 모방하는데 불과했다. 그런 까닭으로 진정 조선인의 심정을 토로하거나 독자로 하여금 저절로 감동하게 하는 문학이 일어나지 못한 것은 유감천만한 일이다. 아마 조선인은 조선 고유의 사상이나 관념을 문학에 나타내고 싶어 노력을 했을 것이다. 하지만 아무래도 한문으로는 형식이나 사상 모두 조선민족의 시정을 표현하기에는 너무나 어려움이 있기 때문에 필연적으로 지나문학을 능가할 수 없었던 것이다.

조선인은 그와 같은 불편을 해소하기 위해 이두나 토(吐), 언문을

---

1) 쉽고 부드러운 감정을 나타낸 흥미 중심의 문학. 소설, 희곡, 시가 따위.
2) 상품(上品), 높은 경지.

창조했다. 그중에서도 언문은 매우 우수한 문자였음에도 불구하고, 문학이라고 하면 철두철미 한문으로 일관했기 때문에 모처럼 발명한 우수한 언문도 그 진가를 충분히 발휘하지 못하고 기껏해야 부녀자의 읽을거리나 배움이 짧은 민간의 주해서에 이용되는데 지나지 않았음은 아무리 생각해도 유감천만한 일이라 할 수 밖에 없다. 그 후, 조선시대 중엽에 이르러 언문소설이 활발하게 창작되었지만, 유명한『심청전』도 그렇고『구운몽』도 그렇고 그 사상은 지나소설을 모방한 것으로, 대부분은 지나를 무대로 하거나 지나의 인물로 점철되어 있는 관계로, 그것을 통해 바로 조선인의 사상이나 관념, 민족성을 알 수 있다고 단정하기에는 주저하지 않을 수 없다.

또한 그 유명한『심청전』은 원래 가사(歌詞)로, 지나의『서상기(西廂記)』[3]를 모방하여 창작되었다고 하니, 설령 조선을 무대로 하고 조선인을 등장시키고 있는 연문학이라도 무조건 그것을 조선의 문학으로 받아들일 수는 없다. 모 연구소의 조사에 의하면 현재 그와 같은 종류의 언문소설류가 약 300여 종이나 시정에 나돌고 있다 한다.

2.

그러나 나는 이렇게 생각한다. 설령 지나의 문학을 모방한 것이든, 재탕이든, 혹은 표절이든 적어도 3백 년 동안이나 민간에 전래되며 애독된 이상, 거기에는 반드시 조선민족 공통의 사상이나 감정이

---

3) 원나라 때의 희곡. 5막으로 된 장편극으로 작자는 왕실보(王實甫), 또는 왕실보(王實甫)와 관한경(關漢卿) 두 사람의 합작(合作)이라고도 함. 최앵앵(崔鶯鶯)이란 미인(美人)과 장군서(張君瑞)라는 청년의 정사를 각색한 것임. 이것을 번안하여『동상기(東廂記)』라고 했으며,『춘향전』에도 많이 인용되고 있음.

담겨 있다고 봐도 무리가 없을 것이다. 그것은 단순히 인간으로서의 공명점만이 아니라 조선민족으로서도 어떤 합치점이 농후하게 드러나 있기 때문에, 그것을 대대로 사람들이 읽어 보고 자신의 감정에 비추어 아무런 모순이나 당착을 느끼지 못했다면, 그것은 이미 조선의 문학으로 봐도 되지 않을까. 예를 들어『흥부전』-일명『제비 다리』-와 같은 것도 전문가의 설에 의하면, 인도지나의 사상이나 전설이라며 하나하나 실증을 하며 지적을 하고 있는데(시마키 도시오[島木敏雄]저『일본 신화 전설의 연구』), 우리들은 전문가가 아니기 때문에 그에 대해 반박할 자료가 아무 것도 없다. 그러나 본편의 주인공과 부주인공인 놀부와 흥부는 확실히 조선에 있을 수 있는 인물이며 동시에 이야기의 내용이 대부분 조선의 인정, 풍속, 습관에 들어맞는 것 같다. 그렇다면 그것은 이미 조선인의 사상을 나타내는 연문학으로 인정해도 된다고 나는 생각한다. 환언하면, 우리나라의『팔견전(八犬伝)』[4]이 지나의 어떤 전설, 즉『수호전』이나『삼국지』의 재탕이라고 평하는 사람이 있어도, 우리들은 이미『팔견전』을 우리나라 고유의 무사도를 고취시키는 문학서로 기탄없이 떠받드는 것과 같다.

지나의 소설을 연구한 야스오카 히데오(安岡秀夫) 씨의 저서에 의하면, 그 내용은 다음과 같다.

　　　　향락에 빠져 음탕한 점.
　　　　미신이 깊은 점.

---

4) 교쿠테이 바킨(曲亭馬琴=다키자와 바킨[瀧澤馬琴]의『난조사토미 팔견전(南總里見八犬伝)』을 말함. 에도시대 후기에 창작되었으며 당시 대표적 대중소설이자 장편전기소설(伝奇小說).

허례 허문(虛文)이 많은 점.

금전욕이 과도한 점.

개인주의, 사대주의가 강한 점.

동정심이 부족하고 잔인한 점.

체면을 지나치게 중시한다는 점.

이상과 같은 특징을 예거하며 일일이 인용을 하며 예증하고 있다. 또한 경성대학 교수 다카하시 도루(高橋亨)5) 씨의 저서에 의하면, 조선인의 민족성으로 다음과 같은 것을 들고 있다.

사상이 보수적이라는 점.

창의적이지 않고 종속적이라는 점.

천하태평하다는 점.

문약에 흐르기 쉬운 점.

당파심이 강한 점.

형식을 중시한다는 점.

또한 이것들을 분해하면 10개정도가 된다며, 대체로 앞에서 언급한 지나의 사상과 대동소이한 성정이라 설명하고 있다. 이로 미루어 보아도, 조선의 연문학이 지나의 모방이기는 하지만 절대로 외국에서 직수입한 문학은 아니라는 사실만큼은 알 수 있을 것이다.

---

5) 다카하시 도루(高橋亨, 1878~1967). 일본의 조선학 연구자로 경성제국대학의 교수를 역임. 저서로는 『한어문전(韓語文典)』(1909), 『조선이야기집(朝鮮の物語集)』(1910), 『조선속담집(朝鮮の俚諺集)』(1914), 『조선사상사대계 제1권 이조불교(朝鮮思想史大系第1冊李朝仏敎)』(1929) 등이 있다.

3.

그리고 조선의 연문학은 불교취향이 매우 농후하다. 무릇 구시대에는 어느 나라이든 민간 사상계를 움직이고 있던 것은 종교였다. 그리고 이씨 조선은 불교를 억제하고, 유교를 우대하며 도교를 중시했다고는 하지만, 대궐 내 불교 세력은 매우 유력했다. 즉 궁녀들 사이에서 숭불의 힘이 내면적으로 적지 않게 궁중에 세력을 가지고 있었다. 따라서 승려의 노력이라는 것이 부인들 사이에 뿌리깊이 침투하여 암암리에 부녀자들이 좋아하는 언문소설을 저술했다. 승려는 언문의 창작자이자 동시에 경문의 언해(諺解)에 능했기 때문에 언문소설을 저술하는데 큰 어려움이 없었을 것이며, 부녀자들은 그와 같은 언문에 의해 지식을 흡수하고 세상사를 이해했으며 인정을 이해하는 일이 적지 않았을 것이다.

또한 불교의 본래 취지로서 인과응보를 역설하는 것이 빈번한 것처럼 조선 소설류는 그런 인과관계를 골자로 하는 것이 매우 많다. 여자들은 불교에 귀의하여 언문소설을 탐독하며 내세에는 남자로 태어나기를 바랐을 것이다. 그녀들은 내방에 한거하면서 느끼는 우울함을 해소하기 위해 절을 찾아 기도를 하고 승려와 교제하며 소설 속 정취를 음미함으로써 남자들로부터 받는 압박으로부터 다소나마 숨을 돌릴 수 있었을 것이다. 후세에 유교를 받드는 작자들이 즐겨 승려와 아녀자의 정사를 폭로한 것은 이 때문이다.

4.

다음으로는 민화와 민요이다. 이것은 평민의 사상이나 감정을 가장 노골적으로 기탄없이 적나라하게 표현하고 있는 것이며, 또한 풍류가 흘러넘치는 것이다. 나는 조선의 연문학으로는 오히려 민화나, 민요, 속담, 수수께끼 등을 다루고 싶었다. 그리고 일찍이 그것들을 통해 조선의 사회상이나 민족성을 연구하려 한 적이 있다(『조선사회사업(朝鮮社會事業)』1926년 10월 참조). 그에 더해 조선인에게 창작력이 부족하다고 평하는 사람들도, 이들 재료에 대해 연구를 하게 된다면 거기에 매우 섬세한 문학적 수완을 발견할 수 있을 것이다. 조선어 연구회 발행 『조선야담집(朝鮮野談集)』과 같은 것, 그리고 항간에 유포되어 있는 『팔도재담집(八道才談集)』, 『요지경(瑤池鏡)』, 『선언편(選諺扁)』6), 『파수집(罷睡集)』, 『오백년기담(五百年奇談)』과 같은 것, 혹은 『고금기담집(古今奇談集)』, 『소화대(笑話袋)』(이상 언문) 등에 기술되고 있는 기상천외한 이야기들은 곧 저간의 소식을 가장 웅변적으로 말해 주는 것이라 생각된다. 그 외에 조선의 이언이나 수수께끼의 촌철살인의 경구나 포복절도의 재치담 역시 조선인의 일 측면을 그려내기에 지나침이 없으며 동시에 그 문학적 기지를 엿보기에 족하다 생각된다.

민요에 이르러서는 더 한층 감정이 내키는 대로 조선인의 시상에서 분출하는 주옥 같은 소리들이 도처에 눈에 띤다. 중세에 시조라는 고상한 가요가 나타났지만, 이 역시 지나의 사상이나 감정에서 벗어나지 못하여 도저히 자유로운 리듬을 표현하는 민요에 미치지 못하는 일이 부지기수였다. 수수께끼나 말장난 등에도 조선인의 기지가 나타나고 있음은 쉽게 엿볼 수 있다.

---

6) 조선시대 때 민간에 퍼져 있던 이어(俚語), 전설 등을 모아 한글로 기록한 책. 지은이와 연대는 자세하지 않으나 대개 영정조 때의 것으로 추정됨.

5.

지금 나는 이들 연문학을 통해 조선인의 '성(性)' 문제를 기술해 보고 싶다. 상고시대에 태양을 여성으로 받들었던 조선인이 왜 여자의 해방을 막아섰는가? 유교의 화인가? 동양도덕의 묵수(墨守)인가? 아니 깊이 검토를 해 보면 조선인들은 오히려 여성 예찬자이다, 탐미자이다, 갈앙자(渴仰者)들이다, 라는 결론에 다다를 것이다. 그리고 조선의 남자들은 실로 여자가 죽음으로써 지켜내고자 하는 절개심에 대해 충심찬미의 탄성을 발하고 있다는 사실과 여자들의 인종인고의 위대한 정신력에 지성을 다해 감탄하고 있다는 사실을 알게 될 것이다. 서양 속담에 이르기를 '약한 자여 그대 이름은 여자일지니'라는 말이 있다. 그러나 조선인들에게는 '강한 자여 그대 이름은 여자일지니'라고 할 정도다.

정절을 위해서는 순교자를 방불케 할 만큼 백 가지 어려움과 천 가지 괴로움에도 굴하지 않을 정도로 여자들이 조심한다는 사실은 누구나 충분히 알고 있을 것이다. 그러한 심경은 남자들의 성적 욕망을 자신에게 기울게 하고자 하는 여자들의 고도의 세련된 수법의 결과가 아닐까? 예를 들어 도쿠가와시대(德川時代) 오이란(花魁)[7]들이 '도도함'이라 해서 일종의 의기를 보인 것은 그야말로 남자들의 성적 욕망을 자극하는 일종의 기교였던 것처럼 말이다. 아니면 한편으로는 남자들의 이익을 위해 또 한편으로는 그 이익을 유지하는 도덕을 위해 여자들이 자신의 일생을 희생하고자 한 결과인 것일까?

---

7) 유곽에서 지위가 가장 높은 유녀.

예를 들면 도쿠가와시대의 정절녀가 남편의 방탕한 생활의 뒤처리를 위해 매소부의 신세가 된 것처럼 말이다.

또한 조선의 소설 속 인물들 중에서는 히어로보다 히로인이 훨씬 더 큰 활약을 하고 있다. 이는 여자들에게 좋아하는 내용을 읽게 하고 또 여자를 예찬한다는 의미에서 특별히 여주인공의 활약을 그린 것이라 생각된다. 근대 조선의 소설가인 김춘택의 작품처럼 당초 그 어머니를 위로하기 위해 지어졌다고 전해지는 것을 봐도 그 취지를 알 수 있다. 과연 그것은 무엇을 의미하는 것일까? 대부분의 소설에서는 그러한 여주인공이 매우 영리한 경우가 많다. 남자가 여자를 사랑하고 존중하고 예찬하기 위해 일부러 여자를 영리하게 그렸다고 생각될 만큼, 번득이는 지혜를 도처에서 찾아볼 수 있다.

어떤 경우에는 여주인공이 작품 안에서 말단의 역할을 하거나 혹은 완전한 우둔함의 표상인 경우가 있다. 또한 어떤 경우에 여자의 지혜가 과도하여 히스테릭한 잔인성을 노골적으로 드러내는 경우도 있다. 그것은 여자의 천박한 사려에서 나온 선천적인 잔인성이 아니라, 내방에 갇혀 생활하는 여자가 지나치게 지혜를 발한 결과라고 생각되는 경우가 많다. 조선의 부녀자들이 평소 내방에 칩거하며 몹시 좁은 사회밖에 모르기 때문에 당연히 성격이 꼬여 변태적 경향을 보이는 것은 누구나 상상하기 어렵지 않을 것이다.

하지만 그만큼 여자들은 자기 자신에게 용의주도하며 특히 절개심에 있어서는 이상하게 여겨질 만큼 노력을 보이고 있다. 거의 인간의 업보라고 생각될 만큼의 극기심이나 희생적 태도를 나타낸다. 동양도덕의 정화는 조선의 부녀자들 사이에서만 보존된 것이 아닐까라고 생각될 만큼, 위대한 노력의 흔적을 보인다.

6.

그러나 정조를 지킨다든가 체면을 세운다든가 수절한다든가 하
는, 도덕상 매우 숭고하다 할 수 있는 정신도 그 표현법이 너무 기
교적으로 흐른 나머지 극단적으로 치달을 때는 이미 그것은 도덕의
권역을 벗어나 일종의 변태적 성욕의 발로로 생각되는 경우가 있다.
조선문학에 나타나는 '성'의 문제는 변태성욕에 가까운 것이 아닌가
한다. 예를 들면 엄격하게 여자의 정조를 운운하며, 특히 그 생식이
나 연애의 근원에 대해 정신적 혹은 육체적 고통을 줌으로써 남자
들이 쾌감을 느끼고 미적으로 예찬하는 것은 분명 '새디즘' 충동이
아닐까? 또한 여자 자신도 남자들이 그렇게 탐미하고 환희를 하는
가운데 점점 더 자신의 신체나 정신에 온갖 고통을 주고, 특히 생식
이나 연애의 근원에 온갖 종류의 고통과 억압을 가함으로써 인간
애욕의 교착(交錯)에 대해 순교적 태도를 유지하고 스스로 쾌감을 느
끼는 것은, 소위 '매조히즘'의 충동이 아닐까? 안타깝게도 조선의 남
자들이 여자에 대한 성적 인고=금욕생활을 점점 더 고상한 방면으
로 유도하고 발달시켰다고 한다면, 원래 여자들을 예찬하는 민족인
만큼 여자들에게 더 지식 방면의 발달을 촉구하고 사회에 공헌하게
하는 바가 많았을 것이라 생각한다. 또한 여자들 입장에서도 자신이
예찬을 받는데 쾌감을 느끼고 미덕을 발견하는 마음의 작용을 더
고상한 방면으로 향상, 발달시켰다면, 원래 남자들로부터 애호를 받
는데 있어 특별한 처지에 있는 만큼 남자를 미화하기 위해 더 예술

적 방면의 발달을 촉구하고 사회에 공헌하는 바가 많았을 것이라 생각된다.

　고래로 조선에 발명이나 발견, 개조나 재건이 적은 것도 역시 미술, 문학, 종교가 발달하지 않은 것도, 모두 남녀의 성적 충동이 향상되지 않고 남자는 그저 육욕방면의 탐구로만 치닫고 여자들은 오로지 육체적 인고의 표현에 대한 기교 연구에만 몰두하여 더 이상 진보의 흔적을 보여주지 못했기 때문이 아닐까 한다.

　물론 나가이(永井) 의학 박사가 말하는 것처럼 '성욕은 육체적, 정신적으로 아무런 영향도 미치지 않을 뿐만 아니라, 오히려 불완전한 성욕의 충실에서 오는 해보다 적다'는 것이 진리라면, 조선 부인들의 금욕생활은 사회생활상 가장 도덕적 가치가 존재하는 것으로, 우리들은 깊이 탄복함과 동시에 그 금욕생활의 내면에 대해 깊이 연구할 바가 있을 것이라 생각한다. 즉 조선인들의 성문제는 도덕적으로만 해석해야 하는 것인지 아니면 변태성욕으로 취급해야 하는 것인지, 이하 몇 가지 조선의 연문학에 나타난 양성문제에 대해 사회적 견지에서 다소 비판을 해 보고자 한다.

　7.

　섹스의 문제는 근대에 이르러 서양에서 사회문제가 되었다고 생각하는 사람이 많지만, 원래 인류가 현세에 생존하는데 일종의 보존이라는 것을 등한시할 수 없는 한, 시대의 고금을 막론하고 동서양을 막론하고 문제시되었음은 틀림이 없다.

　동양의 도덕은 원래 남녀 간의 일을 노골적으로 표현하거나 정사를 자유롭게 발표하는 것을 삼가는데 그 가치가 있다고 여겨지고 있다. 그러나 '남녀칠세부동석'이라는 것도 단순히 표면상으로만 해석하고, 개인도덕으로서만 의의가 있다고 한다면 지극히 소극적인 관념밖에 인식할 수 없을 것이다. 이러한 격언이 일본인들 사이에서는 어쨌든 거북하고 말도 안 되는 것을 경계한 것으로 생각되기 쉬운 것은 일본의 사회상태와 지나의 사회상태를 동일하게 보는데서 온 모순이라 생각된다. 지나처럼 아침저녁으로 기름진 음식을 먹는 사회에서는 소년시절부터 성욕이 왕성한 것은 일본에 비할 바가 아니다. 또한 지나의 가옥 구조와 일본의 가옥 구조는 남녀 간 정사를 수행하는데 큰 차가 있다고 생각한다. 때문에 위 격언은 지나에서 가장 적절한 훈계이고, 그것을 바로 일본사회에 적용하는 것은 일본의 사회적 견지로 볼 때 상당히 곤란하다고 생각된다. 이는 마치 법성(法城)8)을 지키는 사람들에 대해 육식을 해서는 안 된다고 금기하는데, 인도와 같은 열대국가에서는 금기시하려야 할 수가 없는 것과 같다. 그곳에서는 육식을 해서는 도저히 견딜 수 없을 것이라 생각된다. 딱 그와 마찬가지로 남녀 간 성의 문제를 해석할 경우에 그 지역의 사회적 상황이라는 것이 극히 중대한 관련이 있을 것이다.

우리나라에서는 고래로 소년, 소녀에게 남녀의 성교육을 태만히 했다고들 하는데 그것은 꼭 그렇지만은 않다. 나는『오구라 백인 일수(小倉百人一首)』카드놀이가 성교육을 실시하기 어려운 어떤 계급에서 부지불식간에 성교육을 실시해 왔다고 생각한다. 조선의 동요 중

---

8) 불법이나 열반을 견고하고 안전한 성에 비유하여 이르는 말.

에도 성교육을 드러낸 것이 있다. 또한 유명한『겐지이야기(源氏物語)』
도 그것을 현대어로 번역한 것을 보면, 내 입장에서는 완전히 색마
의 전기(傳記)가 아닌가 하고 놀랄 정도이다. 고어의 막연한 표현으로
넌지시 얼버무림으로써, 고래의 젊은 처자들이 남자들의 애정을 어
떻게 받아들일 것인지, 남자들의 바람기에 대해 여자들의 정조를 어
떻게 유지할지를 극히 완곡하게 설명하는 것이라는데 비로소『겐지
이야기』는 의의가 있는 것이라고 생각했다.

　이와 비슷한 소설이 조선에는 상당히 많다. 그 외에 조선사회에서
는 과부의 품행을 어떻게 다루고 있는지, 처녀가 정조를 더럽혔을
때 사회가 그것을 어떻게 다루었는지, 사생아를 사회적으로 어떻게
처분했는지, 간통을 어떻게 단속했는지, 축첩이나 동성애는 어떻게
처리했는지, 이들 모든 것이 나타난 문학상의 성적 생활에 대해 사
회적 고찰을 시도하는 것이 꼭 무의미하지만은 않을 것이다.

『조선 및 만주』제234호, 1927. 5.

조선의 연문학에 나타난 양성문제에 대한 사회적 고찰(2)

청구동인

8.

조선인은 후계자를 열망하는 나머지 자녀가 조숙하기를 원한다. 조숙을 돕기 위해 식이요법을 하고 약을 복용하기를 권하는 외에 동화나 동요 안에서 알게 모르게 성에 눈을 뜨도록 자극을 주는 것을 소홀히 하지 않는다. 그리고 더 나아가 성숙한 이성을 찾아 후사를 이을 수 있도록 하는데 적지 않게 고심한다.

시험 삼아 조선시대 선조 40년에 집필된 『태산집요(胎産集要)』라는, 태산에 관한(언문 해석 달림) 제 증상 및 처방을 적은 책을 보면, 첫 부분은 우선 후사를 얻는 것의 중요성에 대해 역설하고, 남녀의 정력을 강건히 하는 처방을 상술한 후에 잉태편으로 들어간다. 그러나 아무리 후사가 중요하더라도 인삼이나 녹각을 먹으라고 하며 너무 일찍부터 아동에게 성욕의 충동을 주는 것은 아동의 신체를 해하는 바가 적지 않다. 고로 「산림경제」(일명 「조선박물지」)의 저자도 '나이 십사, 오세에 이르면 혼사를 치루고 합방을 허해야 한다. 어린 아동은 무지하니 일찍부터 방사를 가르치면 기를 크게 상하게 하여 요절하는 자가 많다'라고 경계하고 있다. 또한 '남자가 첫 경험이 너무 이르면 정기를 손상시켜 제대로 어른이 되지 못하고, 여자도 첫 경험이 너무 이르면 혈맥을 손상시켜 잉태가 어렵다'고 하는 정도이니, 사회에서도 자녀들에게 색정을 도발하는 문예적 산물을 주는 것을 몹시 삼갔다.

그러나 위에서 언급한 바와 같이, 조선인은 후사를 중시하는 나머지 자연히 통속적 문예에서 연애를 노골적으로 취급한다.

예를 들어 남녀의 정사를 서술할 경우, 정취 가득한 연애를 신비감 있게 시화하기 보다는 바로 '베개를 권한다', '운우교회(雲雨交會)한다', '여자를 안고 눕다', '마침내 동침의 기쁨이 있네', '어디 한번 하며 춘정으로 다가가니 역시 그 뜻이 어긋나지 않고 쉽게 그 만남이 이루어지네', '미혼의 처녀와 한 방에 동서(同棲)하니 무사하리요'라는 식으로 지극히 단도직입적 서술을 즐겨한다.

그러나 적어도 문예적 취향을 이해하는 이상, 마음 속 깊은 곳의 울림을 이끌어내는 무운(無韻)의 시를 쓰고 무형의 그림을 그리는 이상, 다소 윤색을 하지 않으면 안 된다. 조선인은 여자를 단순히 육체의 대조로만 보고 있다고 평하는 사람이 있다면, 그것은 단지 조선인의 일면만을 관찰한 것으로, 조선의 연문학에 정신적 방면의 발달이 희미하다는 비판은 빗겨날 수 없다 해도 완전히 속악 일변도의 문예만 환영을 받은 것은 아니라는 사실만큼은 단언할 수 있다.

아래와 같이 후사를 얻게 된 사정을 미적으로 기술한 일례를 들어 보자. 이는 약간 신성화되었다는 단점도 있기는 하지만 그와 동시에 조선인의 모성예찬의 일면을 엿볼 수 있으리라 생각된다.

- "단 한 가지 부족한 것은 자식이 없다는 것이었다… 어느 날 저녁 앵무새가 품으로 날아들었는가 싶더니 회임을 했다." (『숙향전』)

- "아내 왕씨와 목욕재계를 하고 향을 피우고는 자식 하나를 점지해 달라고 하늘에 빌었다. 그날 밤 천상에서 한 남자가 안개관을 쓰고, 구름옷을 끌며 내려와 하계에 몸을 두게 되었으니 운운… 신기한 꿈도 다 있다 하며 마음속 깊이 간직하고 있자니 왕 씨는 회임을 했다."(『상동』)

- "하다못해 불구라도 좋으니 내 자식이 있으면 좋겠어. 이제 자식이나 하나 태어나게 해 달라고 기도해 봐야지… 어느 날 곽부인은 선인과 옥녀가 하늘에서 내려와 품속으로 들어오는 꿈을 꾸었다. 이는 필시 태몽일 것이라며 기뻐하고 있자니 과연 그 달로 회임을 했다."(『심청전』)

- 어느 날 부인 장 씨는 낮잠을 자다가 꿈을 꾸었는데, 선인 하나가 하늘에서 내려와 꽃 한 송이를 주려고 했다. 순식간에 일진의 바람이 일더니 꽃은 바로 선녀가 되어 부인의 품으로 들어왔다… 이는 우리에게 후사가 없는 것을 가엾이 여겨 하늘이 보내 주신 것이라며 기뻐했다… 아니나 다를까 그달부터 태기가 있었다.(『장화홍련전』)

그러나 이들은 어느 나라를 불문하고 이야기의 서사성을 신성시하는 기원전설(緣起伝説)의 상투적 표현으로 절대 드문 묘사는 아니다. 물론 상류부녀자들이라도 그와 같은 뜬구름 잡는 이야기에 만족할 리가 없다. 하물며 일반 세속사회에서는 그런 뜨뜻미지근한 이야기로 자녀의 성교육을 달성하리라고는 꿈도 꾸지 않았을 것이다. 세상의 평자 중에는 왕왕 조선의 문예물에는 살냄새가 농후하다고 하지만, 이는 전술한 바와 같이 조선인의 일면만 관찰한 비평으로, 후사를 중시하는 국민성에서 성에 관한 자녀의 교양을 얼마나 요령있게 다루고 있었나 하는 점에까지 생각이 미치면 짐작을 하고도 남을 것이다.

조선인 남자아이는 18세가 되면 내방에서 나와 다른 방에서 기거해야 한다. 그렇게 되면 젊은 그들은 여러 가지 우스갯소리나 동화, 수수께끼 같은 것을 듣거나 친구들끼리 서로 자극을 주고받으며 차차 성에 눈을 뜨게 된다.

1.
아가씨 아가씨 문을 열어 주오
그대는 누워 있나, 앉아 있나
헌 버선을 깁고 있나

인물이 빼어나다고 나는 들었네
마음이 곱다고 나는 들었네
너무나 보고 싶어 한번 찾아가니

어리다고 보여주지 않네

너무나 보고 싶어 두 번째 찾아가니
병이 났다고 만나주지 않네
너무나 보고 싶어 세 번째 찾아가니
아 기뻐라 마당에 있네

굴피1) 신발에 실피 버선으로
나긋나긋 걷고 있네

걷는 모습도 아름답지만
눈보다 흰 비단이
오십오겹으로 주름진
치마 그 모습이 참하구나
옷매무새도 매무새려니와
굵게 틀어 올린 검은 머리를
얼레빗, 참빗으로

예쁘게 빗어 땋아 내린 머리 예쁘구나
아가씨, 아가씨
이름을 붙이려면

---

1) 참나무의 두꺼운 껍질.

'예쁜 아가씨'라고 붙여 주오

만약 시집을 가면
신랑의 이름을 '복받은 자'라고
바로 이름을 바꿔 주오

2.
아가씨 아가씨 문을 열어 주오
비단옷 짜는 것 보고 싶네

자물쇠의 열쇠가 없어서
아무래도 문을 열 수가 없네
부자집 아가씨 앞치마의
끈을 빌려다 열려니

키가 작아 열 수가 없네
부자집 당나귀를 빌려다
등에 올라 여니

아아 이제 활짝 열렸네
문고리가 짤랑짤랑하며 열렸네
비단 짜서 무엇 할까
우리 언니 시집갈 때 옷 만들어 주지요

3.

마을 거리 한복판에서

낫 한 자루 주웠네

주운 낫은 아무에게도 안 주지

들에 나가 꼴이나 베어야지

벤 꼴은 아무에게도 안 주지

우리집 말한테나 주어야지

꼴 먹은 말은 아무에게도 안 주지

예쁜 우리 아가씨 태워 주어야지

태운 아가씨 남한테는 안 주지

내 색시로 삼아야지

이는 천진난만하게 어린이의 진심을 토로한 성에 관한 노래이다. 실제로 어린이라는 것은 먹는 것 이외에 다른 욕망은 없으나 커가면서 먹는 것 이외에 신천지를 열게 된다. 춘정을 자각하여 체득한 소년소녀들은 영문도 모르고 이성을 그리워하게 된다.

조선의 여자아이들은 일곱 살이 되면 내방에 한거하고, 열 살이 되면 외출도 쉽지 않게 된다. 집에 찾아온 손님의 얼굴을 봐서도 안 된다. 십사오 세가 되면 화장도구를 팔러 오는 할머니와 친하게 지내는 것도 야단맞을 일이며, 부모형제하고 함께가 아니면 동족 이성(異姓)을 불문하고 대면조차 할 수 없다. 학문이라고 하면 언문을 익히고 삼강행실을 배우며 인륜의 도리를 지향하고, 가을과 겨울에는 물레를 돌리고 봄여름에는 양잠에 힘쓰며 검약을 하여 겨우 여별로

옷 한 벌을 만들어 시집갈 준비를 해야 한다. 이 정도로 사회적 제재가 강력하니 처녀의 품행은 엄중하게 관리되었을 것이다.

이와 같은 엄격한 도덕률이나 갑갑한 사회적 제재에 의해 감시를 받는 처지에 있으면 자녀들은 자연히 부모에게 가장 진한 사랑을 느낄 것이다. 조선인들은 효도를 강요한다고 하는 사람이 있지만 조선인만큼 아이들을 사랑하는 민족도 없고 또한 조선인만큼 부모에 대한 애착의 마음이 강한 민족도 없다고 생각한다. 이는 공맹의 가르침에서 온 것일 뿐만 아니라 그 깊은 근저에는 인간 성욕과 관련된 부분이 있다.

이웃집 아가씨
부자가 시집을 오라 하네
나는 싫어 나는 싫어
나는 돈도 싫고 권력도 싫어

이웃집 아가씨
관리나으리가 시집을 오라 하네
나는 싫어 나는 싫어
나는 지위도 싫고 공명도 싫어

이웃집 아가씨
지주님이 시집을 오라 하네
나는 싫어 나는 싫어

나는 무학도 싫고 문맹도 싫어

이웃집 아가씨
장사꾼이 시집을 오라 하네
나는 싫어 나는 싫어
나는 거짓말로 굳어진 사람은 싫어

이웃집 아가씨
사공이 시집을 오라 하네
나는 싫어 나는 싫어
나는 물고기 밥이 될 사람은 싫어
이웃집 아가씨
농사꾼 아들이 시집을 오라 하네
나는 싫어 나는 싫어
나는 초라하게 사는 사람은 싫어

이웃집 아가씨
우국지사가 시집을 오라 하네
나는 싫어 나는 싫어
나는 미행당하는 사람은 싫어
이웃집 아가씨
젊은 서생이 시집을 오라 하네
나는 싫어 나는 싫어

나는 걱정 끼치는 사람이 싫어

이웃집 아가씨
시집을 안 가면 어쩌나
나는 괜찮아 나는 괜찮아
나는 혼자 사는 게 제일 좋아

그렇다. 그녀는 언제까지고 부모슬하에서 살고 싶은 것이다. 그렇다면 천년만년 함께 있고 싶다는 것이다. 동요(달님 노래)를 들은 사람은 조선의 자녀들이 얼마나 자기 부모와 함께 천년만년 살고 싶다는 절실한 원망을 품고 있는지 알 수 있을 것이다. 그러나 성장함에 따라 딸은 춘정에 눈을 떠 마음속 욕망을 어찌할 수가 없다. 또한 후사를 중히 여기는 아버지는 자녀가 조숙해지도록 하기 위해 하루도 소홀히 할 수 없다. 즉 딸에게는 이성을 그리는 노래, 부모에게는 시집가기를 권하는 노래가 있다. 또한 그와 동시에 딸에게는 성욕을 촉진하는 동화가 있고 부모에게는 혼기를 놓치지 않도록 경계하는 동화가 있는 것이다.

어머 어머니, 어머니는 그렇게 말씀하셔도
참새는 몸이 작아도
훌륭하게 알을 낳아요
어머 어머니, 어머니는 그렇게 말씀하셔도
제비는 몸이 작아도

강남까지 날아가요
어머 어머니, 어머니는 그렇게 말씀하셔도
빨간 고추는 작아도
혀를 얼얼하게 할 만큼 매워요
어머 어머니, 어머니는 그렇게 말씀하셔도
후추는 비록 작은 알갱이지만
짜릿한 맛이 있어요
어머 어머니, 어머니는 그렇게 말씀하셔도
어머니가 건강하게 계실 때
손자의 웃는 얼굴이 보고 싶으시겠죠

이는 딸을 달라고 찾아간 집 모친이, 자기 딸은 아직 나이가 어려
어리광쟁이라며 혼담을 거절하는 것을 옆에서 듣고 있던 딸이 태어
나서 처음으로 어머니를 원망했다고 하는 노래다.

1.
비야 비야 오지 마라
우리 언니 시집가는
가마에 비가 내리면
비단치마 젖을라
목면치마 짖을라

2.

비야 비야 그쳐라

빨리 그쳐라

우리 언니 시집가면

언제 또 만날 거나

언니 언니 시집가지 마라

시집일랑 가지 마라

시집을 가면 그것도 좋지만

내집이 최고다

시집가지 마라

비야 비야 내리지 마라

우리 언니 시집간다

3.

가늘고 하얀 실은 감은

실패 빙빙 돌기 시작하더니

무서운 얼굴을 한 장군님은

하늘로 쑥쑥 올라가네

저건 우리 색시

예쁘고 예쁜 연이라네

오빠 오빠

배가 고프면 떡을 줄까

뜨거우면 젓가락 줄까
어서어서 먹고 뽕 따러 갈까나
뽕을 따서 무엇 하나
우리 오빠 장가 갈 때
두루마기 만들어 줘야지

9.
옛날에 암행어사가 지방을 순회하던 어느 날 달밤, 농가 한 채를
엿보니, 딸 다섯이 있었는데 마침 임금님 놀이를 하려고 했다. 다섯
딸 중 제일 큰언니가 임금님이 되고, 둘째가 재판관, 셋째가 경찰관,
넷째가 순사, 그리고 막내가 농부로 각각 역할을 정했다. 임금님이
된 큰언니가 재판관이 된 둘째에게, '모 농부를 불러 들여라'라고 하
자, 재판관은 그 뜻을 경찰관에게 전하고 경찰관은 다시 그것을 순
사에게 전했다. 그러자 순사가 된 딸은 농부로 분한 막내를 임금님
앞에 데려 왔다. 임금님이 된 제일 큰 언니는,

"그대는 딸을 다섯이나 두었으면서 과년하도록 시집을 보내지 않
았으니 이는 무슨 일인가, 그대는 딸의 혼사를 방기할 셈인가? 일가
의 주인으로서 부모된 자로서 그 정도의 일은 일찍이 알고 있을 터
인데."
라고 심문했다. 그러자 농부가 된 딸이 납작 엎드려,

"예, 소인은 몹시 가난하여 오늘날까지 딸을 한 명도 치우지 못
하였습니다. 그저 면목이 없습니다."

"아니다 아니다, 갑 마을 촌장 아들이 올해 스물다섯이니 그대의

큰딸을 주거라. 을 마을 이장 아들은 올해 스물셋이니 그대의 둘째 딸을 주거라. 모 마을의 모는 올해 스무 살이니 그대의 셋째 딸을 주거라…"

라고 차례로 적당한 혼처를 지정했다. 그리고 다섯 딸은 손뼉을 치고 웃으며 흩어졌다.

암행어사가 이상하게 여겨 그 마을을 조사해 보니, 그 집에는 정말로 딸이 다섯 있었지만 집안이 가난한데다가 아버지가 우유부단하여 딸들이 과년한 나이가 된 지금까지 아직 혼처가 없었다. 어사는 딸의 마음을 불쌍히 여겨 바로 갑 마을의 촌장, 을 마을의 이장, 병 마을의 동장을 불러 관택결혼을 명령했다. 경사스러운 일이다.

  – 계속 –

『조선 및 만주』 제235호, 1927. 6.

조선의 연문학에 나타난 양성문제에 대한 사회적 고찰(3)

청구동인

10.

유년시절부터 성적 자극을 교육받은 조선 자녀들의 결혼적령기는 연문학에서도 십사오 세에서 십칠팔 세로 되어 있다. 그러나 조선의 연문학에서는 연애에 관한 묘사가 매우 서툴러서, 연애는 동시에 육체적 교섭을 동반하는 것으로 되어 있다. 드물게 이루어지지 않은 사랑이나 충족되지 않는 애욕의 교착(交錯)을 다루는 것도 있기는 있지만, 대부분의 연애는 쓸데없는 수고를 들이지 않고도 육체의 결합을 촉진하고 있다. 상당히 부자연스러워 보이는 경우에도 남녀의 관계가 쉽게 성립된다. 이는 조선과 같은 사회제도 하에서는 매우 느긋하고 미지근한 연애를 계속 유지하는 것이 곤란하기 때문이다. 때문에 일단, 사랑을 느낀다면 신속하게 결행하라는 뜻을 암시함과 동시에 꾸물거리다가는 모든 기회를 잃을 염려가 있음을 주의하는 것이라 생각된다. 아니 조선에서는 연애관계가 곤란한 만큼 육욕관계를 맺을 순간이 얼마나 많은지를 이야기하고 있는 것이라 믿는다. 그러나 사회는 그렇게 해서 얻게 된 사랑의 결정을 절대로 학대하는 일이 없다. 설령 아이를 낳아서 버리는 일이 있어도 사회는 그것을 구호하고 많이 동정한다. 조선에서는 고래로 버려진 아이의 처분이 곤란하다든가 사생아 처리가 곤란하다든가 하는, 사회문제가 지극히 적은 것이 가장 큰 증거일 것이다.

(1) 남자의 성년기

"김전(金田)은 이때 나이 열여덟 살이었지만 별로 부유하지 않았기 때문에 아내도 맞이하지 못하고 있었다."(『숙향전』)

"저도 올해는 열여덟입니다. 빨리 어떻게든 하지 않으면 어머니께도 불효를 저지르게 되는 것이니 딱합니다. 중매를 불러서 혼담을 넣어 주세요."(『추풍감별곡』)

"열여덟 살 정도의 한 소년이 가만히 이쪽을 보고 있는 풍정이 얼핏 보기에도 여자 아이의 마음을 기쁘게 하기에 족할 만큼의 정취가 있다."(『추풍감별곡』)

"그 방에서 자수를 놓고 있으려니 십칠팔 세 되는 풍채가 늠름한 귀공자가 백마를 타고…."(『숙향전』)

"이선(李仙)이 십칠 세 때 대성사(大成寺)에 놀러 갔다가 시녀의 모습을 보았다. 시녀도 부끄러워하는 기색으로 서둘러 떠나려고 하다가 그만 반지를 떨어뜨려 버렸다. 이선은 그것을 주웠다. 시녀는 얼굴을 붉히고 떠났다."(『숙향전』)

"십팔 세 봄을 맞이했기 때문에 좋은 짝을 찾아 근처 처녀와 결혼하게 되었다."(『쌍태십도(雙胎十度)』)

"그대도 십육 세, 나도 십육 세, 나이로 봐도 지극히 어울리는 연이라 생각하오."(『춘향전』)

성년기에 달한 남자의 정사는 다음과 같다.

1.
저 건너 산의 나무꾼 아저씨
허리가 굽었네
허리가 굽은 것은 새우
새우는 튀어 오르지
튀어 오르는 것은 숯
숯은 검어
검은 것은 까마귀
까마귀는 춤추지
춤추는 것은 무녀
무녀는 두드리지
두드리는 것은 대장장이
대장장이는 집지
집는 것은 게
게는 구멍에 들어가지
구멍에 들어가는 것은 뱀
뱀은 물지
무는 것은 호랑이

호랑이는 날뛰지
날뛰는 것은 벼룩
벼룩은 붉어
붉은 것은 대추
대추는 달아
단 것은 엿
엿은 달라붙어
달라붙는 것은 우리 마누라

2.

산적의 소굴인 줄을 모르고 우연히 그곳을 찾은 무사가 있었다.
묘령의 여자가 그를 맞이하며 서둘러 떠나라 했다. 그 무사는 배가
고파 견딜 수가 없으니 제발 밥을 차려 달라고 소망했다. 여자는 부
득불 산적이 먹는 밥을 내주며 권했다. 무사는 잔뜩 먹고 나서 여자
와 함께 자자고 했다. 여자는 그것을 강하게 거절하며 만약 산적이
돌아오면 두 사람은 단 칼에 목이 날아갈 것이라고 대답했다. 젊은
무사는 '이렇게 한 밤중에 남녀가 같은 방에 있으면서 설령 ××하지
않았다고 해도 누가 믿겠나. 살고 죽는 것은 하늘에 있는 법, 무서워
서 못 하면 안 되지. ××××××'라고 하며 ××××××××.

3.

깊은 산 속에서 길을 잃은 사냥꾼이 어느 초가에 이르렀다. 초가
안에 미녀 한 명이 있었다. 마침 저녁을 짓고 있었는데 남자를 보고

도 별로 놀라는 기색도 없었다. 사냥꾼이 길을 잃은 사정을 이야기
하니 기꺼이 방안으로 들여보내 주었다. 사냥꾼은 젊은 기운에 여자
의 소매를 살짝 잡아당겨 보았다. 여자가 전혀 부끄러워하는 기색이
없어서 두 사람은 그대로 정기투합(情氣投合)할 수가 있었다.

4.

과거시험을 보러 가던 중 냇가에 서 있는 여자를 본 남자가 있었
다. 그 남자는 집으로 돌아가는 여자의 뒤를 밟아 집으로 따라가서
늙은 주인에게 하룻밤 묵게 해 달라고 했다. 다행히 늙은 주인은 과
거를 보러 가는 젊은 서생을 동정하여 흔쾌히 허락했다. 그 남자는
다음 날 꾀병을 부리며 끙끙 앓는 척 했다. 늙은 주인은 병이 다 나
을 때까지 이 집에 머물라고 공손하게 위로했다. 한밤중이 되자 이
서생은 살금살금 잠자리에서 기어 나와 어제 보았던 여자의 방으로
몰래 숨어들었다. 여자가 서쪽 방에서 등불을 밝히고 독서에 여념이
없었기 때문에, 이 남자는 동쪽 방으로 숨어들어 보니 이불이 하나
깔려 있기는 한데 아무도 없었다. 그는 머리맡 등불을 끄고 몰래 방
한쪽 구석에 웅크리고 있었다. 잠시 후 여자가 동쪽 방으로 돌아왔
는데 등불이 꺼진 것을 이상히 여기면서 이불에 앉아 있다가 슬슬
옷을 벗고 막 잠자리에 들려 했다. 그때 남자는 작은 목소리로,

　"살려 주세요. 살려 주세요"

라고 했다. 여자는 깜짝 놀라 이불을 걷어찼지만 그녀도 작은 목소
리로,

　"누구세요?"

라고 물었다.

"저는 어제 냇가에서 뵙고 댁에 신세를 지고 있는 서생입니다. 저는 당신에게 반해서 오늘 밤 죽음을 무릅쓰고 숨어 들었습니다. 부디 저를 살려 주신다고 생각하고 정을 베풀어 주세요."
라고 애원했다. 여자는,

"이게 대체 어찌된 일인가요. 하지만 전생의 인연이라면 이제 어쩔 도리가 없죠. 서로 사느니 죽느니 하는 경솔한 짓을 해서는 안 됩니다."
라고 하며 마침내 두 사람은 그날 밤 속닥속닥 이야기했다. 그리고 여자가 말했다.

"어젯밤 꿈에 용이 제 머리 맡에 또아리를 틀고 있었습니다. 이번 과거에 당신은 틀림없이 급제를 하실 것입니다. 저를 이대로 버리지는 않으시겠지요. 꼭 부부가 되어야죠."

5.

청년 신사가 시골로 여행을 했다. 어느 집에 묵게 되었는데, 그 집 부부는 급한 볼일이 생겨 딸 하나를 남겨두고 나갔다. 나갈 때 주인 부부는 딸에게 손님 대접을 잘 하라고 당부하고 갔다. 딸은 온돌 아랫목에서 열심히 물레질을 하고 있었다. 청년신사는 윗목에 누워서 딸의 모습을 보았다. 좀 예쁜 처녀라서 야심이 모락모락 피어올라 한쪽 발을 살짝 여자 무릎 위에 올려 보았다. 그러자 딸은 아마 여행으로 피곤해서 자기도 모르게 다리를 뻗은 것이라 생각해서 정중하게 그 다리를 원래대로 내려 놓았다. 그러자 청년은 다시 다른 쪽 다리를 딸의 무릎 위에 올려 놓았다. 그러나 딸은 아무렇지도 않게 원래대로 다리를 내려 놓았다. 손님은 딸의 무심함에 애가 타서 다시 한 번 다리를 올려 딸을 놀리려 했다. 딸은 그제야 깨닫고 몹시 놀라서 화를 내며,

"이 봐요 손님, 이봐요 손님."

하고 자꾸 흔들어 깨웠다. 청년신사는 짐짓 자는 체 하며 하품을 하고 잠꼬대를 하다가 잠시 후 눈을 떴다. 딸은 엄중하게 자세를 바로 하고,

"당신은 어찌하여 도리에 어긋난 행동을 하십니까? 선비라면 책을 읽어 도리를 알고 있을 것이라 생각하여, 제 부모님은 안심하고 젊은 여자 혼자 있는 집에 묵게 하고 나간 것입니다. 그런데 지금 당신은 무슨 행동을 한 것입니까? 이제 저는 이런 무례한 분과 한 시각도 같이 있을 수 없으니, 어서 나가 주세요."

라고 꾸짖었다. 청년신사는 얼굴이 새빨개져서 밖으로 나갔다. 그러자 이 딸은 선비의 볼기를 찰싹 때렸다. 옥신각신하는 동안 부모가 돌아오자 딸은 손님의 점잖지 못한 행동을 고했다. 그러자 부모는 뜻밖에도 신사에게 넙죽 엎드려,

"대단히 송구합니다. 시골 처녀라서 그러니 부디 용서 바랍니다."

라고 싹싹 비니, 청년선비는 점점 더 송구하여 쥐구멍에라도 들어가고 싶은 심정이었다.

그리하여 청년선비는 다음 날 아침 그 집을 나와 다시 십 리 정도 가서 어느 집에 하룻밤 묵게 해 달라고 했다. 그 집은 딸랑 주인 부부 둘만 있었다. 저녁밥을 먹은 후에 주인은 볼일이 있어서 아내에

게 좀 멀리 다녀올 테니 손님대접을 잘 하라고 이르고 출타를 했다.

손님은 장지문을 사이에 두고 여자와 함께 잠자리에 들었다. 한밤중에 여자는 청년을 자꾸 불러 깨웠다. 그리고 장지문 너머로 이르기를,

"손님 춥지 않으세요?"

라고 물었다.

"아니요, 별로 춥지 않습니다."

라는 말을 하고 싶었지만, 실은 어젯밤 사건으로 여자가 몹시 무서워져서 제대로 입 밖으로 말이 나오지 않았다. 그러자 그 여자는 몹시 음탕한 여자였는지라,

"그래도 저는 어쩐지 으슬으슬 추워요, 저와 같이 ○○해 주세요."

라고 몹시 유혹했다. 청년은 더 무서워져서 장지문을 꼭 닫고 부채로 장지문을 걸어 잠근 후 여자가 들어오지 못하게 했다.

그러자 그 음탕한 여자는 불같이 화를 내며 공감하여 말하기를,

"그쪽은 내시든가 불구구면."

라고 욕을 했다. 그리고 다른 장지문을 열고 집밖으로 나가나 싶더니 마침내 덩치가 큰 총각 하나를 데려와 손님이 있는 옆방에서 수근덕수근덕 차마 눈뜨고 볼 수 없고 귀에 담기 힘든 추태를 연출했다. 그 순간 집주인이 돌아와 한 칼에 간통남녀를 베어 죽였다.

손님 청년은 기암을 하여 새파랗게 질렸다. 그러자 주인이 청년에게 말하기를,

"당신은 젊은데도 불구하고 정욕에 흔들리지 않는 기개가 있구려. 나는 마누라가 일찍이 다른 놈과 간통을 하고 있다는 말을 들었지

만 아직 그 현장을 잡을 수가 없었소. 오늘 밤 당신이 재워 달라는 것을 좋은 기회로 삼아 마누라의 품행을 시험해 보려고 출타한다고 핑계를 대고 몰래 문밖에서 지켜보고 있었쇼. 그런데 마누라는 당신이 정욕에 흔들리지 않는 것을 보고 옆집 총각을 끌어들여 음욕을 채우려 한 것이오. 나는 차마 눈뜨고 볼 수가 없어서 두 사람을 단칼에 베어 죽인 것이오. 자 손님 나와 같이 도망갑시다."

 - 계속 -

『조선 및 만주』 제236호, 1927. 7.

조선의 연문학에 나타난 양성문제에 대한 사회적 고찰(4)

청구동인

(2) 여자의 성년기

"실은 제 몸을 팔려고 합니다. 저는 십오 세입니다."(『심청전』)

"저는 십육 세, 제 희망은 가난뱅이 아내가 되기보다는 명문가의 첩이 되는 것입니다."(『남정기』)

"제게 딸 하나가 있는데 당년 십육 세입니다만, 어디 적당한 사윗감이 있나 해서 찾고 있습니다."(『추풍감별곡』)

"열세 살인데도 불구하고 훌륭한 부덕을 갖추고 용모가 미려하여 마치 하늘나라 선녀가 내려온 것 같았다."(『남정기』)

"나이 십사오 세가 되어 용모도 그렇고 재주도 그렇고...무엇하나 부족함이 없는 여자"(『구운몽』)

"딸의 나이는 십육 세이니, 이쪽에서 혼담을 넣어 볼까."(『구운몽』)

"채봉은 나이 십오 세가 되어 꽃 같은 얼굴에 초승달 같은 눈썹."(『추풍감별곡』)

"십육 세가 되니 아쉽게도 춘색이 몹시 쇠하려 한다."(상동)

"배좌수는 후처를 맞이하였다. 나이는 스물이지만 얼굴이 온통 곰

보인 추녀"(『홍련전』)

성년기에 달한 여자의 정사는 다음과 같다.

1.
한 살 때 어머니하고 헤어지고
두 살 때 아버지하고 헤어지고
다섯 살 때부터 책을 읽고
열다섯 살에 절에 갔네.

옆구리에 비단 책보를 끼고
타박타박 걸어가는 서생님
설교를 배우고 계시나
책을 배우고 계시나
아니면 춤일까 활쏘기일까
비단 이불도 있는데
하룻밤 주무시고 가오

겨울에는 찬밥 먹고
여름에는 쉰밥 먹으며
쉼없이 질리지 않고 공부한 것을
이제 와서 미혹될까보냐
축언(祝言)의 잔을 받는다면

상다리가 부서지겠지
말을 타면 말다리도
똑 부러져서 떨어지겠지

첫 잠자리에 들면
머리 겉이 따끔따끔 아프고
머리 속이 지끈지끈 아프네

이것은 약혼을 한 남자가 다른 여자와 결혼한 것을 원망하여 부른 노래이다.

2.
반지야 반지
구리반지
멀리서 보면 달님
가까이 보면 처녀
처녀, 처녀
처녀의 방에서
숨소리가 두 개가 나네
나쁜 오라버니
거짓말하면 싫이
남쪽 바람이
팽팽한 장지문을

부르르 떨게 하네

삼 척 되는 옷깃을

목에 휘휘 감고

두 척 되는 토시를

팔에 쑥 끼고

긴 담뱃대를 물고

나는 자지 않고

죽고 싶네

3.

시집가기 하루 전날 밤, 처녀는 유모의 집을 혼자 찾아갔다. 유모
는 그날 밤 급한 볼일이 있어서 마침 묵고 있던 젊은 나그네에게 집
을 봐 달라고 부탁하고 나간 뒤였다.

그 사실을 모르는 처녀는 유모의 방에 들어가 그대로 유모의 잠
자리에 들어가 젊은 나그네를 유모라고만 생각하고,

"유모, 오늘 하룻밤만 꼭 안아 줘."라고 어린아이처럼 어리광을
부렸다.

그런데 뜻밖에도 그게 남자였기 때문에 처녀는 놀라 기절할 지경
이었다. 젊은 나그네도 태어나서 처음으로 여자가 안겨 와서 정신을
잃을 만큼 황홀했다.

처녀도 불을 보고 뛰어드는 여름나방은 아니지만 제 스스로 뛰어
들었으니 이제 와서 도망칠 수도 없고, 게다가 젊은 나그네의 풍채
가 여간한 것이 아니니 바야흐로 첫사랑의 심정이 싹텄다. 이렇게

신기한 운명의 장난으로 두 사람은 누가 먼저랄 것도 없이 그 날 밤 연을 맺었고, 그 하룻밤 연으로 영원히 맺어졌다.

4.

옛날에 늙은 정승부부가 있었다. 여종 하나가 방년 십칠 세, 용모도 아름답고 심성도 고와 정승부인은 매우 총애하였다. 노정승은 나잇값도 못하고 종종 여종에게 하명을 했지만 그 여종은 아무래도 정승의 명을 따르지 않았다.

어느 날 여종이 울며 정승부인에게 고충을 호소했다.

"저는 죽어 버려야겠어요. 크게 은혜를 입고 있는 대감마님의 분부지만 저는 마님의 은혜를 생각하면 대감마님의 말씀을 따를 수가 없습니다. 이렇게 된 이상 저는 죽는 게 나을 것 같습니다."

정승부인은 그 심성을 기특히 여겨 깊이 동정하여 몰래 은비녀와 옷가지를 주며,

"죽을 필요는 없다. 어디 멀리 가서 여생을 보내거라."

라고 하며, 날이 저물자 그 집에서 내보냈다. 여종이 시중을 떠도는 사이 뒤에서 말을 탄 장부 한명이 다가왔다. 그리고 말 위에서,

"이 심야에 여자 혼자서 어디를 가시오?"

라고 물었다.

"저는 물에 빠져 죽으로 갑니다."

라고 대답했다.

"그러면 나와 부부가 되면 어떻겠소?"

라고 했다.

이리하여 두 사람은 함께 살게 되었다.

5.

어느 산속 절에 머물던 청년이 뜻하지 않게 이팔청춘 처녀를 보았다. 바로 연정이 일어 견딜 수가 없었다. 마침내 처녀의 몸을 안고 범하고자 하였다. 처녀가 품속에서 단도를 꺼내 자살하려고 하니 청년이 단념을 했다. 그러자 처녀는 낭랑한 목소리로 말했다.

"저는 마음속에 바라는 바가 있어서 이 절에 왔습니다만, 이런 산속 절에서 만난 것도 인연일 것이니, 돌아가 어머니께 의논을 하고 나서 당신의 말에 따르겠습니다."

6.

결혼한 지 얼마 안 되는 신랑이 어느 날 밤 달빛에 의지해 이 마을 저 마을 술을 마시며 돌아다니다가 마침내 정신을 잃고 노방에 쓰러져 잠이 들어 버렸다. 그러자 어느 집에서인지 하인과 하녀들이 웅성거리며 나와서,

"아이구 새신랑이 이런데서 자다니."

하며 제각각 떠들며 남자를 집안으로 끌어들였다. 그런데 남자는 그곳이 다른 사람의 집인 줄도 모르고 그대로 신부와 동침을 하고 말았다. 다음날 아침이 되자 그것이 생전 처음 보는 사람이라는 사실을 알고는, '여기는 뉘 집이오'라고 물었다. 신부도 시집온 지 채 삼일이 안 되어 새신랑 얼굴을 기억 못하고 자기 신랑 역시 달빛을 받으며 놀러 나갔기 때문에 분간을 못하고 신랑이 바뀐 줄을 몰랐다.

신부는 이렇게 된 바에야 하고 마음을 먹고 고백했다.

"어젯밤 저는 꿈에서 계시를 받았습니다. 남인 당신과 동침을 한 것도 뭐 인연이 있어서겠지요. 아녀자의 도리로 말하자면 저는 죽는 수밖에 없습니다. 하지만 저는 이 집의 외동딸입니다. 만약 제가 죽는다면 늙으신 부모님은 슬퍼 탄식하시겠지요. 바라건대 저를 당신의 첩으로 삼고 부모님을 평생 봉양할 수 있게 해 주세요."

7.

어머니가 외아들 하나와 살고 있었다. 다행히 이 아들은 태어날 때부터 글재주가 있고 또 용모도 옥동자 같았다. 매일 독서에 정진하여 밤이 되어도 그칠 줄 몰랐다.

이웃집에 마을에서 제일가는 부잣집이 있었다. 그 집 딸은 용모가 절색인 요조숙녀였다. 그녀는 벽에 구멍을 뚫어 그곳으로 미소년이 독서하는 모습을 몰래 엿보며 사모하는 마음을 키우다가, 의마심원(意馬心猿)1)에 미쳐 어느 날 밤 몰래 담을 넘어 미소년의 방으로 숨어들었다.

그러자 미소년은 사색(辭色)을 바로 하며 애절한 처녀의 사랑을 거절했다. 그러자 처녀는 목소리를 높여 그 모습을 사람들에게 폭로하려고 하여, 미소년은 조용히 손으로 처녀를 제지하며 부드러운 말로 다음과 같이 일렀다.

"당신은 부잣집 아가씨이고 저는 가난한 집 자식입니다. 어울리지

---

1) 불교용어. 생각은 말처럼 달리고 마음은 잔나비같이 설렘. 마음이 정욕에 이끌림을 억제하기 어려움.

는 않지만 다행히 저는 아직 장가를 가지 않았으니 우선 어머니께 말씀드려 당신과 같은 양가의 아가씨를 아내로 맞이할 수 있다면, 어머니도 얼마나 기뻐하시겠습니까? 만약 지금 순간의 정에 못 이겨 당신과 관계를 하면, 당신은 음전하지 못하다고 비난을 받을 것이고 저 역시 마음이 편치 못할 것입니다. 당신이 다른 곳으로 시집을 간다 해도 평생 아쉽겠지요. 부디 내일까지 기다려 주십시오. 내일 아침에 어머니께 꼭 말씀드려 양가의 혼담을 마무리 합시다."

처녀는 기뻐하며 집으로 돌아왔다.

그 다음 날 미소년은 모친에게 전날 밤에 있었던 일의 자초지종을 이야기하고 즉시 다른 곳으로 이사를 가 버렸다.

8.

어느 대갓집에 용모가 매우 빼어난 여종이 있었다. 종종 결혼을 하라고 권해 보지만, 그녀는 자신의 남편은 자기가 선택하고 결정해야 한다고 하는 매우 새로운 사상을 가지고 있어서 사람들이 권하는 혼담을 모두 거절해 버렸다.

어느 날 길가에 대나무로 만든 담뱃대를 파는 남자가 있었다. 그는 한 개에 일 원이라는 턱없이 비싼 값을 부르고 있어서 사람들은 쓴웃음만 지을 뿐 어느 한 사람 하나라도 사려고 하는 사람이 없었다.

미인 여종은 그 소문을 듣고 이는 필시 대단한 남자임에 틀림없다고 생각하여, 어느 날 그 남자의 모습을 살피러 갔다. 30일 동안 계속 다니며 살펴보았지만, 남자의 언행에 아무런 변화가 없었기 때문에 그녀는 담뱃대 일곱 개를 칠 원에 살 테니 자기 집까지 갖다

달라고 했다. 그 남자는 여자가 말한 대로 여자의 뒤를 따라갔다. 그러자 대궐같이 큰 집이 나왔다. 미인 여종은 담뱃대 장수를 사랑방한 칸으로 안내하고 하룻밤 자라고 했다. 남자는 자는 것은 둘째치고 담뱃대 대금을 달라고 재촉할 뿐이었다. 여자는 마침내 미주가효(美酒佳肴)를 권하며 산해진미를 대접했다. 그리고 날이 저물자 여자는 남자에게,

"이렇게 된 이상 저와 같이 사는 게 어떻겠습니까?"

라고 마음을 떠 보았다. 남자는 몸을 부들부들 떨 만큼 기뻐하며,

"이게 웬 떡인가?"

했다. 여자는 등잔불을 후하고 끄더니 옷을 벗고 뜻하는 바를 이루었다. 다음 날 아침 여자는 남자가 목욕을 하고 오자 옷장에서 새로 지은 옷을 꺼내 그 옷을 입혔다. 옷을 입으니 훤한 용모, 바로 그 대궐 같은 집의 주인에게 배알을 하게 했다.

"저는 어젯밤 남편을 맞이했습니다."라고 하며…

– 계속 –

『조선 및 만주』 제239호, 1927. 10.

『춘향전』의 프랑스어역을 둘러싸고(1)
- 파리 유학시절의 홍종우 -

경성공립중학교 교유 이왕직 촉탁
야마구치 마사유키(山口正之)

　김옥균의 암살자로 근대 극동아시아사에 기괴한 영상을 남긴 홍종우라는 이름은 역사적으로 너무나 많이 떠들썩하게 언급되고 있다. 물론 그의 전 생애는 그 한 가지로 집약되어 의의를 찾을 수 있다. 그러나 나는 여기서 1894년 3월 28일 샹하이 동화양행(東和洋行)의 한 여관에서 일어난 정치 테러의 전모를 그릴 생각은 추호도 없다. 실은 본 사건에 우선하여 그 생애 중 그것도 다채로운, 국제인으로서 또 문화인으로서 훨씬 높이 평가를 받아야 할, 2년 8개월 간의 파리지앵 생활을 살펴보고 싶다. 그러다 보면 결국은 테러리즘의 사상적 배경을 이야기하게 될 것이다. 그러나 그것은 그렇다 치고, 여기서 특필할 것은 실은 그 무렵 프랑스의 동양학자들 사이에 팽배한 조선어학 연구가 그의 도불에 의해 자극을 받아 일약 조선문학의 번역으로 발전하고『춘향전』,『고목화(枯木花)』[1] 외 수종의 작품이 연이어 프랑스어로 번역 출판되어 프랑스 문단을 떠들썩하게

---

1) 이해조의 장편소설. 1907년 6월 5일부터 10월 4일까지『제국신문』에 연재. 1900년대 초의 개화기를 배경으로 한 작품.

한 일이다. 동서문화교섭사상 조선문학의 프랑스 서진은 홍종우의
도불이 계기가 되어 시작된 것이다.

1.

종우가 일본을 출발하여 파리에 도착한 것은 1890년 12월 24일의
일이었다. 일본체재 2년 동안 수많은 정객과 교제하며 특히 자유당
당수 이타가키 다이스케(板垣退助, 1837~1919)의 신임을 얻어 도불 시
에는 클레만 앞으로 보내는 소개장을 받았다. 또한 도쿄제국대학 문
과에서 프랑스어를 강의한 프랑스인 교수 피에르 사비에 뮤가빌은
당시 파리의 버크가 외방전교회본부(外邦傳敎會本部)에 기거하고 있는
조선 주교 구스타프 뮤텔(=閔德孝) 앞 소개장을 휴대했다. 물론 그 여
행면장은 위조이지만 다음과 같은 내용이 적혀 있었다고 한다.

조선정부 외무대신은 경성 출신 홍종우에 대해 대법국(大法國=프
랑스)에서 법률연구를 위해 유학할 수 있도록 신분증명서를 교부
한다 운운 해년(亥年=1887년)

외무대신 김모 서명

홍종우와 클레만의 회견의 전말은 그 무렵 명확하지 않지만 뮤텔
도 그 무렵 체른에 파견되어 있었기 때문에 대면할 기회는 없었다.
그리하여 그의 파리 체제 중 가장 좋은 친구이자 보호자가 된 화가
페릭스 레가미를 찾은 것은 도착 후 며칠 되지 않아서였다. 일면식
을 얻은 종우는 레가미의 식객으로 임시거처를 얻게 되었는데, 레가

미는 조선인으로서 처음으로 프랑스로 유학을 온 종우의 인상에 대해 다음과 같이 기술하고 있다.

나는 이 조선인을 보고 실제로 감동했다. 건장한 체구와 꾸밈 없는 풍모, 크고 빛나는 눈동자, 시중을 드는 일본인 측에서 끊임없이 보내는 미묘한 미태, 내게는 그의 머리가 천정에 닿을 것처럼 보였다. 나는 순간 일종의 비밀스러운 공포-그것은 내가 일찍이 싱가폴에서 거대한 호랑이를 만났을 때의 기분 같은 감동의 불꽃이 섞인 것이었다-에 휩싸였다. 포획된 괴물, 몸이 눌려 헐떡이며 몸서리를 치고 신체를 위축시키는 좁은 우리 속에 갇혀 입을 반쯤 벌린 모습, 게다가 그 자신도 공포심에 떨고 있었다.

과연 프랑스 일류 화가의 표현으로, 멋진 관찰력과 섬세한 묘사를 특기로 하는 문호 빅토르 위고를 비롯하여 공화정부 총리 카르노, 대화학자 루이 파스틀, 시인 주앙 에카르 등 수 많은 정객, 문호, 과학자의 초상화에 재기를 발휘한 거장의 감각은 바늘처럼 예리하다. 홍종우가 자국의 정치사회에 불평불만을 가득 품고 이웃나라 일본의 문명개화를 동경하여 직접 실정을 보고 그 사상적 모태가 프랑스 자유민권주의임을 간파하고 장도 파리에 들어갔을 때의 가득 찬 야심과 열렬한 혁명적 기개, 그 반면 일종의 공포와 비슷한 감정은 있는 그대로 거장 화가의 눈에 비치어 그를 잡은 지 얼마 안 되는 '우리 안 호랑이'로 표현하게 했는데, 훗날 일본, 조선, 청 삼국을 각각 대외관계에 있어 경직하게 한 김옥균 암살사건과 연결지어 생각하면 그 인상기는 읽는 이로 하여금 소름이 돋게 한다.

2.

그는 단순한 일개 외유자로서 느긋하게 파리에 모습을 드러낸 것이 아니다. 조선정부로부터 파견된 재외법학 연구생으로 또한 명문 귀족 출신이라는 그럴듯한 신분으로 일류 정치가, 학자, 예술가들과 회견하고 또한 도처의 사교계에 얼굴을 내밀었다. 당시 외무대신 코고르단(F. G. Cogordan)과도 당당히 회견을 했다. 도르세 강가에 있는 외무대신 관저에서는 프랑스 조약국인 조선왕국의 궁정서기관이라고 서명하여 마치 공식 접견처럼 일방적 의례를 다하여 코고르단을 한방 먹였다. 그는 공손하게 외상의 발아래 엎드려 갑자기 그 손에 키스를 하여 레가미를 비롯하여 함께 있는 사람을 아연실색케 했다. 비유 호텔 무도회에도 나타나 프랑스대학 헤브라이어 교수이자 학사원회원이 되어 명저 『예수전』으로 세계적으로 문명을 떨친 루난 교수도 만났다. 그러나 그는 사람들에게 어떠한 경우에도 호감을 주었고 파리 세계화보는 일찍이 그의 초상을 게재했다. 그때 그가 동지 주필 유벨에게 보낸 감사장은 다음과 같다.

유벨 각하
삼가 아룁니다.
감사한 이야기를 삼가 들었습니다. 그러나 저는 아직 귀하와 일면식도 없고 들어서 알고 있는 바도 없어 참으로 두려울 따

름입니다. 귀하는 저의 빈약한 인물의 참 모습을 게재하여 제
심금을 울렸습니다. 직접 뵈올 기회를 주신다면 글로 다 못한
사의를 표하고 싶습니다.

조선인 홍종우 배상

그 무렵 세계탐험여행가로서 유명하고 이라와디강변을 답사하고
특히 티벳 탐험의 공으로 파리지학협회상을 수상한 왕족 오를레앙
가의 앙리 필립을 중심으로 많은 탐험가의 회합이 종종 열려 재미
있는 화제를 제공하였는데, 홍종우는 1891년 5월 9일 회합에 도불
최초의 조선인으로서 초청을 받아 디저트 시간에 조선에 관한 이야
기를 해 줄 것을 요청받았다. 도불 반 년도 되지 않았기 때문에, 프
랑스어로 담화를 할 수 없었던 그는 어쩔 수 없이 자국어로 일장의
테이블 스피치를 하였다. 내용인즉 다음과 같다.

나는 친구 레가미의 호의로 뜻하지 않게 이 자리에 끼는 명예
를 얻어 형언할 수 없는 영광으로 여기며 감사드리는 바입니다.
이 자리에 계신 여러분 중에는 훌륭한 탐험가로서 다방면을 관
찰하시거나 석학으로 존경받는 분들이 계십니다. 그러나 여러
분은 우리나라의 기원이 서력 2천 년 이상을 거슬러 올라간다
는 사실은 모르실 것입니다. 천지개벽 이후 얼마 안 되어 중국
에서 기자(箕子)라는 왕족이 와서 약 천 년에 걸쳐 건설의 기초
를 닦았습니다. 그 후 왕국은 고려, 백제, 신라 삼국으로 나뉬었
습니다. 삼국시대는 후 3세기 동안 왕건의 손으로 돌아가고 이

어 499년 동안 이 씨라 불리는 네 번째 왕조가 성립하여 조선이라는 이름으로 통치되었습니다만, 실제로는 지역적 명칭으로 삼국을 형성한 일국의 이름에 불과한 코리아(고려)라는 이름으로 불리고 있습니다.

이와 같이 그는 프랑스를 방문한 최초의 조선인으로서, 우선 조선의 역사를 개괄했고 또한 현재의 상황 및 반도의 인사가 세계의 동향과 관련하여 얼마나 무지한지 역설했다. 그리고 지리적 환경으로 인해 열강의 각축장이 될 위험성을 역설하고 본국의 몰락을 막는 길은 오직 서구문명의 채용에 있다고 갈파하며 조약국인 프랑스에게 동지의 마음으로 원조를 구한다고 이야기를 마무리했다. 이 담화는 레가미의 수기로 기록되었는데, 그 요지는 레가미에 의해 회원에게 전해졌다고 하며 바로 필립 왕자의 발기에 의해 이 이국의 강연자를 위해 일동은 돈을 각출하여 노고를 치하했다.

『조선 및 만주』 제382호, 1939. 9.

『춘향전』의 프랑스어역을 둘러싸고(2)
- 파리 유학시절의 홍종우 -

경성공립중학교 교유 이왕직 촉탁

야마구치 마사유키

마침내 그는 실업가로서 거부를 거머쥐고 문학을 애호하며 특히 별난 취미에 탐닉하여 극동의 종교적 토속품을 수집하여 한 번은 레가미와 함께 일본도 방문한 적이 있는 에밀 기메와 알게 되어 동씨가 창립한 것으로 유명한 기메박물관에 고용되었다. 왜냐하면 당시 프랑스 동양학자들 사이에 극동어학 연구 붐이 일어 일본, 중국, 조선, 아이누어 등에 관한 연구서가 속속 간행되었고 특히 그 업계의 중진이자 파리동양어학교 일본어강좌를 담당한 J.H 로니 교수는 1867년에 『조선어 연구서』와 『지나, 조선, 아이누어의 어휘』라는 제목의 저서를 공간했을 정도인데, 이에 대해 기메 씨는 경제적 원조를 하고 있던 관계에서 홍종우는 그 연구의 조수로 채용된 것이다. 그는 이 사업에 약 2년간 전념했다. 그동안 조선문학의 백미로 제일 먼저 채택되어 불역된 것이 『춘향전』이며 『프랑탕 파르페메』라는 제목으로 번역되었다. 두 번째로는 『고목화』가 『르 보아 세크 루프 류리』로, 세 번째로는 『별점과 사주 사전』이라는 제목의 책이 불역되었다. 그 외 단편으로서는 『업무완료의 의식』과 같은 것이 번역되었다. 『고목화』는 기메박물관 연보의 통속문고 제8책으로 1895년 에르니스트 뢰루사에 의해 인쇄되었다. 이 통속문고는 동 박물관이 계몽적인 문화사업으로 기획한 것으로 제1책은 아메리노 씨의 『이집트 승려』, 제2책은 뮤에 씨의 『인도의 종교』, 제3책은 『잊혀진 제국 에딘인의 역사』, 제4책은 『안남의 습속과 역사』, 제5책은 『불의 숭배자 에지디스』, 제6책은 『안남 및 극동의 풍속』으로 기간되었고, 제7책으로서 조선소설 『고목화』가 채택된 것이다. 『별점과 사주 사전』은 홍종우와 동양학자 앙리 슈발리에의 공역으로 기메박물관 연보 제26책에 들어갔고 그 후 1898년 파리의 동사에서 출판되었다. 『업무완료의 의식』은 앙리 슈발리에의 초역(抄譯)으로 1898년 『춘 파오』(통보) 제9편 제5호에 게재되었다.

그런데 여기서 문제가 되는 것은 『춘향전』의 출판에 관한 문제이다. 나는 유감스럽지만 그 출판본을 본 적이 없다. 조선문학 관계자들에게도 직간접으로 물어보았지만 아직까지 보았다는 사람은 없었다. 그러나 출판의 유무는 별도로 치더라도 본서의 불역이 완성된 것만은 확언할 수 있다. 그것은 홍종우 자신이 『고목화』의 서문(1893년 1월 15일부)에서,

나는 수개월 전 문사 로니 씨와 협력하여 『춘향전』 번역을 완료했는데, 본서를 간행한 날에는 대단한 성공을 거둠과 동시에 프랑스 작가들은 번역할 가치가 있는 문학적 기념이 될 만한 작품이 있으면 또 나에게 요청할 것이라 생각하여 그 열망에 답하기 위해 『고목화』라는 우리나라 가장 오래된 소

설을 제공한다.

라고 기술하고 있다. 또한,

로니 씨는 『춘향전』 서문에서 조선의 습속 일반에 대해 개설하고 있는데, 반도사에 관해서는 아무런 언급이 없어서 내가 여기에 자세히 기록할 것이다.

라고 하여 『고목화』의 서문에는 이십 수 페이지를 할애하여 조선의 사적 설명을 더하고 있다. 즉 종우의 표현에 따르면 『춘향전』의 불역을 완성한 것은 1892년 말로, 그 서문의 구성이 어떤지 알 수가 있다. 레가미도 그 수기에서,

홍종우는 드디어 기메박물관에 고용되어 한동안 의식(衣食)을 위해 일본, 조선, 중국의 원문 번역을 했다. 그렇게 해서 로니가 번역한 조선소설 『춘향전』을 어느 정도 끝냈고, 로니도 노작 중의 협력자로서 그의 지식을 존중했다.

라고 기술하고 있는데, 그 출판에 대해서는 한마디도 언급하고 있지 않다. 그렇다면 『춘향전』은 언제 출판된 것일까? 지금 내 수중에 그 시대의 출판목록을 검출할 자료를 가지고 있지 않아서 선각의 교시를 바라마지 않는 바이다.

요컨대 홍종우의 도불은 그가 꿈도 꾸지 못 했던 사상(事象)을 전

개하여 파리 동양어학교를 중심으로 하는 동양학자의 조선어연구에 박차를 가하고 마침내는 조선문고의 불역 기도를 완수하게 하였다. 그 재제선택의 적부 여부는 차치하고라도 동서문화교류사상 조선문학의 서진에 동인을 제공한 그의 문화사적 존재의의는 위대하다고 할 만 하다. 김옥균 암살자로서 음침한 인상으로 근대극동사에서 악마적 존재로서만 이해되어 왔던 그는 새로운 시각으로 다시 음미되어야 할 것이다.

그가 1893년 7월 말에 아련한 향수와 실의로 인해 표연히 메르브르스호에 편승하여 귀국하고자 할 때 처음부터 끝까지 보호자가 되어 좋은 친구로서 도움을 준 레가미가 마지막 말로,

"프랑스에서 좋았던 것은 무엇인가?"

라고 물으니,

"마르세이유에 도착했을 때 말이 굉장히 컸던 것."

"그러면 작은 것은?"

"이기주의일세."

라고 답했다. 이것이 3년 가까이 파리지앵생활에서 그가 얻은 답이었다.

아울러 레가미 펠렉스는 1844년 파리에서 태어나 근대 프랑스 미술계의 제일선에서 활약한 저명한 화가로, 형 기욤 레가미도 화필을 잡음으로써 형제 모두 화단에서 중요한 위치를 차지했다. 특히 펠렉스는 재필로 유명하며 지극히 섬세한 터치와 탁월한 관찰력을 겸비하여 초상화에서 두각을 드러냈으며 전술한 바와 같이 빅톨 위고를 비롯하여 문호, 정객을 그려 현재 기메 박물관에 소장되어 있다. 그

가 1893년 발표한 정치적 암살자라는 제목의 『홍종우전』에는 자신이 그린 홍종우의 초상화를 실어 놓았다. 그는 또한 여행을 좋아하여 뉴욕을 여행하고 동양각지를 편력하여 일본, 인도, 중국에 족적을 남기며 견문을 넓혔다. 기메박물관 창립자 에밀 기메와 친교가 있어 함께 요코하마를 방문한 적도 있다. (끝)

『조선 및 만주』 제383호, 1939. 10.

『춘향전』의 쓰키지(築地) 상연에 대해

무라야마 도모요시(村山知義)

조선의 문화는 역사적으로 보면 일본문화의 모체의 하나입니다. 나라시대(奈良時代) 이전의 일본의 예술은 중국에서 직접 도래하여 일본화한 것이 아니라 조선을 통해 조선화되고 그것이 일본에 전해진 것입니다.

보통 우리들이 일본적인 그림이나 노래와 춤, 건축이라고 하는 것의 근간에는 조선적인 것이 상당히 있습니다. 그런데도 조선의 예술문화로 남아 있는 것이 매우 적은 것 같습니다.

예를 들어 조선 고유의 음악을 들어 보면, 아주 최근까지는 음악가가 예능인처럼 취급되고 양반계급으로부터는 멸시당하고 노예처럼 여겨졌습니다. 그러나 최근에는 음악가들도 조선고유의 음악 전통을 살려 다음 시대에 전하여 살려 나가지 않으면 전통이 끊길 것이라는 사실을 깨달아, 예를 들어 조선음악연구회 같은 것도 생겼습니다. 음악이나 춤은 오래전부터 예술가, 기생에게을 통해 겨우 전해져 왔을 뿐입니다.

조선본토에서도 그러할지니 내지에서는 더 조선예술을 모릅니다. 게다가 조선의 예술은 일본 예술의 모체 중 하나인데도 불구하고 내지에서는 그것을 모릅니다.

그래서는 안 됩니다. 내지에 조선의 문화, 예술을 소개하고 싶다는 생각을 저는 전부터 가지고 있었습니다. 또 한 가지 내지에는 조선인이 많이 있습니다. 그래서 이전에는 조선 사람들이 조선어로 하는 연극도 있었습니다만, 지금은 그런 극단이 모두 망했습니다. 그런 사람들에게도 조선의 좋은 예술을 보여주고 싶어서 뭔가 좋은 희곡이 없을까 하고 장혁주 군에게 조선을 테마로 하는 희곡을 써 달라고 부탁했습니다.

그러자 장 군이 「춘향전」(6막 15장)을 써 주었습니다.

「춘향전」으로는 유치진이 조선어로 쓴 것을 학생예술좌라는 조선인 학생 극단이 작년 도쿄에서 상연한 적이 있습니다. 나는 그것을 보고 감탄했습니다. 왜냐하면 「춘향전」이라는 것은 조선에서 가장-조선인이라면 누구나 알고 있는-대중적인 전설이며, 몇 백 년이나 전부터 노래가 되고 춤이 되고 연극이 되고 소설이 되어 전해져 오고 있기 때문에 말하자면, 조선인 고유의 심성이 그 전통 속에 담겨 있습니다.

「춘향전」의 테마는 미와 정절과 정의, 그 세 가지에 대한 동경이며 매우 건강하고 아름다운 좋은 전설이라고 생각합니다.

희곡적으로 봐도 변화가 있고 유모어가 있고, 서스펜스가 있습니다.

그래서 꼭 「춘향전」을 상연해야지 해야지라고 마음을 먹고 우리 신협극단 4월 공연에 작품을 내 놓기로 한 것입니다. 3월 24일부터 20일간 쓰키지소극장에서 공연할 것입니다. 하는 이상은 될 수 있는 한 정확하게 조선적인 것-조선적인 맛을 내고 싶어서 너무 단기간이기는 하지만 어쨌든 조선에 와서 경성이나 평양에서 여러 가지 조사도 하고 공부도 하고 있는 것입니다.

장혁주 군이 쓴 「춘향전」은 작자 자신의 「춘향전」으로, 전설의 「춘향전」과는 다른 점이 있다고 합니다만, 특히 장 군의 것은 정말로 전설과는 여러 면에서 다른 독특한 맛을 가진 아름다운 것입니다.

그 맛도 살리고 싶습니다. 그러나 또 조선 사람들이 일반적으로 가지고 있는 「춘향전」에 대한 이미지와 모순되면 안 되기 때문에 양쪽 모두 살리고 싶어서 장 군에게 이야기해서 개작(5막 11장)을 지금 한창 공연하고 있는 중 입니다.

솔직히 말하면 조선의 음악가를 도쿄로 불러 음악 반주를 많이 넣고 싶습니다만, 그러면 경비가 너무 많이 들어 도저히 불가능하기 때문에 레코드로 하려고 매일 조금씩 듣고 있는데 대체적으로 아악을 주로 사용할 생각입니다.

의상은 도쿄에서 만들면 진짜 조선적인 것을 만들 수 없기 때문에, 이쪽 극예술연구회가 일전에 재작년인가 경성에서 「춘향전」을 상연한 적이 있으므로, 그때 사용한 의상을 빌렸습니다. 그것을 중심으로 부족한 것은 이쪽에서 주문하여 만들거나 새로 구입할 생각입니다.

그 조선적인 말투, 몸짓, 동작 등이 상당히 까다롭습니다. 그래서 이쪽 신파 연극을 보거나 기생을 보고 연구를 하고 있습니다. 특히 이번 연극에는 마찬가지로 신협극단에 있는 안영일 군에게 출연 조수를 부탁하였고 그 외에 도쿄에 있는 조선인 상류 여성들에게 와 달라고 해서 가르쳐 달라고 부탁할 생각입니다.

그리고 관객층으로서는 도쿄에 조선인이 6만 명 있습니다만, 우

선 조선인과 내지인 반반 정도를 예상하고 있습니다. 그러니까
「춘향전」을 매우 잘 알아 「춘향전」은 원래 이렇다는 확실한 이미지
를 가지고 있는 조선인 손님과 조선에 대해 거의 아무것도 모르는
내지인 손님이 모두 있기 때문에, 양쪽 모두에게 감명을 주는 것은
꽤 어려운 이야기라고 생각합니다.

그러나 내지에서 내지인이 조선의 연극을 한다는 것은 이것이 최
초이므로 꼭 성공시키기 위해 노력하고 있습니다. (대담)

『조선 및 만주』 제364호, 1938. 3.

조선의 민담과 전설

선녀와 나무꾼 설화

문학사

이마니시 류(今西龍)*

최근 간행된 조선에 관한 간행물 중에서 연구면에서나 오락면에서 가장 유익하고 또 흥미로운 것은 다카하시 문학사의 『조선이야기집』일 것입니다. 이 책은 조선말로 전해 내려오는 것을 다카하시 씨가 처음으로 저술한 것인데, 이러한 책은 세계적인 것이니 머지않아 서구의 언어로도 번역될 것입니다. 이 이야기를 읽으면 조선 가정교육의 근본을 알 수도 있을 것 같습니다. 동화가 아동의 정신에 감동을 주고 감화에 이르게 할 수 있는 특별한 힘이 있다는 것은 말할 필요도 없습니다. 또 세 살 버릇 여든까지 간다는 말이 있듯이, 조선인에 대한 연구를 위해 동화에 가장 주의를 기울여야 한다고 생각합니다.

이러한 이유로 다카하시 학사의 저서는 항상 애독하고 있습니다. 그런데 요전부터 드는 생각이 조선 설화의 특질은 무엇일까 하는 것입니다. 조선에 현존하는 설화는 조선민족 고유의 것인지 아니면 외부에서 전해져 온 것인지, 또 일본과 조선의 설화에는 여러 가지

---

* 이마니시 류(今西龍, 1875~1932), 일본의 조선사가(朝鮮史家)로 경성제국대학 교수를 역임.

유사점이 있는데 이러한 유사점이 양국이 독특하게 가지고 있는 것인지 아닌지 주의해야 한다고 생각합니다. 다카하시 학사는 저서에서 조선이야기에 대한 연구를 쓰고 있는데, 놀라운 것은 조선이야기에 티베트와 동일한 것이 많다는 점입니다. 지금부터 수년 전에 티베트 라마 포교회에서 통역을 담당하였던 영국인 오컨너 씨(William Frederick Travers O' Connor, 1870~1943)가 고생해서 티베트의 설화를 모았습니다. 이 중에서 인도와 중국에서 전래되었다고 생각되는 것을 제외하고 티베트 고유의 것을 모아 약 22가지 이야기로 추려서 『Folk Tales from Tibet』(1906)이라는 책을 저술하였습니다. 이 책에서 『삼국사기』의 「김유신 전」에 보이는 토끼와 거북이는 티베트에서 「거북이와 원숭이」라는 이야기로 되어 있습니다. 또 「흥부전」은 티베트에서는 「이웃집 두 사람」입니다. 그러나 조선의 흥부전은 중국의 「순(舜)과 상(象) 전설」[1]의 영향을 받았다고 생각합니다. 게다가 조선의 「사람과 호랑이의 싸움」은 티베트에서는 「호랑이와 사향노루의 싸움」으로 되어 있습니다. 다카하시 학사의 조선이야기와 오컨너 씨의 티베트 이야기를 함께 읽는다면 아주 흥미로울 것입니다. 자세한 것은 가까운 시일 내에 다시 써 보겠습니다만, 이 두 이야기가 일치하는 원인은 분명 불교경전에 있는 이야기가 티베트와 조선의 민간에까지 전해져서 남아있기 때문이라고 생각합니다. 『헤이케모노가타리(平家物語)』[2]에 등장하는 오가타가(緒方家) 선조의 출생담은 후백제의 견훤 출생담과 유사합니다. 그뿐 아니라 반도와 본도(本島)에

---

1) 사마천의 사기에 등장하는 전설적인 인물인 순임금과 그의 이복동생인 상을 가리킴.
2) 일본 중세시대의 헤이케(平家)의 영화와 몰락을 그린 군기물.

도 동일한 설화가 적지 않게 있습니다. 요즘에 일한상대동역론(日韓上代同域論)을 주장하는 사람들의 호재가 될지도 모르겠습니다만, 설화가 동일하거나 혹은 유사하다는 것으로 민족의 문제나 정치사의 문제를 해결하는 것이 위험하다는 것은 티베트의 것과 유사하다는 점에서도 명백합니다. 이제 여기에 소개하고자 하는 것은 「선녀와 나무꾼」 설화입니다. 티베트에서는 「악동이야기(凸坊物語)」라고 전해지는데, 조선의 것과 아주 유사합니다. 일본에서 요쿄쿠(謠曲)[3]로 전해지는 것처럼 그렇게 간단하지는 않습니다. 이 선녀와 나무꾼 이야기도 원전은 분명 불경이고 조선은 이를 비교적 자세하게 전하고 있어서 조선인이 독특하게 부가한 점은 적다고 생각합니다. 다만 일본에서는 이 이야기가 물기 듬뿍 머금은 동해의 봄 안개에 젖어 살짝 변했을 것입니다. 요쿄쿠의 경우는 그다지 자세하거나 길지 않습니다. 여기서는 티베트의 것에서 줄거리를 추려서 소개하겠습니다.

옛날에 한 악동(凸坊)이 소를 키우면서 행복한 나날을 보내고 있었습니다. 열네 살이 되어 결혼을 해야겠다고 생각했으나 어디에도 시집오겠다는 처자가 없어 걱정되기 시작했습니다. 어느 날 악동은 소를 치러 호숫가로 갔습니다. 그런데 하늘에서 백조가 물 위로 내려오더니 오른쪽으로 세 번, 왼쪽으로 세 번 호수 주변을 헤엄치다 하늘로 날아 올라갔습니다. 다음 날 다시 소를 끌고 호숫가로 가 보았습니다. 어제와 같은 시간에, 같은 백소가, 같은 방법으로 헤엄치더

---

3) 일본의 무대예술인 노가쿠(能樂)의 대사와 그 음악, 연극에서의 각보에 해당.

니 다시 날아 올라갔습니다. 같은 일이 며칠째 계속 되었습니다. 그러자 악동은 백조가 헤엄쳤던 곳에 덫을 놓아 백조를 잡고 날개와 다리를 풀 위에 놓으면서 혼잣말로 "오늘밤 잡아먹어야겠다."고 하였습니다. 백조는 "사실 나는 새가 아닙니다. 천상 신선 세계의 왕입니다. 백조로 변하여 놀러왔다가 붙잡히고 말았습니다. 만일 저를 풀어주신다면 금은보화를 드리겠습니다."라고 말하였습니다.

악동은 "나는 금은보화는 필요하지 않지만 처자가 필요하오."라고 대답했습니다. 그러자 신선 왕은 "나에게 세 명의 딸이 있는데 그중 하나를 드리겠습니다."라고 했습니다. 악동이

"그럼 둘째 딸을 주시오."라고 하자, 신선 왕은

"좋소. 둘째 딸을 내려 보내지요. 그런데 당신과 같이 사는 것은 오로지 9년 동안만이라는 걸 알아주시오."라고 경고하였습니다.

"알겠소."라고 약속을 하고 악동은 백조를 풀어 주었습니다. 새는 하늘로 올라가고 악동은 부모가 있는 집으로 돌아왔습니다.

다음 날 신선 세계의 왕이 울고 있는 딸을 데리고 내려와서 호숫가에서 이번에는 신선 왕의 모습과 선녀의 모습으로 악동과 만났습니다. 악동은 깜짝 놀랐고 이 때문에 선녀는 더욱 슬피 울기 시작했습니다. 신선 왕은 선녀를 그의 처로 남겨두고 다시 천상으로 돌아갔습니다. 악동은 선녀를 데리고 부모가 있는 집으로 돌아가 결혼식을 올렸습니다. 그러자 아내가 된 선녀의 신력으로 궁전이 생겨나고 노비와 공복까지 갖춰져서 두 사람은 부족함이 없이 행복한 나날을 보냈습니다. 세월이 흘러감에 따라 부인은 못생긴 남편에게도 익숙해져서 진심으로 그를 사랑하게 되었습니다. 드디어 선녀가 지상세

계에 있을 수 있는 기한인 9년도 다 되었습니다. 그러나 남편은 일상에 익숙해져서 신선 왕이 약속한 기한을 믿지 않게 되었고, 마지막 날 밤에도 금수(錦繡)의 장막에서 마음 편히 깊은 잠에 빠져 있었습니다. 새벽녘에 일어나서 그는 깜짝 놀랐습니다. 몸은 하늘 아래 들판에 누워 있고 궁전과 보화는 모두 없어지고 아내도 비단도 견마(犬馬)도 완전히 사라지고 남은 것이라곤 단지 환락의 기억뿐이었습니다. 남자는 수일 동안 미친 듯이 이곳저곳을 찾아 다녔으나 찾지 못하고 결국 정신을 차렸을 때는 커다란 호숫가에 서 있었습니다. 이곳은 한쪽은 심연이고 한쪽은 낭떠러지로, 길 한쪽으로 통하는 지형으로 되어 있었습니다. 남자는 무심코 낭떠러지 위를 올려다보았습니다. 절벽에는 금시조(金翅鳥)의 둥지가 있는데 그 안에 여러 마리의 아기새들이 있었습니다. 그때 갑자기 아기새들이 이상한 공포감에 휩싸이면서 소란스러워지기 시작했습니다. 이상한 생각이 들어 눈을 호수 쪽으로 돌리니 물 위에 커다란 용이 몸을 반쯤 드러내고 새들을 잡아먹으려고 하는 것이었습니다. 남자는 자비심도 깊고 용기도 있어 새들을 구하기로 결심하고 검을 빼서 용과 싸웠습니다. 사력을 다해 고투한 결과 결국 용을 칼로 베어 쓰러뜨렸습니다. 이와 동시에 해가 지고 어두워진 하늘에서 날개를 펼치고 아비새와 어미새가 돌아왔습니다. 아기새에게 그곳에서 있었던 일의 전말을 들은 새는 크게 기뻐하였습니다. 부부 새는 서로 상의를 해서 남자를 등에 태워 둥지로 초대하고 여러 가지 음식을 대접하였습니다. 그 자리에서 남자는 자신에게 있었던 일을 털어 놓았습니다.

자초지종을 들은 금시조는 남자를 가엾게 여겼습니다. 그리고 은

혜에 보답하기 위해서 남자를 등에 태워 천상으로 올라갈 터이니 신선 왕과 만나 아내인 선녀와 다시 지상세계로 내려오게 해 달라고 설득하는 게 어떻겠냐고 권했습니다. 남자는 크게 기뻐하며 금시조를 타고 천상으로 올라갔습니다. 천상의 신들은 금시조가 지상세계에서 인간을 데리고 올라왔다는 것에 분노하여 이를 힐책하였습니다만, 금시조는 태연하게 여기에 오게 된 전말을 이야기하였습니다. 그러는 사이, 한쪽 구석에서 이야기를 듣고 있던 그의 처였던 선녀가 참지 못하고 모여 있는 선녀들 사이를 비집고 앞으로 나와 남편의 소매에 매달려서 "보고팠어요. 그리웠어요. 저를 다시 지상세계로 데려가 주세요."라고 말하며 울었습니다.

이러한 상황이 되자 아버지 신선 왕은 곤란해 하며 여러 신선들을 모아 놓고 의논하였습니다. 결국 신선들은 '선녀의 의지를 막을 수 없지만, 허나 선녀가 불결한 인간과 결혼한 이상 그 신력(神力)을 잃어 불노불사(不老不死)할 수 없으며 쇠로사멸(衰老死滅)을 피할 수 없다'고 의결하였습니다. 선녀는 결정에 동의하고 크게 기뻐하며 남편의 손을 잡고 금시조의 등에 반씩 나누어 타고 다시 지상세계로 내려와 행복하게 잘 살았습니다.

아주 대충 정리하였습니다만, 대의는 위와 같습니다. 이 백조를 잡아서 부인을 얻게 된다는 점은 선녀의 옷을 숨긴 것과 통합니다. 또 처와 만나기 위해 천상에 간다는 점도 유사합니다. 이 티베트의 선녀와 나무꾼 이야기, 아니 오히려 「백조이야기」나 「조선이야기」도 모두 불교의 경전에서 나온 것이 아닐까요? 조선의 것은 티베트와

일본 것의 중간에 있다는 점도 흥미롭습니다. 모두 경전을 기본으로
하고 있다면, 원문을 발견할 수 있으리라 생각합니다. 이러한 점에
서 불교의 힘이 얼마나 크게 조선에 존재하는지는 분명합니다. 또
조선 고유의 것은 그다지 많지 않다는 사실도 명료해졌습니다.

『조선 및 만주』 제48호, 1912. 2.

조선과 티베트의 유사한 민담

문학사
이마니시 류

 두 번째로 티베트의 「이웃집 두 사람」이라는 설화는 조선의 「흥부전」과 유사한데, 티베트의 설화는 다음과 같습니다.

 옛날 어떤 두 사람이 이웃하여 살고 있었다. 한 사람은 부유하고 한 사람은 가난하였는데, 부유한 사람은 태링(Tsering)으로 오만하고 욕심이 많았다. 한편, 가난한 사람은 참바(Chamba)로 자비심이 깊고 너그러운 사람이었다. 가난한 집에 한 쌍의 참새가 둥지를 틀고 살고 있었는데, 어느 날 새 한 마리가 둥지에서 떨어져 다리가 부러졌다. 이를 본 참바는 불쌍한 마음이 들어 다친 곳에 약을 바르고 붕대로 감아 다시 둥지에 돌려주었다. 가난한 사람은 알지 못했지만 참새는 신선의 모습으로 변하여 둥지를 떠났다. 그리고는 후일 어느 날 볍씨를 물고 가난한 사람 앞에 와서 내밀면서, "지난날의 친절에 보답하기 위해 드립니다. 이것을 밭에 뿌려 무엇이 나오는지 시험해 보시오."라고 말하고 날아갔다. 참바는 놀라서 생각하기를, "이 신물은 귀한 것은 아니지만 작은 새의 보은이니 더욱 기쁘다."라고 하며 집 앞의 밭에 뿌렸다. 이 일을 잊어버리고 열두 달이 지나자 씨에서 아름다운 풀이 나고 주옥 같은 열매를 맺어 이를 시장에 팔아 막대한 돈을 벌어 부자가 되었다.

옆집 부자 태링은 가난한 참바가 갑자기 부자가 된 것을 보고 자기도 방법을 알고 싶었다. 술병을 들고 옛날 가난했던 참바를 찾아가 자초지종을 묻고 자기도 그러한 기회가 찾아오기를 기다렸다. 그러던 참에 이번에는 참새가 와서 이 탐욕스런 부자 집에 둥지를 틀고 아기새를 키우니 태링의 기쁨은 이루 말할 수 없었다. 참새가 떨어지기를 기다렸지만 계속 기다릴 수 없어 결국에는 작대기로 찔러서 떨어뜨렸다. 부러진 다리에 약을 발라주고 붕대까지 감아준 후 원래 자리로 던졌다. 참새는 드디어 둥지를 떠났다. 태링이 참새가 돌아오기를 절실하게 기다리며 처마를 올려다보던 어느 날, 새가 볍씨를 물고 와서 태링 앞에 있는 책상에 놓고, "지난날의 친절에 보답하기 위해 드립니다. 밭에 심어 무엇이 나오는지 보십시오."라고 말하고 날아갔다. 태링은 너무나 기뻐서 앞으로 수확해야 할 여러가지 진귀한 보물을 망상하며 볕이 잘 들고 토양이 좋은 곳을 골라서 밭을 만들었다. 볍씨를 뿌리고 아침마다 둘러보는 것을 게을리하지 않으니, 싹이 나서 잎이 되고 가지도 무성해지고 날마다 자라났다. 오늘 아침에는, 오늘 아침에는 하고 기대할 정도였는데, 어느 날 아침 커다란 남자가 밭에 서서 이 욕심쟁이를 노려보고는 "나는 전생에 너에게 많은 황금을 빌려 준 사람이다. 이를 받아내기 위해 여기에 증서를 가져왔다."고 하면서 욕심쟁이의 집과 가축, 전답, 가구 등 일체를 빼앗아 갔다. 딱하게도 이 욕심쟁이 부자는 하루아침에 노예와 같은 가난에 빠졌다.

세월이 지나 이제 부자가 된 참바는 일이 있어 여행을 떠나게 되었는데, 그때 황금이 들어 있는 커다란 주머니를 태링에게 맡겨서 보관하게 했다. 지금은 가난한 태링은 욕심에 눈이 멀어 황금을 꺼내 다른 곳에 감추고 대신 모래를 넣어 두었다가 참바가 돌아왔을 때 모래주머니를 건넸다. 참바는 이를 열어보고 "이게 무슨 일이야?"라며 추궁하였다. 태링은 놀라서 기가 막혀하며, "아니 모래로 변했어. 변했다니까."라고만 대답할 뿐이었다. 참바는 다시 싸울 생각을 하지 않고 모래주머니를 받아들었다.

그 후 얼마 지나지 않아 참바는 마을 아이들을 교육시켜야 한다고 주장하며 학교를 세웠다. 태링도 교육에는 태만하면 안 된다고 생각하여 자기 아이를 참바의 학교에 보냈다. 얼마 후 태링은 일이 생겨 잠시 여행을 하게 되어 아이를 참바에게 맡기고 길을 떠났다. 참바는 얼른 사람을 시켜서 원숭이를 사오게 하여, "아버지, 제가 이렇게 변했어요, 제가 이렇게 변했어요."라고 말하도록 가르쳤다.

한편 여행에서 돌아온 태링은 자기 아들을 보려고 얼른 학교로 가서 둘러보았지만 많은 아이들 속에 자기 아들의 모습은 보이지 않았다. 아니, 그 자리에는 원숭이가 앉아 있었다. 깜짝 놀란 태링은 "내 아들은 어디 간 거야? 내 아들은 어디 간 거야?"라고 물었다, 참바는 아무 말 없이 원숭이를 데리고 와서 태링에게 건네주었다. 태링은 "이게 무슨 일이란 말인가? 이건 내 아이가 아냐. 네게 맡긴 내 아이는 어디에 있는 거야?"하고 물었다. 원숭이는, "아버지, 제가 이렇게 변했어요, 제가 이렇게 변했어요."라고 대답하였다. 태링은 미친 듯이 화가 나서 참바에게 소리쳤지만 참바는 태연하여 동요하는 기색이 없었다. 결국 태링은 지난날 참바의 황금을 모래로 바꾸어 그에게 되돌려주며 한 말이 생각났다. 그때의 잘못을 깨닫고 어리석음을 뉘우치고 이제 훔친 황금을 돌려주고 아이를 돌려달라고 청하기로 결정하였다.

앞의 설화는 다카하시 학사가 「조선이야기집」에 수록한 「흥부전」과 같다. 단지 「흥부전」에서는 선량한 형이 사악한 동생에게 원수를 갚을 때 은혜로서 하지만, 티베트에서는 원수를 갚을 때 보복으로서 하여 소실된 것을 회수한다는 점이 다르다. 「조선이야기」는 분명 중국의 「순임금과 상」의 옛 설화의 영향을 받았다고 할 수 있다.

세 번째로 티베트의 「거북이와 원숭이」 설화는 『삼국사기』의 「김유신 전(金庾信傳)」에 수록되어 있는 「거북이와 토끼」 설화와 같다. 티베트의 이야기를 보면 다음과 같다.

어느 호수 속에 거북이가 살고 있었다. 뭍에 올라와서 놀고 있을 때 친구인 원숭이의 권유로 원숭이 집에 가서 대접을 받았다. 그런데 집에 돌아가는 것을 잊어버렸다. 부인 거북은 걱정이 되어 아들 거북이를 시켜서 아버지를 찾아서 데려오도록 하였다. 아버지는 환락에 빠져서 이를 듣지 않고, "수일 후에 돌아갈게."라고만 하고 아들을 돌려보냈다. 부인 거북은 너무도 분하여 아들 거북을 다시 보내어, "어머니가 큰 병에 걸려서 오늘을 넘길 수 없어요. 의사가 원숭이의 간만이 유일한 치료약이라고 말씀하셨어요. 바라건대 얼른 집으로 돌아오세요. 올 때 원숭이 한 마리도 데리고 오세요."라고 알렸다. 거북이는 크게 놀랐지만 사정을 숨기고 원숭이에게 다르게 말하였다. "이번에는 우리 집에 가서 나와 함께 가서 노세."라고 열심히 권유하였다. 원숭이는 거북에게 깊은 간계가 있다는 것도 모르고 단지 호의라고만 생각해서 결국 거북이의 등을 타고 거북이의 집으로 가기 위해 호수에 떠 있었다. 호수 중간 쯤 왔을 때 거북이는 이제 원숭이가 도망갈 염려가 없다고 생각해서 간계를 털어놓았다. 원숭이는 마음속으로 깊이 후회하였지만 그러한 기색을 보이지 않고, "자네 처가 병에 걸렸다니 통탄할 일이군. 그런데 그 병은 내 한 몸의 간으로는 고칠 수 없어. 뭍으로 다시 되돌아가 준다면 서너 마리를 생포해 주겠네. 우리들이 같이 친구들을 유인하면 쉬울 거야."라고 속였다. 거북이는 이 말이 원숭이의 호의에서 나왔다고 생각하여 굳게 믿고 육지로 돌아갔다. 그러나 뭍에 도착하자 원숭이는 거북이의 등을 걷어차고는 높은 나무에 올라가서 비난을 퍼부었다.

이 티베트의 설화에는 더 많은 여담이 있지만 너무 길어서 간략하게 정리하였다. 더욱이 여기서는 생략하였지만, 거북이가 원숭이에게 유혹당할 때 육지로 올라간 원숭이가 높은 나무 위로 올라가 과실을 따서 이를 음식으로 먹는 부분까지는 일본의 「원숭이와 게의 싸움(猿蟹合戰)」[1]과 줄거리가 같다고 생각된다. 이 이야기는 『삼국사기』에 고구려왕 용신선도해(龍臣先道解)가 신라 김춘추의 선물을 받고 말하는 비유 속에 다음과 같이 나와 있다.

---

[1] 일본의 민화. 교활한 원숭이가 게를 속여 먹을 것을 가로채고 죽음에 이르게 하자 게의 자식이 원숭이를 죽여 부모의 원수를 갚는다는 이야기. 인과응보가 주제.

道海以饌具來相飲　酒酣戲語曰　子亦嘗聞龜兎之說乎　昔東海龍女病心　醫
言得兎肝合藥　則可療也　然海中無兎　不奈之何　有一龜白龍王言　吾能得之　遂
登陸見兎　言海中有一島　淸泉白石　茂林佳菓寒暑不能到　鷹隼不能侵　爾若得
至　可以安居無患　因負兎背上　遊行二三里許　龜顧請兎曰　今龍女被病　須兎肝
爲藥　故不憚勞　負爾來耳　兎曰　噫吾神明之後能出五藏　洗而納之　日者小覺心
煩　遂出肝心洗之　暫置巖石之底, 聞爾甘言徑來, 肝尚在彼, 何不廻歸取肝　則
汝得所來　吾雖無肝尚活　豈不兩相宣哉　龜信之而還　上岸　兎脫入草中　謂龜曰
愚哉汝也　豈有無肝而生者乎　龜憫　默而退[2]

　　도해가 음식을 차려 가지고 와서 함께 술을 마시면서 술이 거나
하게 취함에 도해가 농담으로 말하기를, 그대도 일찍이 거북이와 토
끼의 이야기를 들었는가? 옛날 동해 용왕의 딸이 속병을 앓았는데
의원이 말하기를 토끼의 간을 구하여 약에 섞으면 병을 고칠 수 있
다고 하였다. 그러나 바다 가운데는 토끼가 없어서 어찌할 바를 몰
랐더니 마침 웬 거북이 한 마리가 용왕에게 말하기를 내가 그것을
구할 수 있다 하여 드디어 육지로 나와서 토끼를 보고 하는 말이
'바다 가운에 섬 하나가 있는데 거기에는 샘이 맑고 돌이 깨끗하며
깊은 숲과 맛좋은 과실이 있으며 추위와 더위가 닥치지 않고 사나
운 새, 짐승들이 침범하지 못하니 네가 만일 가게 되면 편안하게 살
면서 근심이 없을 것이다' 하고는 토끼를 등에 업고 2, 3리 헤엄쳐
가다가 거북이 토끼를 돌아보면서 이르기를, '지금 용왕의 딸이 병

---

2) 『삼국사기』 권41, 열전1의 김유신 전에 수록.

에 걸려서 토끼 간을 약으로 쓰려 하니 수고를 마다 않고 너를 업고 오는 것이다.'라고 하였다. 토끼가 말하기를 아이코, 나는 신령의 자손이라 오장을 꺼내어 씻어서 널 수 있다. 요즘 속이 약간 불편한 것 같아 잠시 간과 염통을 꺼내어 씻어 바위 위에 널어 두었다. 너의 달콤한 말을 듣고 바로 오는 바람에 간은 지금 거기 있으니 돌아가서 간을 가지고 오는 것이 좋지 않겠는가. 그렇게 하면 너는 구하려는 약을 가지게 될 것이고 나는 간이 없더라도 살 수 있으니 피차에 좋은 일이 아니겠는가 하였다. 거북이 그 말을 곧이듣고 돌아서서 막 언덕에 오르자 토끼가 뛰어가 풀 속으로 들어가면서 거북이에게 이르기를, 어리석다 거북아 어찌 간 없이 사는 놈이 있겠는가 하니 거북이는 아무 말 없이 물러갔다.[3]

이것을 티베트의 설화와 비교하면 대체적인 내용에서는 같다고 할 수 있다. 『삼국사기』는 삼국시대의 옛날이야기를 모아 12세기의 초에 편찬한 것이다.

이상과 같이 티베트와 조선 설화가 유사한 원인이 어디에 있는지 살펴보면, 이는 모두 인도 계통의 설화로 불교 경전에서 나왔다고 설명할 수 있다.

『조선 및 만주』 제58호, 1912. 9.

---

[3] 『北譯 三國史記 下』(신서원, 1995)의 한국어역 참조.

소에 관한 조선의 옛날이야기와 속담

아사미 쇼(淺見生)

1. 소의 재판

이 이야기는 소만이 인간을 재판하는 것이 아니라, 첫째는 소, 둘째는 성황당, 셋째는 여우가 인간을 심판할 수 있다는 것을 보여준다. 조선에서 과학시험법이 행해졌을 때 어떤 수험생이 이 이야기를 엮어서 제출하여 장원으로 급제했다고 한다. 이 이야기는 다카하시 씨의 『조선 속담집』에 실린 「성황당」이라는 제목의 글과 대동소이하다. 소와 관련된 이야기를 여기에 써 보겠다.

어떤 사람이 마을길을 지나가다가 호랑이 한 마리가 목궁함(木弓函)에 잠입했다가 나오려고 애쓰는 것을 보았다. 호랑이, 이 사람을 보더니 자기를 불쌍히 여겨 탈출시켜 달라고 호소하였다. 이 사람은 호랑이를 불쌍히 여겨 꺼내 주었다. 그런데 이 호랑이, 빠져나와 말하기를 "내가 굶주린 지 몇 달이나 되었으니 너를 잡아먹어야겠다." 고 하자, 이 사람, 갑자기 잡아먹겠다는 소리를 듣고 놀라서 말하기를 "내가 너를 살려주니 이런 소리를 하는구나."라고 하였다. 이에 호랑이는 "내가 너무도 굶주려서 잡아먹지 않을 수 없다."고 하니,

이 사람, 깜짝 놀라 생각했지만 화를 피하기 어려운 상황이 되었다.

이때 소 한 마리가 멀리서 밭을 갈고 있는 것이 보였다. 이 사람, 호랑이에게 청하여 말하기를, "소에게 가서 재판받는 게 어떻겠는가?"라고 물었다. 호랑이는 이를 허락하고 사람과 함께 밭으로 가서 소에게 호소하였다. 그런데 소는 "사람은 잡아먹어야 하지."라고 대답하였다. 이 사람은 더욱 놀라 소에게 무슨 말을 그렇게 하는가라고 물었다. 그러자 소는 "나는 사람 집에 살면서 밭을 갈고 많은 일을 하는데 그들은 먹을 것을 아주 조금 주지. 그러니 잡아먹어야 해."라고 하였다. 이 사람은 다시 소에게 청하여 "그렇다면 성황당으로 가서 재판해 달라고 하는 것이 어떻겠는가."라고 제안하였다.

호랑이는 사람의 의견을 다시 받아들이고 이 사람과 함께 성황당에 가서 다시 호소하였다. 당주(當主)는 사람을 잡아먹어야 한다고 판결을 내렸다. 사람은 너무도 놀라 당주에게 그게 무슨 말이냐고 물었다. 그러자 당주는 내가 여기에 있어 보니 여름에는 사람들이 공물을 많이 바치는데 겨울에는 전혀 없기 때문이라고 대답하였다. 호랑이는 두 번의 재판이 바로 이러하다고 하면서 잡아먹어야겠다고 하였다. 이때, 사람이 이러한 결정에는 할 말이 없지만 삼세판을 위해서 한 번 더 해보는 게 어떻겠냐고 하자, 호랑이는 그러마 하고 답하였다.

이렇게 이야기를 나누고 있을 때 여우 한 마리가 멀리서 뛰어왔다. 여우가 어쩌다가 일이 이렇게 되었는가 물으니, 사람은 이러이러해서 이렇게 되었다며 자초지종을 말하였다. 여우는 호랑이에게 상황을 보니 반송(反訟)하는 게 좋겠다고 하였다. 호랑이는 이를 허락하고 급히 목궁함으로 들어가서, "여기에 들어가서 이렇게 하고 있었지."라고 말하였다. 여우는 호랑이를 쳐다보지 않고 사람에게 도망가라고 말하고 자기도 도망갔다. 목궁함에 갇힌 호랑이는 이를 단지 바라만 볼 뿐이었다(삼송[三訟], 반송은 모두 법률적인 용어로 옛 조선의 소송은 일사삼리(一事三理)를 허락하였다. 반송이라 함은 원상태로 되돌아가는 것을 말한다. 성황당은 작게 차린 불당의 종류로 돌을 쌓아 놓았을 뿐이다. 목궁함은 호랑이를 잡기 위한 함정이다. 조선에서는 호랑이를 호표(虎豹)라고 하였다).

2. 율곡의 우매함은 소보다 뛰어나다.

율곡선생 이이(李珥, 1536~1584)는 당시 유명한 사람으로 천상(天象)을 살펴보아 분명 임진(壬辰)의 난이 일어날 것이니, 자손들을 위해 장래의 피난처를 찾아두는 것이 좋겠다고 생각하여 심산유곡까지 돌아다녀 이르지 않는 곳이 없었다. 공이 적당한 곳에 이르러 농부가 밭을 갈면서 소를 꾸짖는 것을 보니, "네 어리석음이 율곡을 능가하겠는가."라고 하였다. 공이 이 개탄하는 말을 듣고 농부에게 묻기를, "어째서 그런 말을 하는가?" 하니, 농부가 말하기를, 율곡이 전란은 알아도 언제 일어날지는 알지 못했기 때문에 그렇게 말하는 것이라고 하였다. 공이 다시 묻기를 그럼 언제 난이 일어나겠는가 하였다. 농부는 율곡의 사후에 이 일이 있을 것이라고 하자 공은 곧 돌아갔다고 한다(조선인의 근본적인 성정인 안일함, 염치없음, 소극적, 낙천적인 면을 잘 보여주는 우화라 하겠다. 율곡이 죽은 지 10년 후 임진왜란이 일어났다).

3. 소에 관한 조선의 속담

조선의 속담을 모은 것으로는 정약용의 『이담속찬(耳談續纂)』[1]이 있다. 간본(刊本)으로 사언이구(四言二句)를 사용하였다. 또 이덕무의 「열상방언(洌上方言)」[2]이 있다. 그의 문집인 『청장관전서(靑莊館全書)』안에 수록되어 있는 것으로, 삼언이구(三言二句)를 사용하였다. 이제 소에 관한 것을 모아 그 일면을 보여 주고자 한다.

⑴ 소에게 말하면 그 말이 곧 사라지지만 처에게 말하면 새어
나간다.
주) 사람에게 말하는 것은 반드시 누설될 수 있으니 경계
해야 한다는 의미이다.(이담)
⑵ 너의 소뿔 아니면 우리 담장 무너졌을까.
주) 네가 잘못이 없다고 말하더라도 그 잘못을 완전히 면
할 수는 없다.
⑶ 천천히 걷고 또 천천히 걷는 소 걸음걸이
주) 어른이 하는 일은 서서히 진행된다는 의미이다.(동상)
⑷ 바늘도둑, 그만두지 않으면 결국 소도둑 된다.
주) 작은 악행을 키우면 반드시 큰 악행을 하게 된다는 의
미이다.

---

1) 1820년 정약용이 편찬한 속담집. 1권 1책으로 명나라의 왕동궤(王同軌)가 엮은 『이담』
에 조선 고유의 속담을 증보하였다.
2) 조선 영정조 시대에 이덕무가 속담을 수집하여 한역(漢譯)한 글. 독립된 책이 아니라 그
의 문집인 『청장관전서(靑莊館全書)』의 62권에 다른 글들과 함께 실려 있다.

(5) 바늘도둑 소도둑 된다.((4)와 같은 의미)

주) 그 사람의 어린 시절을 보고 자라났을 때를 알 수 있다. 바늘도둑은 작지만 그대로 놔두면 소를 도둑질하게 된다.

(6) 소 잡은 것은 감출 수 있어도 밤 깍은 것은 감추기 어렸다.

주) 큰일은 감추기 쉽지만 악행은 작아도 감추기 어렵다는 의미이다. 밤을 깎은 사람에게는 그 껍질이 남아 있기 때문이다.

(7) 소귀에 경을 읽은들 어찌 깨닫기야 하겠는가?

주) 아둔한 사람은 이치를 깨닫기 어렵다.

(8) 하늘이 무너져도 소 나갈 구멍은 있다.

주) 큰 어려움이 있더라도 살 길이 있다.

(9) 말이 가는 길에 소도 간다.

주) 재능은 빠르고 느림에 있는 것이 아니라, 노력 여하에 달려 있다는 의미이다.

(10) 암소는 두 마리라도 기둥 하나에 매어둔다.

주) 일을 똑같이 하더라도 어리석은 사람은 성과를 거두지 못한다는 의미이다. 두 마리의 암소를 같은 기둥에 매어 두더라도 막연하여 암수의 구별이 따로 없다.

『조선 및 만주』 제66호, 1913. 1.

조선정벌에 관한 조선의 전설

세이케 사이카(清家彩果)

불세출의 영웅 도요토미 히데요시(豊臣秀吉)가 기획한 조선정벌은, 오로지 안일만을 탐하고 있던 조선 전체에 잠자는 봄 바다에 갑자기 검은 돌풍이 휘몰아친 것 같은 느낌이 들게 하는 일이었다. 따라서 이에 관한 내용을 담은 전설은 결코 적지 않다. 여기에 그 단편을 소개하여 독자들과 함께 웃어 보고자 한다.

원래 조선은 과거의 역사에 풍부한 색채를 가지고 있다. 조선이라는 것이 사람들이 보기에 설령 아리랑의 노래에 망국의 한이 담겨 있고 불쌍하고 덧없는 나라라고 할지라도 조선인들 자신에게는 고향땅이다. 이를 호의적인 시선으로 보는 것이 오히려 자연스러운 인정이다. 즉 전설에서 다른 나라를 배척하고 홀로 조선만을 추앙하는 것은 조선인 다수의 심리를 이야기하는 것이라고 볼 수 있다.

1.

조선 정벌의 장도(壯圖)에 대해 아는 사람은 반드시 명나라의 대장 이여송(李如松)의 이름을 기억할 것이다. 그는 병사 수만 명을 이끌고 조선을 위기에서 구하기 위해 연경(燕京)[1]을 출발하여 왔다. 이 무장의 이름은 일찍이 세상에 알려졌고 사백여 주(州)[2]에 드물게 보이는 큰 인물이었다. 그런데 이 호걸이 일개 조선의 노인에게 어린아이 취급을 당했다는 전설이 남아 있다.

　이 이야기는 이여송이 정예부대를 이끌고 남하하여 고니시 유키나가(小西行長)3)의 군대와 평양에서 싸워 이겼을 때의 일이다. 이여송은 평양성에 올라가서 멀리 아름다운 산천을 바라보며 견고한 패권을 천하에 세워야 한다고 생각하고 있었다. 때로 정권을 찬탈하려고 했던 다이라노 마사카도(平の將門)4)를 생각하며 몰래 조선 왕실을 무너뜨리고 스스로 이를 대신하고자 하는 야심을 품고 있었다. 장래의 일을 생각하면 즐거운 마음을 참을 수 없어서 미리 축하하고 싶은 마음에 어느 날 각료를 연광정(練光亭)5)에 초대하여 연회를 벌였다. 한창 연회를 베풀고 있을 때 무심코 대동강 쪽을 보니, 한 노인이 터벅터벅 검은 소를 타고 지나가는 것이었다. 기개가 넘치는 이여송은 이를 보고 큰소리로 노인을 꾸짖으며 소에서 내려오라고 명령하였다. 그러나 노인은 못 들은 척하며 느긋하게 고삐를 잡고 서행(徐行)을 계속하였다. 이여송은 격노하여 부하장수에게 잡아오도록 엄명을 내렸다. 장수 여러 명이 승낙을 받고 말을 달려 노인의 뒤에 쇄도하였다. 소의 걸음은 빠르지 않아 보였지만 장수들은 붙잡을 수 없어 결국 빈손으로 돌아왔다. 이렇게 되자 이여송은 분노를 누를

---

1) 중국 북경의 별칭.
2) 중국 전토를 가리킴.
3) 고니시 유키나가(小西行長, 1558~1600)는 일본의 무장. 도요토미 히데요시의 가신으로 임진왜란 때 선봉에서 싸움. 1593년 명나라 이여송이 이끄는 조선파견군에 의해 평양을 빼앗기고 퇴각.
4) 다이라노 마사카도(平の將門, ?~940) 일본 중세시대 관동지방의 호족.
5) 평양의 대동강 가에 있는 누각. 경치가 아름다워 관서팔경의 하나로 알려져 있다.

수 없었다. 스스로 앞장서서 준마를 타고 노인을 쫓았다. 잠시 후 향하는 곳을 보니 소를 타고 있는 노인은 앞에 있고 그 거리는 아주 가까웠다. 이여송은 승기를 잡고 장풍(長風)에 더욱 채찍질을 가하며 번개처럼 달려 노인을 뒤쫓았다. 그러나 노인은 천마(天魔)인지 귀신인지 질주하여 결국에는 따라잡을 수 없었다. 이여송은 조급해져서 노인을 따라 대동강을 건너 수십 리를 지나 황폐해진 산촌 마을로 들어갔으나 노인을 놓쳐버리고 말았다. 망연해서 가고 있는데, 느닷없이 강가에 마을이 나타났다. 자세히 보니 강가의 수양버들에 지금까지 노인이 타고 있던 것으로 보이는 소가 매여 있었다. 한숨을 내쉬고 사방을 둘러보니 거기에는 허물어져가는 집 한 채만이 달랑 있었다.

"노인이 이 집에 있는 게 틀림없어."

이여송은 말에서 내려 칼을 쥐고 집 안으로 들어갔다. 그런데 아니나 다를까, 노인은 그곳에서 말쑥하게 이여송을 맞이하였다. 이여송은 이를 보고 노인에게 말하였다.

"자네는 어느 곳의 촌로인가. 나는 대 명나라 황제의 명을 받들어 백만 대군을 이끌고 와서 너희 나라를 구한 이여송이다. 생각건대 네가 이 사실을 모를 리 없다. 알면서 나의 군위를 범하였다. 너의 죄 바로 죽어야 마땅하다. 자, 내 검을 받아라."

이여송은 장검을 휘두르며 소리를 질러 질타하였다. 그러나 노인은 이를 듣고 웃으며 말하였다.

"내가 산간의 촌로에 불과하지만 어찌 장군을 모르겠소. 단지 장군을 번거롭게 할 일이 한 가지 있는데, 직접 진언하기도 어렵고 하여 특별히 오늘과 같은 행동을 해서 장군을 여기로 맞이하였을 뿐이오. 그러니 심하게 책망하지 마시오."라며 태연자약하게 말하였다.

"도대체 나를 번거롭게 할 만한 일이 무엇인가?"라고 이여송은 의심의 눈을 반짝였다. 그러나 이여송이 놀라는 것도 무리가 아니었다. 원정군으로 고향을 떠나 수백 리의 여정, 조선의 시골에 있는 미지의 노인에게 여우에 홀린 듯이 이끌려서 와서, 이제 생각지도 않았던 의미심장한 이야기를 듣게 되니 말이다.

노인은 조용히 다가가서, "나에게는 아들이 둘이 있소. 성질이 모두 흉악해서 집안일에 힘을 쓰지 않고 야음에 몰래 부정한 일을 하고 있소. 내가 데리고 몇 번이고 훈계하였으나 내 말을 듣지 않는구려. 악행은 점점 심해져서 나는 밤낮으로 걱정이 되어 잠시도 안심할 수 없는 상황이오. 그런데 요사이 장군이 이곳에 온다는 소식을 들었소. 장군은 신용(神勇)있는 인물이니, 장군의 신위(神威)로써라면 나의 두 아들을 사악함에서 구해줄 수 있다고 생각해서 장군을 이곳으로 불러들인 것이오. 바라건대 나의 고충을 이해해 주시고 촌로를 위해서 수고를 아끼지 말아 주시오."라고 말하였다. 이를 들은 이여송은 말과 안색이 모두 비통해져서 기꺼이 노인의 부탁을 허락하였다.

이여송이 "그럼 두 아들은 어디 있는가?"라고 물으니, 노인이 "뒷마당의 초당에 있소."라고 대답하였다. 이여송이 칼을 잡고 초당으로 들어가니 과연 두 소년이 책을 읽고 있었다.

이여송이 이를 보고 "너희들이 이 집안의 불효자인가? 너의 부친, 너희를 제거하기를 나에게 호소하는 바, 삼가 내 칼을 받아라." 하며 큰 소리로 외치고 긴 칼을 휘둘렀다. 소년들은 조금도 놀라지 않고 오히려 미소를 띠며 책을 덮고 죽편을 잡고 이여송을 상대하였다. 칼날이 부딪치기를 여러 차례, 소년의 기예는 입신의 경지라서 죽편이지만 영혼이 깃든 것 같아 결국 이여송의 칼은 부러져 땅에 떨어졌다. 이여송, 숨을 헐떡이고 등에는 식은땀이 폭포처럼 흐르며 다리는 후들거리고 마음은 불안해졌다. 바로 그때 노인이 들어와서 두 소년을 책망하고 서둘러 자리에서 물러나게 하였다. 노인은 엄연하게 이여송과 대좌하였다. 이여송은 땀을 닦고 노인에게 말하였다.

"당신의 두 자식은 용력(勇力)이 비범하오. 아무래도 당신의 부탁을 들어줄 수 없겠소."라고 약한 소리로 토로하였다.

노인은 웃으며 "앞서 한 말은 허언이었소. 단지 잠시 장군을 시험해 본 것이었소." 노인은 우선 이여송이 당황해 하는 것을 가라앉히고 말하였다.

"장군, 청컨대 잘 들어주시오. 자식 둘은 모두 용력이 있지만, 그들 열 명으로 나 하나 대적한다오. 내가 이들을 제압하는 것은 문제가 아니오. 내 어찌 이것으로 장군을 번거롭게 하겠소. 내가 장군을 끌어들여 여기까지 온 것은 조용히 한 가지 일을 알려야하기 때문이오. 마음을 가라앉히고 나의 말을 들어보시오."

"이제 장군은 황제의 명을 받들어 원군으로 와서 왜적을 멸하였고, 우리 조선으로 하여금 왕업을 달성하게 하였소. 따라서 개선한 장군의 이름은 후세에 남을 것이며, 또 우리 전노(全道)의 백성들이 소리를 높여 장군의 덕을 칭송하고 있소. 대장부의 일은 이로써 충분하오. 그러니 장군, 이러한 일을 생각하지 마시오. 이제 이국(異國)

을 탐하고 우리 조선을 빼앗고자 하는 일, 어찌 장군이 해야 할 일이겠소. 장군, 이를 심사숙고하시오. 만일 장군이 부정한 뜻을 고치지 않는다면 내 늙었지만 아직 장군의 목숨을 빼앗기 어렵지 않을 것이오. 자 여기에서 승패를 결정하시오. 어느 쪽을 취하겠소."라고 격한 목소리로 말하였다.

이여송은 아연해져서 말없이 고개를 떨구고 기력을 잃고 도망치듯 진영으로 돌아왔다. 그리고 조선에 대한 패권을 잡고자 하는 의지를 꺾었다고 한다.

2.

류거사(柳居士)는 경상북도 안동 사람이다. 안동은 가토 기요마사(加藤清正)[6]의 이름과 함께 인구에 회자되는데, 울산으로부터 그다지 멀지 않은 곳에 있는 조선 남쪽의 도읍이다. 거사의 조카는 류성룡(柳成龍), 호는 서애(西厓)라고 하였다. 서애는 당시 정부의 총리대신, 즉 영의정이라는 대임(大任)을 맡아 왕을 보필하는 중신(重臣)으로서 일세의 가장 뛰어난 권세를 뽐내는 큰 인물이었다. 반면 그의 숙부인 류거사는 용모가 떨어지고 일상의 동작도 아주 얼떠서, 사람들은 '그 숙부에 그 조카'라고 하면서 그 현명함과 우매함의 격차에 보이는 묘한 대조에 웃었다. 그러던 중 류서애가 오랜만에 휴가를 얻어 고향 안동으로 내려왔다. 거사는 만나려고도 하지 않고 언제나처럼

---

6) 가토 기요마사(加藤清正, 1562~1611) 도요토미 히데요시의 가신으로 조선에 출병. 1592년 부산 상륙 후 수도 한성에 입성, 1593년 2차 출병 시 진주성 전투에서 이겨 진주성을 함락.

책을 읽고 있었다. 어느 날 무슨 생각이 들었는지 평소처럼 찢어진 모자에 헤진 옷을 입고 갑자기 서애를 방문하였다.

"바둑을 두고 싶은데 어떠한가?"라고 바둑 시합을 권하였다. 당시 서애의 바둑은 일세에 이름이 높았고 팔도의 묘수로서 그를 대적할 사람이 없을 정도였다. 서애는 웃으며 "저는 아직 숙부님이 바둑을 두신다고 들은 적이 없습니다. 지금 대결을 한다고 해도 제 적수가 되지 못할 것입니다."라고 하며 상대하려고 하지 않았다.

거사는 이 말을 듣고 "적수가 어떠한가는 승패를 봐야 아네. 자 대국해 보는 게 어떻겠는가."라고 왠지 평소와는 달리 말투가 엄중하였다. 서애도 어쩔 수 없이 바둑판으로 향하여 거사를 상대하였다. 한 수, 한 수, 두다가 반국(半局)이 채 끝나기도 전에 이상하게도 서애는 이미 이길 수 없다는 것을 깨닫게 되었다. 서애는 깜짝 놀라서 기가 막힌 듯 거사의 얼굴을 바라보았다.

거사는 조용히 서애에게 "바둑과 같은 것으로 놀랄 필요가 없네. 허나 놀라야 할 것이 한 가지 있지. 그렇다고 이를 미연에 방지할 방법이 없지는 아니하네. 잘 기억해 두게. 승려 한 사람이 후일 반드시 자네의 집에 와서 머물 곳을 찾을 걸세. 그때 이를 허락하지 말고 거절하도록 하게. 그리고 그 사람을 나의 초당으로 돌려보내게." 라고 알렸다. 서애는 아까부터 숙부의 바둑 솜씨를 의심의 눈으로 보고 있던 참이었다. 여기에 또 이러한 예언과 같은 말에 서애를 놀라지 않을 수 없었다.

서애는 다그치며 "그렇다면 승려는 몇 명이며, 또 숙소를 청하는 이유는 무엇입니까?"라고 물었다. 거사는 많은 말을 하지 않고 "나중에 알게 될 걸세. 지금 설명할 필요는 없네."라고 손사래를 치고 조용히 자기 집으로 돌아갔다.

묘당의 대관으로서 항상 군신들 위에서 인간의 심리를 통찰하는 것에 익숙해 있던 서애이기에 아침부터 찾아온 거사의 언동은 아무래도 납득할 수 없었다. 서애가 앞마당을 조용히 거닐면서 손을 모으고 깊은 사색에 잠겨 있을 때 문 앞 빗장 소리가 들렸다. 누군가가 서애의 집에 찾아온 것이다. 그제야 제정신이 들어 사방을 둘러보았으나 해는 이미 서쪽으로 기울어 어스름해졌고 때마침 종자도 주변에 없었다. 직접 가서 문을 열고 방문한 사람을 보더니 기묘하게도 거사가 말한 대로 승려였다. 서애가 거사의 말과 상황에 딱 들어맞는 이 불시의 객에게 놀라 살펴보니, 풍채 장대하고 위용 당당한 서른 살 가량의 사문(沙門)이었다.

승려는 서애를 보자 가볍게 합장하고, "저는 강릉의 오대산에 사는 승려입니다만, 오랫동안 영남지방의 산천을 사모하여 요전에 가서 유람의 뜻을 이루고 귀산(歸山)하던 중 어쩌다 이곳을 지나게 되었습니다. 마침 대감님이 여기에 내려와 계시다는 소식을 듣고, 일세의 위대한 분인 대감님에 대한 공경의 마음을 금할 길 없어 배알하러 왔습니다. 때마침 날이 저물었으니 바라옵건대 하룻밤 묵을 숙소를 허락하여 고풍(高風)에 접할 수 있게 해주십시오."라고 낭랑한 목소리고 절실하게 묵을 곳을 부탁하였다.

서애는 아무렇지도 않은 듯이 "당신의 뜻은 잘 알겠소. 그런데 집안에 사고가 있어 손님을 맞기 어렵겠소. 뒤편에 작은 집이 있으니 거기로 가서 피로를 풀도록 하시오."라고 거사가 가르쳐준 대로 말하고 거절하였다. 승려는 어쩔 수 없이 거사의 암자로 갔다.

문 앞에 이르자 거사는 정중하게 승을 맞이하였다. 밤에는 술을 권하며 팔도의 산하에 대해 이야기를 나누고 정성껏 사문에게 음식을 대접하였다. 승려는 앞뒤 사정도 모르고 긴 꿈속에 들었다. 조선인은 이 부분을 이르러, 승려가 술에 취하고 배가 불러서 졸도했다고 설명한다. 사실 나이 어린 승려는 연일 이어진 여행으로 피로가 쌓여 맘 편하게 푹 잠들어버린 것이다. 시간은 벌써 밤 삼경(三更), 거사는 무서운 기세로 장검을 빼들고 승려 위에 올라탔다.

"눈을 떠라, 이 젊은 중놈아. 내 너의 죄를 낱낱이 밝히겠다."라고 큰 소리를 질러 깨웠다. 승려가 놀라 눈을 떠 보니 번쩍이는 날카로운 검이 이미 자신의 머리 위를 향하여 피를 구하고 있었다.

"저는 죄가 없습니다. 바라옵건대 이를 거두어 주십시오"라고 애원하였다. 거사는 다시 "네가 우리 조선의 지도를 구해서 일본으로 넘기려고 하는데 이 어찌 죄가 아니라고 하느냐. 왜적으로서 우리나라에 쳐 들어오려고 하는데 이 역시 어찌 죄가 아니라고 하느냐. 내가 이미 도술로서 네가 오는 것을 알고 너를 내 집으로 유인했을 뿐, 네 어찌 죄가 없다고 말할 것이냐?" 하며 공격하였다.

이제 승려는 사실을 고하고 지금의 위기를 벗어날 수밖에 없었다. 때문에 말하기를 "이제 무엇을 숨기겠습니까? 저는 일본인입니다. 도요토미 히데요시가 병사를 일으켜 조선을 공격하려고 합니다. 조선에서 가장 위세 있는 자는 류서애이니, 서애만 제거한다면 조선을 손안에 넣는 것은 아주 쉬운 일이라 하여 저를 먼저 서애에게 보내어 죽이도록 했습니다. 그런데 이를 완수하지 못하고 끝나 버렸습니다. 이것은 천명입니다. 오늘부터 저는 그 뜻을 품지 않겠습니다. 청컨대 저의 남은 생을 마무리 할 수 있도록 한 번 더 고국 땅을 밟을 수 있게 해 주십시오."라고 애절하게 말하여 사람의 애를 녹였다.

거사, 이를 듣고, "우리나라의 이번 재앙은 천명이다. 너를 죽이는 것은 병아리를 가르는 것과 같다. 어찌 칼을 더럽힐 만한 가치가 있겠는가. 그러나 훗날 일본인이 안동 땅에 들어온다면 내가 언월도(偃月刀)[7]로 네 몸과 머리를 두 쪽 낼 것이다. 이 까까중놈아, 어서 바다를 건너 이를 왜장에게 알려라."라고 기개 등등하게 말하였다.

승려는 머리를 부여잡고 분연히 떠났다. 돌아가서 히데요시를 알현하고 이러한 사실을 상세하게 전하고 조선에도 또한 호걸이 있음을 알렸다. 임진란이 일어났을 때 경상도 땅은 일본군이 유린하였음에도 불구하고 오로지 도내에 있는 안동만은 참화를 면하였다고 하는데, 그 이유는 무엇보다 류거사의 은덕이라고 알려져 있다.

『조선 및 만주』 제70호, 1913. 5.

---

7) 소설 『삼국지연의(三國志演義)』에서 무장 관우가 냉염거(冷艶鋸)라는 청룡언월도를 애용했다고 하는데서 관우를 상징하는 무기로 알려짐.

조선동화의 연구

하마구치 요시미쓰(濱口良光)

　민족 고유의 동화는 첫째, 민족이 가진 공상(空想)의 기록이고, 둘째, 자연에 대한 민족의 사랑의 표현이며 셋째, 민족의 희망을 개념화시킨 것이다. 선녀이야기, 용궁이야기, 소인섬이야기 등이 바로 그것인데, 초목이 서로 이야기하고 새와 짐승이 춤추는 것은 주로 첫 번째에 속하지만, 두 번째에 속하기도 한다. 또 왕자가 되었다든지 고위고관에 올랐다든지 하늘에서 떨어진 요술방망이를 얻어 부자가 되었다든지 하는 것은 세 번째에 속하는 것이다. 때문에 한 민족이 가진 동화를 보면 그 민족의 정신생활을 명확하게 알 수 있다. 여기서는 조선동화를 통해 조선민족의 정신에 대해 잠시 이야기해 보고자 한다.

　원래 동화에는 교훈을 주로 한 것과 흥미를 주로 한 것이 있다. 그리고 그 속에는 무용담, 기지(奇智)담, 인정담, 종교담, 우화담, 비유담, 운명담, 기적담 등이 있는데, 흥미로운 것은 어느 민족이나 모두 여기에 속하는 것을 가지고 있다. 물론 조선동화도 여기에 해당하는 것을 모두 가지고 있지만, 그 민족이 가장 즐겨하는 것, 즉 가장 흥미 있어 하는 것에 있어서는 타민족과의 사이에 상당히 큰 차이가 있다고 생각한다. 예를 들어, 일본 민족은 원수를 갚는 무용담을 가장 좋아하는 반면 조선은 기지담을 가장 좋아한다. 이는 말할 것도 없이 동화가 민족정신의 가장 깊은 일면과 일치하기 때문이다.

조선의 기지물에는 어떤 것이 전해져 내려올까? 여기서는 두세 가지 예를 들어 보도록 하겠다.

(1) 원숭이의 재판

옛날 어느 마을에 여우와 개가 있었다. 어느 날 길바닥에서 고기를 주웠는데, 둘은 공평하게 나누려 했으나 좀처럼 나눌 수 없어서 곤란했다. 이를 본 원숭이가 자기가 나누어 주겠다고 말하였다. 둘은 원숭이를 믿고 고기를 맡겼다. 원숭이는 칼로 고기를 둘로 나누었으나 한쪽이 분명히 더 컸다. 둘은 불공평하다고 호소하였다. 그러자 원숭이는 "좋아 그럼 공평하게 해 주지." 하면서 한쪽 고기를 먹어 작게 만들고 이를 둘에게 나누어 주려고 하였다. 그러자 이번에는 먹어 버린 쪽의 고기가 작아졌다. 둘은 다시 크기가 다르다고 호소하였다. 원숭이는 다시 큰 쪽을 먹었다. 그러자 이번에는 먹은 쪽이 너무 작아졌다. 둘은 다시 호소하였다. 이렇게 해서 결국 원숭이는 고기를 전부 먹어 버렸다는 이야기이다.

(2) 추위 속의 딸기

어느 마을의 나쁜 군수가 좌수에게 딸기를 따오라고 시켰다. 때는 한중(寒中)이라 당연히 딸기가 있을 리가 없었다. 좌수는 명령을 거역

할 수 없어 풀이 죽어 집으로 돌아갔다. 집에서 효자 아들이 아버지의 얼굴이 평소와 다름을 깨닫고 그 이유를 물었다. 좌수는 아들에게 있었던 일을 자세하게 이야기해 주었다. 효자는 아버지를 위로하고 곧 군수에게로 갔다. 군수는 아버지가 딸기를 따왔는지 물었다. 효자는 아버지가 딸기를 따러 산으로 갔다가 독사에게 물려 혼수상태에 빠졌다고 대답하였다. 이를 들은 군수는 큰 소리로 꾸짖으며 "겨울에 독사가 어디 있겠는가?"라고 소리쳤다. 효자는 이 말이 끝나자마자 "그럼 딸기가 있을 리 없겠지요."라고 대답해서 군수를 반성하게 만들었다.

(3) 개구리와 여우의 지혜 겨루기

여우가 먹이를 찾으러 나갔다가 개구리를 만났다. 개구리를 잡으려고 했으나 이유 없이 잡아 먹을 수가 없어서 개구리와 지혜를 겨루어서 진다면 먹어 버려야겠다고 생각했다. 여우는 개구리에게 어려운 문제를 냈으나 개구리는 거기에 하나하나 명쾌하게 대답하였다. 여우는 곤란해졌다. 게다가 이번에는 개구리에게서 여러 가지 어려운 문제를 받고 곤란해졌다. 하는 수 없이 여우는 개구리를 잡아 먹는 것을 포기하고 돌아갔다.

(4) 술을 싫어하는 토끼와 거북이와 두꺼비

어느 들판에서 토끼와 거북이와 두꺼비가 만나 상석(上席)을 두고 경쟁했으나 방법을 찾을 수가 없었다. 결국 인심을 가장 잘 어지럽

히는 술을 싫어하는 자가 상석에 앉기로 결정하고, 각자 얼마나 술을 싫어하는지 과장해서 이야기하였다. 우선 토끼는, 나는 술집 앞을 지나갈 수 없다고 말하였다. 그러자 거북이는, 나는 술의 원료가 되는 밀밭 앞조차 지나갈 수 없다고 말하였다. 이야기 도중에 두꺼비가 기절해 버렸다. 거북이와 토끼가 깜짝 놀라 왜 그러냐고 물었다. 그러자 두꺼비는 자기는 술 이야기를 듣는 것만으로도 기절하게 된다고 말하였다. 결국 두꺼비가 가장 술을 싫어하는 것으로 결정되어 상석을 차지하였고, 거북이는 차석에, 토끼는 말석에 앉게 되었다.

(5) 거북이의 심부름

용왕의 딸이 병에 걸렸다. 거북이는 용왕 딸의 병을 낫게 해준다는 토끼의 간을 구하러 뭍으로 갔다. 해변에 도착한 거북이는 토끼를 꾀어 등에 태우고 바다 속까지 갔다. 지혜가 부족한 거북이는 토끼에게 너의 간을 얻기 위해 꾀어내어 왔다고 말하였다. 토끼는 깜짝 놀랐으나 재치를 발휘하였다. 간을 가지고 싶으면 얼마든지 주겠으나 공교롭게도 깨끗하게 씻어 나뭇가지에 널어 두어서 지금은 가지고 있지 않다고 말하였다. 거북이는 이 말을 믿고 다시 육지로 올라갔다. 토끼는 육지에 도착하자 거북이에게 자기가 속인 것을 알리고 웃었다.

(6) 여우의 재판

호랑이가 함정에 빠져 곤란해 하고 있을 때 나그네가 지나가다가 호랑이를 구해 주었다. 목숨을 건진 호랑이는 허기가 져서 곧 나그네를 잡아먹으려고 하였다. 나그네는 놀라서 억울함을 호소하였다. 그러자 호랑이는 지금 세상에서 당연한 일이라고 말하였다. 그때 나그네는 한 꾀가 생각나서 여우에게 재판을 받자고 하였다. 호랑이도 승낙하여 둘은 여우에게 갔다. 여우에게 자초지종을 말하자 여우는 잠시 생각하더니 실제 상황을 보지 못해 재판하기 어렵다고 말하였다. 그래서 나그네와 호랑이는 다시 함정이 있는 곳으로 가서 호랑이는 원래처럼 우선 함정 속에 들어갔고 나그네는 호랑이를 도우려고 하였다. 그때 여우는 나그네에게 도와주든 도와주지 않든 마음대로 해도 좋다고 말하였다. 나그네는 여우의 명재판에 감사하고 길을 떠났다.

이 외에 기지에 관한 동화는 수없이 많이 있다. 그런데 왜 이러한 기지에 관한 동화를 좋아할까? 무력으로 정정당당하게 패권을 빼앗은 나라에서는 무용담을 즐긴다. 허나 계략이나 다툼으로 지위와 정권을 빼앗은 예가 많은 나라에서는 기지에 관한 이야기를 즐겨서 이런 종류의 이야기가 발달하는 것은 당연하다. 조선은 바로 거기에 해당하지 않을까?

다음으로 아름다운 공상에 관한 것이다. 이것도 상당히 즐긴다. 그 중에서도 「선녀와 나뭇꾼」은 미호노마쓰바라(三保の松原)[1]의 선녀이야

---

1) 시즈오카현(静岡縣) 미호반도(三保半島)의 경승지. 일본신삼경(日本新三景) 일본삼대

기와 아주 유사하다. 오히려 「선녀와 나무꾼」은 미쓰호마쓰바라의 원전이 아닐까 생각될 정도이다. 이 이야기들은 실은 아름다운 공상을 기초로 하고 있다. 다음으로 교훈에 관한 이야기를 아주 즐긴다. 교훈에는 형제의 우애, 효행, 정직, 보은, 자선 등이 주요 내용이다. 교훈이 주제가 아니더라도 이야기의 대단원은 거의 선이 악을 이겨 기뻐하는 결과로 끝나고 있다. 이는 앞에서 말했던 민족의 희망을 개념화시킨 것으로 정의를 이기게 하고 싶다는 희망을 표현한 것이다.

다음으로 동화의 재료에 관한 것인데 과연 조선색을 띠고 있는 것이 아주 많다. 우선, 인삼, 호랑이, 삽살개, 까치, 장승 등이 그 대표적인 예이다. 일반적인 것으로는 토끼, 거북이, 여우, 개구리, 원숭이, 멧돼지, 곰, 말, 소, 매, 개, 두꺼비 등도 사용되고 있다. 일본에서는 하늘이나 신으로부터 은혜로 받은 보물은 대부분 금화이다. 가끔 보물상자(玉手箱),[2] 요술방망이 등이 있다. 그러나 조선에는 대부분, 돈 나오는 구슬(錢生珠), 곡식 나오는 구슬(穀生珠), 보통 구슬, 금방망이, 은방망이, 인삼 등이 있다.

조선의 동화는 어디까지나 조선적이고 서양처럼 왕이나 왕자가 되거나 왕비를 얻거나 하는 결말은 없다. 사건의 진행도 비교적 단순하고 담백하지만 아주 재미있게 구성되어 있다고 생각한다. 조선의 동화에 대해 형식상, 내용상 더 깊게 파고 들어가야 한다고 생각하지만 이는 훗날 다시 쓰도록 하겠다.

『조선 및 만주』 제211호, 1925. 6.

마쓰바라(日本三大松原)이며 유네스코 세계문화유산으로 등록됨.
2) 「우라시마타로(浦島太郎)」 전설에서 우라시마가 용궁에 가서 선녀에게 받았다는 상자.

쥐의 결혼
- 쥐에 대한 조선의 전설동화 -

이미무라 도모(今村鞆)

충청남도 논산에 있는 돌로 만들어진 커다란 미륵 아래에 쥐 한 마리가 살고 있었습니다. 언제부터인지는 알 수 없지만 어쨌든 아주 오랜 옛날 일입니다.

이 쥐는 그 커다란 미륵 아래에 구멍을 파서 거처로 하고 밖에 나가 먹을거리를 찾아다니며 생활하고 있었습니다. 어느 날 이제 자기도 어른 쥐가 되었다고 깨닫고 돌 밑 구멍에서 살짝 나와 크게 하품을 하였습니다. "나도 이제 어엿한 남자가 되었어. 그러니 부인을 찾아야겠어."라고 말하면서 태양을 올려 보았습니다.

때는 겨울이 가고 이제 겨우 봄이 된 무렵이었습니다. 초목은 봄의 새로운 공기를 마시면서 긴 겨울잠에 질려서 더 이상 기다릴 수 없다는 듯 태양의 따뜻한 빛을 받으면서 조금씩 부드러운 초록 빛 새싹을 틔우고 있었습니다.

쥐는 자기가 부인을 얻는 것에 대해 여러 가지 생각을 하였습니다. 이런 생각을 하고 있자니 친구들 쥐가 생각났습니다. 그들 친구들은 모두 동족 간의 결혼을 했습니다. 그 결혼도 별도의 결혼식을 올린 것도 아니고, 누구와 누구라는 식으로 인간처럼 제대로 정해진 것도 아니었습니다. 어느 남자 쥐는 두세 명의 부인 쥐를 취하였습니다. 또 어떤 남자 쥐는 네다섯 명의 여자 쥐가 왔으나 겨우 한 여자만을 얻었습니다.

그것만이라면 그래도 다행입니다만, 그들은 항상 다른 쥐의 부인을 빼앗기도 하고 또 자기 부인을 빼앗기기도 하며 끊임없이 싸움을 하고 있었습니다.

쥐는 그 일을 생각하자 소름이 끼쳤습니다.

"나는 다른 녀석들과는 달라. 다른 녀석들처럼 살고 싶지 않아. 그래서 이렇게 그들과 떨어져서 혼자서 살고 있는 것이 아니겠어? 도대체 그 꼬락서니는 뭐야?"

그리고 나서 그는 자신이 부인을 얻는다면 어쨌든 아주 강한 부인을 얻어야겠다고 생각했습니다.

그는 미륵의 머리 꼭대기에 올라갔습니다. 거기에서 살짝 엉덩이를 들고 주변을 내려다보기도 하고, 올려다보기도 하고, 혹은 멀리 눈을 돌려보기도 했습니다.

그런데 어디를 봐도 이렇다 하게 그의 부인이 될 만한 적당한 상대가 보이지 않았습니다. 그는 멍한 표정으로 하늘을 올려다보았습니다. 거기에는 태양이 여유롭게 떠서 따뜻한 햇살을 비추고 있었습니다.

그는 문득 이 세상에서 태양만큼 널리 그리고 크게 빛나는 것은 없을 것이라는 생각이 들었습니다. 이러한 생각은 태양을 아주 위대한 것으로 만들었습니다. 그는 태양을 자기 부인으로 삼으면 좋겠다고 생각했습니다.

그러자 그는 가만히 있을 수 없었습니다. 그런데 태양을 부인으로 맞는 것은 좋지만 어떻게 태양과 만나 이야기를 해야 좋을지 몰랐습니다. 이것만은 아무리해도 생각이 나지 않았습니다.

그날 밤은 잠자는 동안에도 잊지 않고 생각했습니다. 그러나 태양이 있는 곳까지 갈 수 있는 좋은 방법이 떠오르지 않았습니다..

다음 날 아침이 되자, 하늘은 아주 맑아서 어제와 같이 태양이 환하게 비치고 있었습니다. 그는 태양을 올려다보면서 한숨을 크게 쉬었습니다. 아무래도 태양에게 이야기하기 위해서는 태양이 이쪽으로 내려오는 게 좋겠다고 생각했습니다.

그는 태양과 가장 가까운 산을 찾았습니다. 바로 그때 태양은 앞산 꼭대기의 1척 정도 위에 떠 있을 뿐이었습니다. 그는 서둘러 산 꼭대기를 향하여 올라가기 시작했습니다.

그런데 산 위에 올라가 보니 어째서 태양은 계속 산 위에 높이 머물러 있지 않을까요. 그는 큰 소리를 지르며 말했습니다.

"태양님, 저는 당신을 부인으로 맞이하고 싶습니다."

그러나 목소리가 태양에 닿았는지 말았는지 태양으로부터는 아무런 대답도 들을 수 없었습니다.

쥐는 몇 번이고 소리 질렀습니다. 부근에 있던 쥐와 산 아래 미륵 주변에 사는 쥐들이 이 소리를 듣고 모두 집에서 살짝 얼굴을 내밀고 귀를 쫑긋 세웠습니다. 이들은 이 터무니없는 소리를 듣고 모두 일제히 손뼉을 치며 배를 잡고 웃었습니다.

"이상한 놈이 말도 안 되는 소리를 하는군."

그러나 이 쥐는 최선을 다하였습니다. 쥐는 목소리가 쉴 정도로 절규했습니다. 절규했지만, 태양에게서는 어떠한 대답도 들을 수 없었습니다. 그리고 그날도 태양은 변함없이 산 너머로 사라져 숨어 버렸습니다.

다음 날이 되자 태양은 다시 어제처럼 앞산 위에 얼굴을 내밀었습니다. 그는 다시 어제처럼 태양에게 소리치려고 산으로 올라갔습니다. 그러나 바로 그때 한 줌의 구름이 동쪽 하늘에서 떠내려 오는가 싶더니 점점 큰 구름이 되어 결국에는 태양을 완전히 숨겨 버렸습니다.

그러자 쥐는 생각했습니다.

"태양도 구름에는 숨어 버리는구나. 구름이 더 위대한가 봐."

그는 이번에는 태양 생각을 그만두고 구름을 부인으로 맞이해야겠다고 결심했습니다.

그러나 다시 쥐는 생각했습니다. 태양을 숨기는 걸 보면 구름이 위대하긴 위대한 것 같지만, 그렇다면 아무도 구름을 이길 수 없는 것일까?

"구름은 바람에게는 지지. 그러니까 구름보다 바람이 훨씬 강할 거야."

어디선가 이런 목소리가 그의 귀에 들렸습니다.

하늘이 점점 기분 나빠질 정도로 어두워지더니 곧 큰 빗방울이 뚝뚝 떨어지기 시작했습니다. 그는 산으로 올라가는 것을 그만두고 얼른 미륵 아래로 돌아왔습니다. 그는 미륵 아래 자기 집으로 돌아와서 우두커니 다시 생각했습니다.

"태양보다 구름이 더 위대하고, 구름보다 바람이 더 위대해."

"그럼 바람보다 강한 것은 무엇일까?"

이번에는 어리석은 일은 하지 않고 주의를 기울여야겠다고 결심했습니다.

이 쥐는 다른 쥐보다 조금 영리했지만 바람보다도 강한 것이 무엇인가 생각해도 딱히 답을 얻을 수 없었습니다. 모르는 채로 열흘이 지났습니다. 아무래도 생각이 나지 않았지만 좀처럼 이 생각을 떨쳐버릴 수 없었습니다.

그런데 어느 날 밤의 일이었습니다. 저녁부터 구름 낀 하늘은 한층 더 어두워졌고 물론 별도 보이지 않아 정말로 캄캄했습니다. 비는 세차게 내리기 시작했고 새벽녘이 되어도 그치지 않았습니다. 게다가 바람이 불기 시작해서 험악한 날씨가 되었습니다. 산에 있는 나무와 그 주변의 풀과 돌이 떨어지는 소리가 끊임없이 들렸습니다. 날이 밝자 비는 완전히 그치고 단지 바람만 약간 불고 있었으나 하늘은 아직 구름이 끼어 있었습니다.

그는 구멍에서 나와 밖을 보았습니다. 단지 하룻밤 사이에 바람 때문에 모든 것이 상처를 입었습니다. 풀과 나무, 그리고 약간 떨어져 있던 돌담과 시내는 언덕이 무너져서 그 흔적도 보이지 않았습니다. 모든 것의 위치와 모양이 변해 있었습니다. 그는 새삼스럽게 바람의 위력을 깨달았습니다.

큰 돌의 미륵은 강한 바람에도 평안한 얼굴로 머물러 있었습니다. 그는 미륵의 얼굴을 보았습니다. 그리고 깜짝 놀랐습니다.

"이게 무슨 일인가?" 하며 반쯤 감탄한 듯이 놀라서 말했습니다.

"저 강한 바람의 신에게 지지 않고 태연하게 있으니 이 얼마나 강한 것인가?"

그는 바람의 신을 부인으로 맞이하는 것을 그만두고 이번에는 자신이 늘상 접하는 돌로 된 미륵을 부인으로 삼아야겠다고 생각했습니다. 그리고 이번에야말로 진심이라고 생각했습니다.

그는 활기차게 그리고 재빠르게 미륵의 머리 위로 뛰어올라가서 말했습니다.

"미륵님, 미륵님, 오늘부터 나의 부인이 되어 주시지 않겠습니까?"

쥐가 이렇게 말해도 미륵은 대답하지 않고 주변은 조용하기만 할 뿐이었습니다.

그는 미륵의 머리 위에서 통통 뛰었습니다.

"나의 부인이 되어 주세요. 미륵님."

그러나 역시 아무런 대답도 없었습니다. 잠시 기다리자 쥐의 뒤편 땅 위의 풀에서 소리가 났습니다. 귀를 기울이자 그와 동시에 이번에는 쥐들이 작은 소리로 속삭이는 것이 들렸습니다. 뒤를 돌아보자 몇십 마리나 되는 쥐들이 있었습니다.

"끌어내려."라는 소리가 들렸습니다.

"쥐들에게 창피스런 놈이다."라는 소리도 들렸습니다.

"저런 놈은 힘을 합해 죽여 버리자."라고 하는 쥐도 있었습니다.

그러나 어느 쥐도 미륵 위로 올라가지 않았습니다.

그들은 미륵을 존경하였기 때문에 가까이 가는 것조차 두려워하였습니다. 밤이 되어 모두가 집으로 돌아가자 이 쥐도 슬금슬금 자기의 구멍으로 돌아왔습니다.

그리고 나서 이삼 일 지나자 다시 큰비가 내렸습니다. 그때 요전의 폭풍우에도 평온하게 있던 미륵이 엄청난 소리를 내며 옆으로 쓰러졌습니다. 쥐가 미륵 밑에 깊은 구멍을 팠기 때문에 지반이 약해진데다가 비까지 내려 이처럼 쓰러져버린 것입니다.

　쥐는 그 이유를 잘 알았습니다. 그는 자기가 미륵 아래에 구멍을 팠기 때문에 미륵이 쓰러졌다고 생각했습니다. 바람보다도 강한 미륵이 자기에게 졌으니 결국 자기가 가장 강한 자라는 것을 깨닫게 되었습니다.

『조선 및 만주』 제194호, 1924. 1.

희곡 무영탑 이야기(1장)

하마구치 요시미쓰

인물   아산(阿山, 스물네다섯 살) - 석공(지나인)

아상(阿祥, 쉰 살 정도) - 아산의 스승이자 아산의 처인 아사녀

의 부친(지나인)

김대성(金大城, 서른대여섯 살 정도) - 왕족으로 사탑 건립의 발

원주

우선(愚禪, 예순 살 정도) - 승려

석공(4명)

인부(2명)

종복(1명)

동승(2명) 우선을 따름.

종자(2명) 김대성을 따름.

시간   천오백 년 전

장소   경주(당시 동경[東京]이라 부름)1)

배경으로 무성한 느티나무 노목 한 그루만이 크게 그려져 있다.

---

1) 고려시대 때, 경주를 동경, 평양을 서경, 한양을 남경이라 함. 본 희곡의 배경은 신
라시대로 '당시 경주를 동경이라 불렀다'는 것은 작가의 착오에 의한 것으로 보임.

그 앞에는 돌이 조금 놓여 있다. 위쪽 구석에서는 석공 하나가 무대를 등지고 아주 느릿하게 돌을 세공하고 있다. (이 극이 끝날 때까지 계속 같은 모습을 하고 있다. 즉 이 극의 파란(波瀾)의 선율에 대한 평화로운 반주이다) 정면의 돌에는 아산이 앉아서 여러 장의 종이를 들고 계속 석가탑의 설계도를 고안하고 있다. 그러나 생각대로 되지 않아 그리고 찢고, 그리고 찢고를 반복하고 있다. (그 앞을 인부 두 명이 지게를 지고 아무 말 없이 지나간다)

아산   (그리다만 그림을 손에 들고) 아 어쩜 이렇게 선에 힘이 없을까? 어쩜 이렇게 형편없는 형체일까? 요즘 나는 왜 이 정도밖에 생각해 내지 못하는 것일까? 아, 정말 나는 내 자신이 싫어졌어. 싫어졌다고.

   아산 그림을 쭉쭉 찢으며 머리를 양손으로 감싸고 생각에 잠긴다. 짜증 나는 표정.

  - 사이 -

아산   (고개를 든다) 이번에 나는 왜 이렇게 괴로운 것일까? 이 방면에서 천부적인 재능을 가졌다고 스승님도 말씀하시고, 세상도 인정한 이 아산. 겨우 이 정도의 것으로 괴로워하다니 정말로 한심하군. 생각해보면, 본국에서 아사녀와 결혼할 당시 궁정에 두 마리의 호랑이를 조각했는데 그때는 이렇게 괴롭지 않았지. 게다가 완성된 조각은 정말 살아 있는 듯해서 중생들도 찬사를 보냈었지. 그런데 지금은 이렇게 괴롭다니. 정말 한심해, 정말 한심하다고.

- 사이 -

아산   맞아. 나에게는 애정이 고갈되어 있어, 애정이 고갈되어 있
      다고. 그도 그럴 것이 아내와 헤어진 지 벌써 3년, 무엇이
      든 법도를 위해서라며 애정이 불타오르는 것도 억지로 누
      르고 편지 한 장 보내지 않고 냉정하게 살아 왔지. 그래서
      지금은 애정이 말라버린 거야. 이렇게 냉정한 생활에서 훌
      륭한 예술이 태어날 리 없지. 고목사회(枯木死灰)의 혼으로
      훌륭한 것을 만들어 낼 리가 없지.

- 사이 -

      그래 맞아. 잠시 맹세를 어기더라도 빨리 아내를 만나 잠
      시라도 사랑을 되찾아야만 해. (몸을 위로 향한다) 부인, 용서
      해 주시오. 모두 내가 잘못했소. 단지 법도를 위해서라며
      3년 동안이나 소식을 보내지 못했소. 그런데 당신은 내가
      변심이라도 했다고 생각하고 연약한 여자의 몸으로 멀리
      여기까지 와 주었지. 고맙소. 그런 마음도 살피지 못하고
      석가탑이 연못에 비칠 때까지 기다리라고 하다니 참 뻔뻔
      하기도 하지. 그 벌로 나는 아직 설계도를 그릴 수 없는
      거지. 탑을 만들 수 없어. 그러나 탑이 완성되길 기다렸다
      가 그녀를 만난다면 영원히 만날 수 없을 지도 몰라. 그보
      다 오히려 잠깐 만난다면 다시 기쁨 속에서 좋은 생각이
      떠오를지도 모르지. 아사녀, 내가 이제 곧 만나러 가겠소.
      기다려 주시오. 기다려 주시오.

아산은 흥분된 표정으로 가려고 한다. 너댓 걸음 간다. 그때 정오를 가리키는 종소리가 덩그렁 하고 울린다. 아산, 아, 하며 정신을 차린다. 참을 수 없다는 표정이 된다.

아산　(힘주어) 어리석다. 내가 무슨 생각을 하고 있는 거지. 무슨 생각을 하고 있는 거야. 이것이 번뇌라는 것이겠지. 망상이라는 것이겠지. 번뇌와 망상으로 고귀한 여래 탑을 완성할 수 있겠는가?(잠시 침묵하고 차분한 표정으로) 정말로 좋은 탑은 여래를 안치하는 탑이 아니라 탑 그 자체가 여래가 되어야 해. 나는 그런 것을 조각하고 싶어. 그러나 그런 고귀한 것을 사랑이나 미움 같은 좁은 소견으로 만들 수 있을까. 그러기 위해서는 마음을 청정(淸淨)하게 가져야 해. 아아, 이제 아내 생각은 하지 말아야지. 하지 말아야 해. 그보다는 우선 스님께서 주신 게문(偈文)2)이라도 읽고 마음을 깨끗이 하자.

　주머니에서 경문을 꺼내서 낭랑하게 읽는다.

　　보리(菩理)3) 청량한 달은
　　필경 하늘에서 놀고 있을 것이다.
　　중생의 마음 깨끗하다면
　　보리의 그림자,
　　그 가운데 드러나리.

---

2) 부처의 공덕이나 가르침으로 기리는 글, 노래.
3) 불교에서 수행결과 얻는 깨달음의 지혜.

몇 번이고 반복하면서 다시 원래의 돌이 있는 곳으로 돌아간다. 그리고 빛나는 얼굴로 다시 도면에 매달린다. 선을 두세 개 긋는 동안 때때로 다시 처의 모습이 머리에 떠올라서 고개를 흔든다. 마음의 그림자를 쫓는 모습이다.

아산   아, 나는 역시 범부다. 범부야.

다시 경문을 꺼내서 게문을 읊고 설계도를 생각한다. 석공 세 명이 위쪽에서 등장.

석공1   뭐니 뭐니 해도 김대성 님의 힘은 대단하지. 수년 동안 이 토함산 부근이 극락정토가 되었다고 생각될 정도로 훌륭해졌으니까.

석공2   그래, 그래. 그중에서도 대웅전에, 다보탑, 자하문까지 정말 훌륭해.

석공3   아직 완성되지 않은 것은 석가탑뿐이지.

석공1   그렇지, 그런데 그건 언제가 돼야 완성될까?

석공2   (아산 쪽을 본다) 오늘도 생각에 잠겨 있네. 저길 좀 봐.

석공3   이제 머리가 탑 모양으로 굳겠어.

석공1   아냐, 그런 쓸데없는 걱정은 하지 말아. 저건 탑의 도면을 생각하고 있는 것이 아니니까.

석공2   그럼 무엇을 생각하고 있다는 말인가?

석공1   그야 뻔하지. 마누라를 생각하고 있겠지.

석공2   하하하 그런가. 듣자하니 아름다운 여자라던데.

석공3   분명히 애정이 깊은 여자일거야.

석공1   그렇고말고. 무엇보다도 여자 몸으로 남편이 그리워 대국
         에서 여기까지 올 정도이니.

석공2   부럽군.

석공3   그리워서 여기까지 왔는데 만나주면 좋을 텐데.

석공1   그게 그렇게 간단하지 않은 게 괴로운 세상인 거지. 부인
         은 스승의 딸이라고 하지. 스승이 김대성 님에 대한 미안
         함이 있기 때문이기도 하겠지만, 남편을 만나러 온 딸을
         탑이 완성될 때까지는 안 된다고 하면서 만나지 못하게 하
         였으니 말일세.

석공2   잔인하군. 이런 상황이라면 언제까지고 만날 희망은 없을
         거야.

석공1   그렇게 말하지 마. 그래도 스승에게서 천재라고 인정받아
         사위가 된 거니까. 이제 곧 엄청난 것을 만들지도 모르잖아.

석공3   하하하, 대국의 천재는 아무것도 하지 않고 언제까지나
         생각에 잠겨 있는 것처럼 보이는데.

   그때 스승 얼굴을 내밀었다 다시 들어간다.

석공2   그런 게 천재라면 아마 천재는 여기에도 수없이 있지.

석공   (목소리 맞추어) 하하하하. (소리 높여 웃는다)

석공3   에구, 참으로 불쌍한 사람이군, 아무리 그래도 스승이 좀
         도와주면 좋을 텐데.

석공1   그래도 스승인데 말이야.

석공2   아냐, 스승 것도 다들 아는 내용일 걸.

지금까지 못 들은 척하며 오로지 생각에만 잠겨 있던 아산이 갑자기 덤벼들며 석공2의 멱살을 잡는다.

아산   자네는 잘 알지도 못하면서 스승의 예도(藝道)를 비하하는가. 내 문제라면 무슨 말을 해도 좋아. 그러나 스승에 대해서라면 참을 수 없네. (아산 넘어뜨리려 힘을 겨루지만 힘에 부쳐 결국 쓰러진다.)

석공2   게다가 힘까지 약하네.

아산   뭐라고!!!

아산은 다시 몸을 일으켜 덤벼들려고 한다. 그때 스승인 아상이 뛰어 나온다. 그리고 아산의 손을 잡는다.

아상   아산, 여기까지.

아산   스승님, 놓아주세요. 부탁입니다.

아산은 석공에게 달려든다.

아상   좀 기다리라고 하면 기다리지.

아산   예.

아상   상황은 뒤에서 들어 알고 있네. 무슨 일이라도 나는 이해하네. 자, 마음을 진정시키고 내가 말하는 것을 잘 들어 보게.

석공들 하하하 같이 모였네.

비난하며 나간다.

아상 아산, 앉아 보게. 내 자네에게 할 말이 있네.

아산 (풀이 죽어서) 예.

   두 사람 돌 위에 앉는다.

아상 아산, 자네는 아까 그 비난을 어떤 기분으로 들었나?

아산 스승님을 가지고 이야기하니 제가 화가 나서….

아상 스승을 생각하는 자네의 마음은 알겠네. 그러나 내가 하는 말은 그런 게 아니야. 자네에 대한 비난을 듣고 어떤 기분이 들었는지 묻는 거야.

아산 아무 생각도 들지 않았습니다. 칭찬을 받든 비난을 받든 저의 기량에는 변화가 없으니까요.

아상 음, 자네는 그 정도로 자신의 기량을 믿고 있는가?

아산 예.

아상 그렇다면 자네는 왜 석가탑을 빨리 만들지 않는가? 내가 스승으로서 매일 괴로워하는 것을 냉정하다고 생각하는 것인가. 딸이 자네를 만나러 와서 기다리고 있는 것을 가엽게 여기면 안 되겠는가?

아산 그렇다고 하더라도 마음에 들지 않는 탑을 만들 수는 없습니다.

아상   무슨 말을 하는가? 자신의 기량을 믿고 있는 사람이 마음
       에 드는 탑을 만들 수 없다는 게 말이 되는가? 마음에 드
       는 탑을 만들 수 없다는 것은 역시 재능은 있지만 힘이 부
       족하다는 증거이지. 힘이 부족하면서 자신의 기량은 믿는
       다고 말하지. 그게 젊은 사람의 고집이야.

아산   스승님, 그것은 아직 기회가 무르익지 않아서…. 그것은 김
       대성 님도 잘 이해해 주시리라….

아상   잘 듣게, 아산. 나는 자네도 내 딸도 정말로 사랑스럽네.
       어서 자네에게 탑을 만들게 하고 싶지. 그리고 빨리 딸을
       만나게 하고 싶네. 눈을 감으나 뜨나 그 생각만 하고 있어.
       때문에 매일매일 자네에게 어서 하라고 재촉하지. 생각이
       떠오르지 않으면 나에게 의논하러 와도 좋네. 오늘은 의논
       하러 올까, 내일은 의논하러 올까 기다리고 있었네. 그런
       데 자네는 한마디도 의논하지 않았지. 그런데 오늘은 더
       이상 기다릴 수 없었네. 아까 그 석공들의 비난을 듣고서
       는 의논하러 오는 것을 기다릴 수 없었지. 지금이라도 자
       네에게 탑의 고실비법(故實秘法)을 남김없이 선수해 주겠네.
       그것으로 조금이라도 빨리 탑을 만들게.

   아상 품에서 책을 꺼내어 아산 앞에 놓는다.

아상   이것은 자식 한 사람에게만 전해 주는 귀중한 책이지만, 사랑
       스런 자네를 자식이라 생각해서 주는 것이니 펼쳐 보게. 탑

에 대한 비법이 남김없이 담겨 있을 테니.

아산   (한번 보고) 예, 친절을 베풀어 주셔서 감사합니다.

아상   음 기쁘겠지. 그러나 감사할 것까지 없네. 그것보다도
      그것으로 탑을 어서 완성해 주게.

아산   아니요. 감사는 합니다만, 이 책은 돌려드리겠습니다.

아상   (놀란 표정으로) 뭐라고? 돌려주겠다고? 그건 왜인가?

아산   이유는 묻지 말아 주십시오.

아상   뭐라고? 이유를 묻지 말라고? 그렇다면 자네야말로 나의
      예도를 업신여기는 것인가?

아산   결코 그런 것은 아닙니다.

아상   그러면 왜인가?

아산   예, 그러면 말씀드리겠습니다. 과언을 용서해 주십시오. 스
      승님의 책에는 탑에 대한 비법이 남김없이 있습니다. 하지
      만 그것은 모두 스승님의 예도이지 결코 저의 것은 아닙니
      다. 만일 스승님의 예도을 모방해서 탑을 훌륭하게 완성한
      다고 하더라도 그것은 필경 형태의 아름다움에 불과합니다.

아상   형태의 아름다움, 형태의 아름다움, (작은 소리로 반복하며) 자
      네는 그 이상 무엇을 바라는가?

아산   예, 딱히 여래를 안치하지 않더라도 그 자체로 여래가 깃
      들어 있는 탑을 만들어 내고 싶습니다. 혼을 담아 만들고
      싶습니다.

아상   핑계야, 핑계. 그런 것을 어떻게 인간이 만들 수 있는가.
      설령 아미타가존자(阿彌陀迦尊者)가 온다고 하더라도 만들 수

없을 걸세.

아산   완성할 수 없더라도 만드는 노력은 하고 싶습니다.

아상   그렇다면 자네는 아무래도 이 그림이 필요없다는 말인가? 나의 친절을 받지 않겠다는 것인가?

아산   냉정하다고 생각하신다면 부디 용서하여 주십시오.

아상   그렇다면 어쩔 수 없지. 그렇게 하도록 하지. 내 비법까지도 업신여기는 자는 이제 파문일세. 자네는 오늘부터 나의 제자가 아니네, 제자가 아닌 사람에게 딸을 줄 수 없지. 딸도 내가 데려가겠네.

  아산 일어난다.

아산   (괴로운 듯) 스승님 그것은 오해입니다. 오해입니다. 이제 제가 드리는 말씀을 한번 들어 주십시오.

아상   아, 귀찮아. 이제 그런 말을 들을 귀도 없네.

  아상, 책을 주머니에 넣고 서둘러 나간다.

아산   (두세 걸음 가서) 스승님, 스승님, 용서해 주십시오. (힘주어 말한다)

  스승, 보이지 않게 된다.

아산   아, 더 이상 보이지 않는구나. 어떻게 할까? 나는 어떻게 해야 하나?

머리를 부여잡고 생각에 잠긴다.

아산   아 그렇지, 나는 스승에게서 10년 간 배웠어. 그 은혜는 끝
        이 없지. 광대해. 은혜를 배반하고 스승을 실망시켜도 된
        단 말인가. 스승님을 따르자. 눈을 질끈 감고 스승님을 따
        르자. 그래, 그렇게 하자.

아산, 스승의 뒤를 쫓아가려고 하다 두세 걸음 가서 멈춘다.

아산   그런데 잠깐. 은혜는 내가 받은 것이지만, 예도은 천하의 것
        이지. 좋은 것을 만드는 것은 천하의 사람들을 행복하게 하
        는 것이야. 나는 역시 진실한 예도를 위해 살아야 해, 스승
        님 용서해 주십시오.

다시 원래 있던 돌 위에 앉아 생각에 잠긴다. 그때 우선화상이 동
승 둘을 데리고 아래쪽에서 나와서 하늘을 바라보며,

우선   아, 오늘은 자색 기운이 길게 뻗어 있어. 뭔가 좋은 일이
        있을 것 같구나.

아산에게 눈을 돌린다.

우선   아, 아산 아닌가. 어쩐 일인가? 좋은 생각이 떠올랐는가?

아산 침묵하고 있다.

우선   삼매경에 빠져 있구나. 방해하면 안 되지. 돌아가는 길에

만나도록 하자.

그냥 가려고 한다.

아산　　화상 님, 좀 기다려 주십시오.

우선　　무슨 일인가?

아산　　좀 여쭈어보고 싶은 것이 있습니다.

우선　　무슨 일인데?

아산　　화상 님, 저는 아직 석가탑에 대해 좋은 생각이 떠오르지
　　　　않습니다.

우선　　그렇게 보이는군.

아산　　화상 님, 부탁드립니다. 부디 탑을 만드는 마음가짐에 대해
　　　　알려 주십시오.

우선　　무슨 일인가 했더니 그 일인가? 그 일이라면 해줄 수 있는
　　　　말은 몇 번을 해도 같은 말일세. 그러나 절묘한 때라는 것
　　　　은 말로 표현할 수 없고 이해 안할 수도 없는 법이지. 그런
　　　　데 자네의 얼굴을 보니 때가 익어가고 있어, 익어가고 있다
　　　　고. 이제 곧 기회가 오면 다시 얘기해 주지. 그런데 말은 말
　　　　일 뿐이야. 말에만 의지하지 말고 잘 듣게. 석가탑을 만든
　　　　다는 것은 어디까지나 살아 있는 우주의 석가를 옮기는 것
　　　　이 아니겠는가, 살아 있는 석가가 머무는 석가탑을 만들기
　　　　위해 우선 자네의 마음속에 석가를 빛나게 해야만 하네.

아산　　잠시만 기다려 주세요. 화상 님, 그렇다면 석가님은 제 마

음속에도 계신다는 것입니까?

우선   자네의 마음뿐이겠는가, 발끝에도 눈앞에도 우주 어디에나 계시지.

아산   화상 님, 이제 저의 발끝에 있는 것은 흙, 눈앞에 있는 것은 하늘, 마음속에 있는 것은 부끄럽습니다만 아사녀와 탑을 아름답게 만들고 싶다는 일념뿐입니다.

우선   그런 것이 있으니까 마음의 석가가 빛나지 않는 것이겠지.

그때 종복 하나가 뛰어온다.

종복   아산 님, 아산 님, 아산 님 계십니까? 아산 님 계십니까?

아산   여기 있네. 무슨 일인가?

종복   아산 님, 큰일 났습니다. 큰일 났습니다.

아산   무슨 큰일? 무슨 큰일인가? 어서 말해 보게.

종복   저, 아사녀 님이 돌아가셨습니다. 연못에 몸을 던져 돌아가셨습니다.

아산   (종복의 손을 잡으며) 무엇이라고, 아사녀가 죽었다고? 정말인가?

종복   예, 정말로 돌아가셨습니다. 아무리 시간이 지나도 연못에 석가탑의 그림자가 비치지 않는 것은 당신의 마음이 변해서 다른 분이 생겼기 때문이라고 이삼일 미친 듯이 말씀하셨습니다만 안타깝게도 오늘 돌아가셨습니다.

아산   아, 이런 안타까운 일이… 화상 님 죄송합니다.

우선   (놀란 목소리로) 아니, 아산 어디로 가는가?

아산	아내를 만나러 갑니다.
우선	죽은 아내를 만나서 무엇을 하겠는가? 아산, 자네의 때가 무르익었어. (다시 엄숙한 목소리로) 자, 아산
아산	예.
우선	자네의 부인은 죽었네. 이제 자네의 가슴속에 있는 아내도 죽이게. 탑을 훌륭하게 만들고 싶다는 마음도 죽이게. 마음속의 모든 것을 다 죽이고 무아가 되었을 때 진정한 여래는 빛날 걸세.

- 사이 -

아산	화상 님, 화상 님.
우선	무슨 일인가?
아산	(감격하여 힘 있는 목소리로) 알겠습니다.
우선	이제 알겠는가? 잘 이해했군. 곧 아름다운 석가탑이 허공에 떠오를 걸세. 그리고 그것은 만인의 신앙의 목표가 될 것이야. 그런 점에서도 자네를 찾아낸 김대성 님은 비길 데 없는 사람일세. 그러나 발탁된 자네도 발군의 인재이지. 이는 오로지 호법신(護法神)이 도와 주시고 가람신(伽藍神)이 이끌어주신 덕분이지.

이때 김대성, 아상과 종자 두 명을 거느리고 등장.

대성	화상 아니시오?
우선	아, 김대성 님

대성   대단히 훌륭했어.

우선   잘 알아보셨습니다.

대성   아, 아산 아닌가?

아산   예.

대성   잘 보게. 해가 밝게 비추고 있네.

우선, 대성   하하하하 (큰 소리로 웃는다)

　　아상, 머리를 숙이고 듣고 있다. 아산, 감격한 모습으로 하늘을 올려본다.

　　- 막 -

『조선 및 만주』 제199호, 1924. 6.

희곡 자식 기진(奇進)

하마구치 요시미쓰

인물   박정옥(朴貞玉), 과부(40세 정도)

          정주(貞珠), 딸(3세)

          이동조(李東朝) 옆집 여자(17,8세)

          이삼광(李三光) 상동(25,6세)

          이춘청(李春淸) 상동(25,6세)

          천진상님(天眞上人)승려(50세 정도)

          박인성(朴仁成)(상동)

          박근재(朴根在)(상동)

          무녀(상동)

          무녀를 데리고 온 여자

장소   경성 외각의 어느 면(面)

시간   지금부터 약 450여 년 전

장면   박정옥은 초가집 앞에 앉아 늦은 봄 오후의 햇살을 등으로 가득 받으며 정주를 돌보고 있다. 그곳에 옆집 여자 동조가 들어온다.

동조   정옥 씨, 아까는 집을 비워 두고 어디 갔었어?

정옥   아니, 그냥 좀 저쪽에.

동조　(정옥의 얼굴을 힐끗 보면서) 그냥 좀 저기? 뱀 무덤에 갔었지?

정옥　(가볍게) 아냐.

동조　내가 분명히 봤는데.

정옥　사람 잘못 보았겠지.

동조　아냐, 분명히 너였어.

정옥　그래, 그 정도로 분명하다면 어쩔 수 없네.

동조　갔었지?

정옥　(미소를 띠면서 끄덕인다)

동조　뱀 무덤에 가다니 정옥 씨 같은 고집쟁이라도 신경이 쓰였나 봐.

정옥　인간의 본성은 원래 약하니까.

동조　이제 본심을 말하는군. 자네는 속을 끓일 일이 생기면 정말 이상해져. 그렇다고 그걸 감추고 다른 사람에게 약한 모습은 보이지 않겠다고 하니, 정말 사서 고생하는 성격이지.

정옥　헛고생하는 거지. 이것도 언젠가 약해질 때가 오겠지만.

　그때 정주가 무서운 듯 심하게 울기 시작한다.

정옥　어이, 뭐가 그렇게 무서워. 울지 마, 울지 마.

동조　(다가가서 아이의 머리를 쓰다듬으며) 울지 마. 우는 애는 이번에 다시 만드는 큰 종의 쇳물에 들어가게 된단다. 아, 무서워. 그러니까 울지 마.

정옥　(화난 태도로) 그런 불길한 말 하지 마. (아이를 달래면서) 아이 귀여워. 잠시라도 너를 다른 곳으로 보내지 않을 거야.
자 이제 울지마.

동조   정옥 씨는 농담으로라도 아이에 대해 말하면 금방 화를 내
더라.

정옥   그럼, 아이는 귀여우니까.

동조   그렇게 귀여울까.

정옥   귀엽고말고. 나는 이 아이 없이는 살 수 없어. 만일 애가 죽
으면 나도 같이 죽을 거야. 세상 사람들은 아이를 갖게 되
면서 부모의 은혜를 알게 된다고 잘도 말하지만, 나는 아이
를 갖고 아이의 은혜를 알게 된다고 생각해.

동조   그렇다면 부모의 은혜보다 아이의 은혜가 더 크다는 말이야.

정옥   부모에게서 받는 위로보다 아이에게서 받는 위로가 훨씬
더 크다고 생각해.

동조   (깜짝 놀라며) 무슨 그런 대담한. 그런 걸 숨기지 않고 잘도
말한다. 만일 다른 사람들이 들으면 비웃을 거야.

정옥   사람들은 어렸을 때부터 부모의 은혜가 크다고 배우기 때문
에 그렇게 말하지만, 나는 역시 아이의 은혜가 더 크다고
절실하게 느끼지.

동조   아이를 가지면 누구나 그렇게 생각하는 걸까. 어이, 저기 삼광
씨와 춘청 씨가 온다. 삼광 씨, 춘청 씨, 빨리 와 봐. 할 말
이 있어.

삼광과 춘청이 아이를 등에 업고 바느질감을 들고 나온다.

삼광	뭔데?
동조	좀 물어보고 싶은 게 있어.
춘청	또 허튼 걸 물어봐서 사람을 바보로 만들 요량이지.
동조	아니야, 오늘은 그런 게 아니야. 아주 진지한 이야기야. 대체 당신들은 자식과 부모 중 어느 쪽이 더 중요하다고 생각해?
삼광	뭔가 했더니, 좀 어려운 질문인 걸. 그건 말할 것도 없이 부모가 더 중요하지만….
춘청	역시 아이가 좋지.
정옥	자 동조 씨, 누구라도 그렇지.

그때 다시 정주가 울기 시작한다.

삼광	왜 그러지요?
정옥	약한 아이가 오늘은 웬일인지 기분이 아주 좋지 않아요.
삼광	그럼 안 되지요. 몸이 좀 마른 것 같은데요.
정옥	마르고 말라서 이제 목숨이 다하는 것이 아닌가 때때로 그렇게 생각돼요.
춘청	그런 마음 약한 소리 하지 마세요. 어릴 때 약한 아이가 성장해서 오래 산다고 하지요.
정옥	그렇다면 좋겠습니다만, 너무 약해서 클 때까지 버텨 주지 못하는 게 아닌가 생각되어서요.
동조	(놀리듯이) 너무 정옥 씨가 소중히 하니까 약한 거야. 더 거

칠게 방치해서 키우면 좋을 텐데.

정옥   그렇게 하면 내가 심심해지지.

동조   그래도 약하게 키우는 것 보다 낫겠지.

정옥   말도 안 돼. 만일 약해지더라도 나는 최선을 다해 귀여워 해 줄 거야.

동조   아이가 마치 정옥 씨의 장난감이네.

정옥   (잠시 생각하고) 그렇게 말한다면 그렇겠지. 그런데 부모라면 누구나 그런 면이 있지.

삼광   그렇게 하는 것이 아이를 위해서라고 생각하지만, 위한다고 하면서 사실은 자기 맘대로 하는 거야.

춘청   그럼요. 그래서 자식이 커서 며느리라도 맞으면 자기 장난 감이 되지 못하고 오히려 며느리의 장난감이 되니까, 결국 에는 며느리를 미워하게 되는 것이지요.

동조   아니 그런 무서운 말씀을 대담하게도 하네.

춘청   하지만, 이런 말은 여기에서만이예요.

삼광   집에 돌아가면 어렸을 때 배웠던 대로 행동해야지.

춘청   그렇게 하면 거짓으로라도 정조 있는 여자가 되겠지요.

삼광   하하하하

그때 정주가 다시 불안한지 울기 시작한다.

정옥   오 울지 마, 얘가 오늘따라 왜 이렇게 울지. 왜 그런지 도통 모르겠네.

그때 뒤에서 천진스님이 인성과 근재를 데리고 들어온다.

인성   분명히 이 집이었는데….

근재   틀림없이 이 집이었어요.

스님   그렇지, 그럼 일단 가서 물어 보거라.

인성   예, 알겠습니다. 여보세요. (정옥이 정주를 달래주고 있는 것을 본
다) 갑자기 이상하게 들리시겠지만, 이 아이는 당신의 아이
입니까?

정옥   예, 그렇습니다만.

인성   실례합니다만, 언제 태어났지요?

정옥   이 아이는 무슨 인연인지 이상하게도 진(辰)의 해에, 진의
달에, 진의 일에, 진의 시에 태어났습니다.

       (세 사람 얼굴을 마주보고) 역시 그렇군.

스님   영몽(靈夢)이었어.

정옥   (의심스러운 듯) 무슨 일이십니까?

인성   다름이 아니라, 이번에 중경(中京)[1]에서 큰 종을 만드는 일
때문에 작년에 이쪽으로 기진을 부탁하러 와서 당신 집에
도 들른 적이 있습니다.

정옥   정말 그랬었지요. 그런데 그때는 아무것도 드릴 것이 없어
서 안타깝게 생각했습니다. 그런데 지금도 여전히 궁핍해
서….

인성   네, 그것에 관한 일입니다. 그때 당신은 아무것도 드릴 것이

---

1) 고려시대 때 서울인 개성을 가리키는 이름.

없지만, 괜찮다면 이 아이라도 기진하겠다고 말했지요.

정옥　(과거를 추억하듯이 잠시 생각하고) 그런 실례되는 농담을 했을지 모르겠네요.

인성　(성공한 것 같이 기뻐하며) 잘 생각해 보세요. 그 후 여러 곳에서 모은 공양물로 큰 종을 만들었습니다. 그런데 종이 소리가 전혀 나지 않아 어쩐 일인가 모두 이상하게 생각하였습니다. 그런데 지난밤 종의 귀신이 이 천진스님 머리맡에 서서 작년에 어떤 사람이 아이를 기진하겠다고 하였는데, 그 아이는 진의 해, 진의 월, 진의 일, 진의 시에 태어났으니 아이를 데려와서 쇳물 녹이는데 넣으면 소리가 날 것이다.라고 알려 주었습니다.

정옥　(가볍게 호호호, 웃어 넘긴다.)

인성　오늘 우리 세 사람이 같이 온 것도 실은 그 이야기를 하기 위해서지요.

정옥　호호호호, 그런 말은 진심이 아니었겠지요.

　그때 다시 정주가 울기 시작한다.

정옥　어, 괜찮아. 괜찮아. 왜 그래. 오늘따라 왜 이렇게 울지. (아이 목덜미를 보고) 삼광 씨, 여기에 뭔가 불긋불긋한 게 생겼어요. 이게 아파서 우는가 봐요.

삼광　어떤 거? 이건 아무것도 아니예요. 땀이 나면 생기는 거예요.

동조　(놀리듯이) 그런데 정옥 씨는 그런 것만 생겨도 목숨이 걸린 것처럼 걱정한다니까.

정옥   (종 이야기는 잊어버린 것처럼) 동조 씨가 구름을 보면 이제 곧
       비가 와서 쉴 수 있다고 기뻐하는 것처럼요.

여자들 호호호 (배를 잡고 웃는다)

인성   (불쾌한 듯한 표정으로) 정옥 씨, 아까 일에 대해 의논하고 싶
       습니다만,

정옥   그거 농담이지요?

인성   아니 정말입니다. 진짜가 아니면 세 사람이 일부러 이렇게
       먼 곳까지 찾아왔겠습니까?

정옥   그럼 어떻게 해야 한다는 말씀이신지요?

인성   정말 말씀드리기 어렵습니다만, 작년에 말씀하신 대로 아이
       를 기진해 주시길 부탁드립니다.

정옥   (놀라서) 아, 끔찍해요. 그런 일을 어떻게 인간이 할 수 있는지요?

인성   그러나 그렇게 하지 않으면 종은 울리지 않습니다.

정옥   아무리 종이 울리지 않는다고 인간을 쇳물에 넣다니요. 듣
       는 것만으로도 끔찍해요.

스님   (조금 앞으로 나와) 당신은 그렇게 끔찍하다고 하지만 인간이
       무서워하는 불의 문은 실은 여래의 정토로 가는 문, 결코
       무서운 곳이 아니지요. 아무쪼록 그렇게 무서워하지 말고
       기진하는 게 어떨는지요?

정옥   아니, 그런 감언에 속지 않아요. 혹 그게 사실이라고 하더
       라도 이 아이가 정토로 간다고 해서 그것이 나와 무슨 상
       관이 있겠어요. 나는 이 아이가 정토로 가는 것보다도 언

제까지나 이렇게 둘이 같이 있기를 바라지요.

근재　당신은 언제까지나 이렇게 같이 있을 수 있다고 생각하나
　　　요? 작년에 당신이 한 말을 이렇게 번복한 이상….

정옥　어떻게든 아이를 데려가겠단 말씀이신가요? 아 끔찍해요.
　　　아니 끔찍하다기보다 이상한 일이예요.

근재　(발끈하며) 뭐라고요.

정옥　(격앙돼서) 그렇지 않습니까, 아이가 '그게 아니면 목을 내
　　　놓을 게요'라고 농담으로 한 말에, 자 그게 아니니까 목을
　　　베어 가겠다는 게 말이 됩니까?

근재　목을 내주겠다는 약속이 인간끼리의 약속이라면 농담이라
　　　생각해서 흘려버리겠지요. 그런데 상대가 귀신이라면 농담
　　　으로 끝나지 않아요.

정옥　무슨 말씀이신지요? 상대가 귀신이라니요? 저는 저도 당신
　　　들도 인간이라고 생각하는데요.

근재　예, 우리는 두말할 것 없이 모두 인간이지요. 그러나 우리
　　　들의 뒤에는 언제나 종의 귀신이 붙어 있어요. 그 귀신이
　　　당신이 작년에 한 말을 불쾌하게 생각해서 이 아이를 종
　　　만드는 데 넣지 않으면 소리 나는 종을 만들 수 없다고 합
　　　니다.

정옥　정말 그렇게 귀신이 화가 나 있나요?

근재　예, 그렇습니다.

정옥　그러면 스님과 당신이 귀신을 위로해 주세요. 스님은 사람
　　　을 돕는 역할을 한다고 들었습니다만,

스님　　　아니요. 그렇게는 안 되지요. 어떻게 하든 결국 아이를 희
　　　　　생하는 것 외에 방법이 없소.

정옥　　　그럼 스님도 아이를 종 만드는 쇳물에 넣으라는 말씀이신
　　　　　가요?

스님　　　모두를 위해서.

정옥　　　아, 정말 끔찍해요. 끔찍한 일입니다. 살생계는 오계십계 중
　　　　　제일 첫째라고 들었습니다. 그런데 이런 계를 범하면서까
　　　　　지 종을 만든다니 정말 무서운 일입니다. 그렇게까지 해서
　　　　　만든 종에 무슨 공덕이 담기겠습니까? (삼광을 보며) 삼광 씨
　　　　　는 어떻게 생각하세요?

　　삼광, 춘청 아무 말도 하지 않고 동정하는 표정을 짓는다.

스님　　　자, 그렇게 화내지 말고 내가 하는 말을 잘 들어 보시오. 과
　　　　　연 얼핏 들으면 사람을 종 만드는 데 사용하는 것은 살생계
　　　　　이겠지요. 허나 살생계라는 것은 무자비를 벌하기 위한 것,
　　　　　만일 그 행동의 밑바닥에 자비가 있다면 만일 목숨을 가져
　　　　　간다고 해도 결코 살생계를 범하는 것이 아니지요. 그 방법
　　　　　은 용서가 됩니다.

　　정옥은 침묵하고 상대하지 않는다.

스님　　　이제 그 이치를 알겠소?

정옥　　　(잠시 있다가) 어째서 자식을 죽이고 나서 그 밑바닥에는 자

비심이 있다고 말할 수 있는지요?

스님 　당신은 사물을 좁게 보기 때문에 그렇게 말하지만, 이제 좀 넓게 보는 게 어떻겠소. 예컨대 몸 전체를 살리기 위해 손가락 하나 정도 자를 수도 있지요. 이러한 이치이지요. 한 사람의 생명을 빌리는 것은 여래영겁의 대중을 위한 것이지요.. 그것은 자년에도 말했지만, 종소리를 한 번 들으면 중생의 번민이 하나씩 사라지지요. 따라서 백팔 번 듣는 동안 백팔번뇌가 사라진단 말이오. 이 어찌 인간을 위해 큰 공덕이 아니겠소. 게다가 공덕은 일시적인 것이 아니라 미래영겁의 것이지요. 만일 항하(恒河)2)의 모래 수만큼 보물을 쌓아 공양한다고 해도 그 공덕에는 미치지 못할 것이오. 아이 한 명의 희생은 세상을 위해 인간을 위해 큰 공덕이겠지요.

정옥 　스님은 입버릇처럼 세상을 위해서라고 말씀하시지만, 저는 지금까지 이렇게 궁핍하게 살아도 세상 사람으로부터 단 한 번도 도움을 받은 적이 없습니다. 그런데 제가 먼저 세상을 위해 인간을 위해 다 바칠 이유가 어디에 있습니까? 사람들이 서로 돕는 것은 다른 의미이지요. 그보다 각자 홀로 서서 나가는 게 진짜라고 생각합니다. 때문에 저는 다른 사람을 위해 무엇인가를 바치기도 받기도 싫습니다.

스님 　(탄식하며) 제멋대로 생각하는 사람에게는 어떤 좋은 말도 들어갈 틈이 보이시 않으니 참으로 안타깝소.

---

2) 인도의 갠지스 강을 가리킴.

| 인성 | 참으로 곤란한 일입니다. 게다가….

| 스님 | 서두르지 말게. 내가 다시 한번 생각해 보지.

| 근재 | 그래도 동화(東華) 스님이 말씀하시기를 도리가 통하지 않을 때는….

| 스님 | 아니 기다리시오. 동화는 동화, 나에게는 나의 생각이 있소.

| 정옥 | 날도 저물어 가는데 돌아가기에 늦지 않을까요?

스님은 아무 말이 없다. 인성, 근재도 돌아가려고 한다. 그때 한 여자가 무녀를 데리고 온다. 무녀는 인성과 근재와 지인인 듯 얼굴을 대하고 말없이 인사한다.

무녀를 데려 온 여자
  정옥 씨, 지난 번 말한 무녀를 데려 왔어요. 어서 물어보지요. 요즘 아이는 좀 어떠한지요?

| 정옥 | 고마워요. 아무래도 좋아지지 않아 힘들어요. 자, 그럼 무녀에게 물어보아 주세요.

| 무녀 | 알겠습니다. 얼른 물어보도록 하지요.

무녀는 여러 가지 준비를 하고 춤을 추기 시작한다. 잠시 후 인격이 일변하여 권위 있는 목소리로 신의 계시를 고한다.

| 무녀 | 이 아이의 애비는 심한 열병으로 새까맣게 타서 죽었지. 그건 모두 저주 때문이야. 이 아이의 애비가 3년 전 여름 뒷 숲에서 뱀의 신을 죽였는데, 바로 그것에 대한 저주이지.

이를 들은 정옥은 옛날의 상처를 심하게 도려내는 듯 극심한 고통과 공포의 표정을 짓는다. 다른 여자들도 무서워하는 표정이 된다.

무녀   저주는 그것으로 끝나지 않아. 처는 가슴이 병들고 아이는 점점 다병이 들어 세 살을 넘기지 못하지.

정옥   무슨 말씀이세요? (심한 기침을 하면서) 분명하게 다시 말해 주세요.

무녀   아이는 이제 다병을 얻어 세 살 가을에 죽어.

정옥   (미친 듯이) 거짓말, 거짓말 그건 모두 거짓말이예요.

정옥은 극도로 격분한 표정을 짓는다.
정주, 다시 울기 시작한다.

정옥   울지 마. 너까지 놀랐구나. 지금 들은 모든 말은 거짓말이야. 너를 죽게 내버려 두지 않을 거야. 이제 울지 마. 착하지.

무녀도 원래의 인격으로 돌아온다.

무녀   신이 뭐라고 알려주었습니까?

무녀를 데리고 온 여자

      그게 정말 신이 알려 준 것입니까? 당신은 정말 끔찍한 말을 했습니다.

정옥   그런 말 하지 마세요. 모두 거짓말, 나는 더 이상 생각하는 것조차 불길해요. 무녀 님 미안하지만 이제 돌아가 주세요.

무녀   (강한 어투로) 무슨 말씀이세요? 무엇이 거짓말이라는 것이지요? 무슨 나쁜 계시가 나왔는지 모르겠으나, 그건 모두 제 말이 아니라 신의 계시이지요. 당신은 무슨 증거로 거 짓말이라고 하나요?

정옥   (정주를 꼭 안고 떨리는 목소리로) 정주야, 나는 어떻게 하면 좋 으니.

그러는 사이 무녀는 자기를 데리고 온 여자에게 신의 계시를 듣는다.

무녀   정옥 씨, 이제 모두 들었습니다. 이 아이는 어쩔 수 없는 운명을 가지고 태어났습니다. 그러니 포기하세요. 뭐든지 포기하는 게 중요합니다.

정옥   아니요. 포기할 수 없어요. 포기할 수 없어요. 나는 아직까 지 내 힘으로 운명은 어떻게든 할 수 있다고 생각해요. 포 기하지 않아요.

무녀   그건 틀렸어요. 도무지 어떻게 할 수 없는 것, 아무리 발버 둥 쳐도 안 되는 것, 이것을 운명이라고 하지요. 신은 그것 을 다 알고 있어요. 알고 있기 때문에 나의 입을 통해 알려 주시는 거예요. 내가 지금까지 수천 명이나 되는 사람의 운명을 말했는데 한 번도 틀린 적이 없었던 것은 이 때문 이지요.

정옥   (극도로 실망한 듯이) 그렇다면 역시 이 아이는 그런 끔찍한 운명에…. 아, 나는 방금 아까 아무것도 몰랐을 때가 훨씬 행복했어요. (잠시 생각하고) 무녀 님, 이 아이는 그런 운명으로 나아가겠지만 나는 운명을 생각하지 않고 그 운명에서 떨어지고 싶어요. 제발 부탁입니다. 지금 한 말은 거짓말이었다고 말해 주세요. 잠시라도 안심할 수 있게 해 주세요.

무녀 그런 짓을 하는 것은 썩은 가지에 보라색을 칠하고 안심하는 것과 같지요. 그런 쓸데없는 생각을 하느니 무엇이든 운명이라고 생각하고 포기하고 안심하고 운명에 맡기는 것이 중요하지요.

근재 무녀 님이 하는 말이 맞습니다. 어떻습니까? 정옥 씨, 이 아이도 가까운 시일 내에 죽는다면 우리들이 바라는 대로 종에 희생하도록 해 주시지 않겠습니까? 그러면 죽음에 꽃이 피고 당신도 이 아이도 이름이 남게 됩니다.

정옥 (화를 내며) 무슨 말씀을 하시는지요. 저는 죽음을 이용해 가면서까지 이름을 남기고 싶지 않습니다. 저는 이 아이가 죽을 운명이라면 운명에 맡겨서 죽게 하고 싶습니다.

스님 말도 참 잘하는군요. 당신은 마음대로 그렇게 말하지만, 정옥 씨, 나는 이 아이가 종의 희생이 되어 죽는 것이 당신이 말하는 자연이라고 생각합니다.

무녀 그렇습니다. 이 아이의 이마에는 화(火)자로 보이는 힘줄이 있어요.

스님 그럼 틀림이 없소. 정옥 씨, 희생될 운명이라고 생각하고 기진해 주지 않겠소. 석가여래가 아직 석사보살이라 하여 수행하고 있을 때, 어느 날 어디선가 제행무상(諸行無常), 시생멸법(是生滅法)이라는 세상에서도 드문 금구(金句)가 들렸지요. 이를 들은 보살은 눈물을 흘리며 기뻐하였으나 이 두 구절로는 아직 의미가 완결되지 않았소. 다음 구절을 듣고 싶어서 소리 나는 쪽으로 다가가니 계곡사이에 팔면구족(八面九足)의 귀신이 있었소. 귀신에게 자세한 것을 물었더니 귀신은 그것은 분명 자기가 한 말인데 뒤의 구절을 듣고 싶으면 자기의 먹이가 되어야 한다고 말했지요. 그래서 보살은 자기 몸을 버리고 중생을 위하겠다고 결심하고 약속했소. 그러자 귀신은 다음의 두 구절이 생멸멸이(生滅滅已) 적멸위락(寂滅爲樂)3)이라고 읊어 주었지요. 보살은 이 구절을 듣자 온 몸에 기쁨이 넘쳐 얼른 바위로 가서 이 네 구절의 가르침을 혈서하고 귀신의 입을 향해 뛰어 들었지요. 그러자 신기하게도 입은 갑자기 변해 연화가 되고 보살은 연화대 위에 앉아 있었다고 합니다. 당신의 아이가 끓는 쇳물에 들어가는 것은 활지옥과 같은 것이겠지요. 그러나 이는 더럽혀진 육체가 없어지는 것이고, 혼은 영겁으로 연화대 위에서 다시 태어나는 것이오. 아이만이 아니라 그 공덕으로부터 당신도 같이 정토에서 삶을 얻을 수 있게 된답니다. 이러한 이치 잘 들어주시오. 보내주지 않겠소?

정옥, 잠시 생각한다.

- 사이 -

---

3) 원시불교 이래 대승불교에 있어 가장 중요한 게(偈).

정옥   스님 그게 정말이겠지요?

스님   그것이 거짓이라면 염주도 깨지고 가사(袈裟)도 찢어질 것이오.

정옥 결심한 표정으로

정옥   아무 말씀도 드리지 않겠습니다. 이 아이를 받아 주십시오.

스님, 받으려고 한다. 정옥, 정주의 얼굴을 바라보고

정옥   저 아이가 이 땅을 떠나는 날 나도 함께 떠날 테야. 이 세상
        에서 운명이 다하는 날 둘이 함께 극락으로 가자. 아아, 이
        제 이것이 이 세상의 마지막 인사인가. 정주야 한 번만 웃
        어 줘, 한 번만 웃어 줘.

스님   도리를 깨달았군요. 그럼 어서 데리고 가도록 합시다. 다시
        집착의 마음이 일어나기 전에.

인성, 근재   자 어서 갑시다.

스님   그럼 이만.

세 사람은 아이를 안고 간다. 정옥은 숨죽여 울고 삼광, 춘청 두 사
람은 자기 자식에게 뺨을 대고 덩달아 운다. 동조는 풀이 죽어 있다.
음산한 광경이 계속된다. 잠시 후 멀리서 아이 울음소리가 들려온다.
정옥 몸을 일으켜 대여섯 걸음 걸어가다 다시 쓰러진다.

조용히.

－ 막 －

『조선 및 만주』 제200호, 1924. 7.

조선의 야담을 이야기하다

중추원촉탁
이마무라 도모

조선의 야담이라는 것은 내지(內地)식으로 말하자면 야인의 이야기라든가 민간의 이야기라는 뜻으로, 민간에 구비로 전승되는 것과 문헌에 실려 있는 것의 두 가지가 있다. 하지만 전자 쪽이 수가 많아 그 총수는 수천에 이른다. 내지의 모노가타리(物語),[1] 히토구치이야기(一口噺),[2] 가루구치이야기(輕口噺),[3] 괴담, 외설담, 신화, 전설, 동화와 같은 것을 모두 망라하는데, 장편 소설 식으로 된 것은 야담이라 하지 않는다.

이것들을 내지의 것과 비교하면 『곤자쿠모노가타리(今昔物語)』,[4] 『우지슈이모노가타리(宇治拾遺物語)』,[5] 『우쓰호모노가타리(宇津穂物語)』[6]에 나오는 것처럼 고아한 것도 있고, 또 어떤 것은 매우 비속한 것도 있다. 또한 내지의 것과 일치하는 것도 많다. 예를 들면 『하고로모전

---

1) 작자의 견문이나 상상 등을 바탕으로 인물, 사건에 대해 이야기하는 형식으로 서술한 산문 문학 형식.
2) 짧은 우스갯거리 이야기.
3) 가벼운 이야기.
4) 헤이안시대(平安時代) 말기의 설화집. 성립연대, 작자 미상. 1120년대~1449년 사이 성립 추정.
5) 13세기 전반 성립된 중세 일본 설화집.
6) 헤이안시대 중기에 성립된 중편 이야기.

설(羽衣伝説)』,[7] 『미와야마신화(三輪山神話)』-매일 밤 남자가 찾아오지만 그가 누구인지 모르고, 바늘에 실을 꿰어 놓고 다음 날 아침 가보니 뱀이나 잉어였다는 종류의 이야기-등이 있는데, 그것들과 비교해 보면 완전히 일치하는 것이나 대략 비슷한 것이 있다. 그중 근거가 같은 것으로 보이는 것도 있는데, 그것은 인도계 불경에 있는 것에서 만들어진 것, 혹은 중국의 잡언에 있는 것을 변형시킨 것이다. 아니면 민정, 풍속 등이 유사하여 우연히 일치하는 것도 있다. 특히 재미있는 것은 바보 사위 이야기, 바보 며느리 이야기, 혹은 절의 동자승이 고승을 골려주는 이야기 등으로 매우 비슷하다.

이들 조선 야담을 학문적으로 연구하는 것도 흥미로운 일이지만, 그런 번거로운 일은 제쳐두고 수천 개의 야담 중 생각나는 대로 적어 보기로 한다.

1.

우선 교훈적으로 만들어진 야담부터 이야기해 보자. 옛날 어느 마을에 아들 하나를 둔 부자 양반이 있었다. 그런데 자식이 있는 곳으로 매일 수십 명의 친구들이 놀러 와서 시를 짓고, 바둑을 두고, 활을 쏘고, 또 연회를 열어 친밀하게 교제하였다. 도량 넓은 아버지는 아무 말도 하지 않고 방임해 두었다.

어느 날 자식을 슬하에 불러들여 "네 처소에 친구들이 많이 출입하는데, 그중에서 문경지우(刎頸之友)[8]라든지 단금지교(斷金之交)[9]는 있

---

7) 한국의 선녀와 나무꾼에 해당하는 전설.
8) 중국 사기가 출전으로 목에 칼이 들어가도 변치 않을 우정을 보여주는 고사에서 나온 말.

느냐?"라고 물었다.

그러자 아들은, "모두 그러한 친구들이 옵니다. 그중에서도 특히 친하다고 할 만한 친구는 대여섯 명됩니다."라고 대답하였다. 그러자 아버지가 말씀하시기를, "진정한 친구는 일생동안 한두 명밖에 없는 법인데 그렇게 많은 친구가 생겼다니 정말 훌륭하구나."라고 하였다.

그런데 그날 밤, 한밤중에 아버지는 급하게 아들을 깨워서 좀 볼 일이 있으니 나오라고 하고 아들을 돼지우리 앞으로 데리고 갔다. 그리고 돼지를 한 마리 죽여서 거적에 피를 바르고 이를 말아서 마치 죽은 사람의 시체처럼 보이게 한 뒤 지게에 실어 아들에게 지게 하였다. 아버지는, "자 나가 보자."라고 하며 함께 집을 나섰다.

"자, 그럼 너와 가장 친한 친구 집으로 가보자."라고 하여 가장 친한 친구 집 문 앞에 서서 문을 두드렸다. 친구가 나오는 것을 보자 아버지는 소리를 낮추어, "실은 우리 아들이 오늘밤 사람을 죽였다네. 미안하지만 잠시 맡아둘 수 있겠나?"라고 말하였다. 그러자 친구는 흔쾌히 받아들이기는 고사하고 아주 당황한 기색을 보이며, "정말 미안하지만 좀 상황이 좋지 않으니 그것만은 맡아둘 수 없습니다."라고 예의바르게 거절하였다.

다음 친구 집을 방문해서 또 같은 내용을 말해 보았다. 이번에는 약간 화난 표정을 지으며, "자네, 그렇게 하면 곤란하지. 그런 걸 들고 오다니 내가 알바가 아니네."라고 얼른 물을 닫아 버렸다.

---

9) 중국 역경(易經)의 '二人同心 其利斷金, 同心之言 其臭如蘭'이란 문장에서 따온 말로 쇠를 자를만한 사귐을 말함.

그 다음 친구 집에 가서 처음인 것처럼 다시 물었다. 이 친구는 얼굴색을 바꾸고 아주 분노에 찬 표정으로, "자네는 생각이 모자란 놈이군. 나를 살인자로 만들 요량이지. 얼른 나가 줘. 다른 사람 눈에 띤다면 정말 곤란하단 말일세."라고 화내면서 거칠게 문을 닫아 버렸다.

그러자 아버지는 아들에게 말했다.

"네 친구 중에는 한 사람도 의지할만한 친구가 없구나. 나에게는 친구가 하나 있지. 10년 정도 만나지 않았지만 이심전심, 사귐에는 조금도 변함이 없단다. 이번에는 거기로 가보자."라고 하며 아들을 재촉하여 그 집에 당도하였다. 아버지는 앞에서와 마찬가지로 말했다. 그랬더니 노인은,

"이거 큰일 날 일이군. 사람들이 보지 않았겠지."라고 주변을 살피더니 서둘러서 아버지와 아들을 집안으로 들어오게 하였다. 노인은 문을 단단히 잠그고 얼른 삽을 가져와서 시체를 묻기 위해 온돌한 구석을 파기 시작했다.

아버지는 사실은 이런 저런 상황이라고 처음으로 일체의 내용을 솔직하게 말하였다. 그러자 노인은, "아 그렇다면 정말 다행이네, 어쨌든 오랜만이니 그 돼지로 안주라도 삼아 그간 쌓였던 이야기를 나눔세."라고 하며 술과 음식을 준비해 와서 다정하게 오랜만의 회포를 풀었다.

이 현명한 아버지가 몸소 보여준 교훈으로 아들은 처음으로 그의 친구들이 얼마나 의지할 수 없는지 절실하게 깨닫게 되었다는 이야기이다.

2.

다음으로 풍자를 담은 이야기를 하겠다. 어느 마을에 욕심이 많기로 유명한 노인이 있었는데, 그의 욕심은 보통을 넘어 세상 사람들로부터 비난을 받았다. 이 노인에게는 여러 명의 아들이 있었는데 모두 나이가 들었지만 노인은 조금도 재산을 배분하려고 하지 않았다. 이 노인의 집에 어떤 남자가 찾아와서 말하였다.

"노인, 오늘 신기한 것을 보았습니다. 장례식 행렬이었지요. 관 양쪽에 구멍이 뚫려 있었는데 죽은 사람의 손이 바깥으로 쑥 나와 있었습니다. 어찌된 일인지 자세한 것을 물었더니, 이 죽은 남자는 생전에 아주 욕심이 많았다고 하더군요. 어느 날 아침 병이 나서 이제 죽을 때가 되자 자기의 평생 동안의 잘못을 깨닫고 세상의 구두쇠들에게 교훈을 주기 위해 인간이 죽어 나갈 때는 아무것도 가져 갈 수 없고 빈손이라는 것을 보여주고 싶어서, 그의 유언에 따라 이런 기이한 장례식을 한다는 것을 알게 되었습니다."

이를 들은 구두쇠 노인은 가슴에 깊이 감동하는 바가 있어 곰곰이 생각하고 진정으로 진리라고 깨달아 그 후 다른 사람처럼 되었다는 이야기이다.

3.

이 이야기는 개인적인 풍자가 아니라 사회적인 풍자를 보여준다. 어느 마을에 딸이 시집갈 때가 되자 부모는 딸에게 주의해야 할 점을 조목조목 일러두었다. 결혼 상대에게 엄한 시어머니가 있고 시숙들도 많으니 시집간 이상은 무엇을 들어도 못 들은 척, 무엇을 봐도 못 본 척하라는 것이었다.

그런데, 이 딸, 시집을 가고나서 한마디도 하지 않고 묵묵히 일만 하였다. 시집에서는 이는 분명 벙어리임에 틀림없다, 벙어리라면 곤란하니 제 친정으로 다시 돌려보내는 게 낫다고 결정하였다. 며느리는 시아버지와 함께 친정 마을로 길을 나섰다. 여기에서 한마디 설명을 덧붙여 두자면, 그럼 신랑과의 관계가 어떨지 의문이 들지 않을 수 없다. 조선에서 신랑은 열두세 살의 개구쟁이이고 신부는 열일고여덟 살의 처자인 경우가 그다지 드물지 않았다. 혼례는 단지 예식에 불과한 것이다. 이 부부도 이러한 종류다.

자, 이야기를 다시 원점으로 돌려보자. 며느리와 시아버지가 며느리의 친정으로 돌아가는 도중의 일이었다. 작은 산 주변에서 꿩이 날아올라 소리 높여 울었다. 이를 들은 며느리는 일여 년 만에 처음으로 목소리를 내어,

"아 오랜만이구나. 그리운 꿩의 울음소리를 듣다니."

라고 말하였다. 이 말을 들은 시아버지는,

"아니, 너는 벙어리가 아니었구나."

라며 신부가 말을 할 수 있음을 깨닫게 되었다. 다시 집으로 데리고 돌아가야겠다고 생각해서 꿩을 잡아서 함께 귀로에 올랐다. 그날 밤 신부가 꿩을 요리하면서 노래라고도 할수 없고, 말이라고도 할 수 없는 소리로 혼잣말을 하였다. 그것은 다음과 같은 문구였다.

> 날개는 나를 끊임없이 감싸준 시아버지에게 주고,
> 눈은 나를 힐끔힐끔 지켜보던 시숙에게 주고,

입은 나를 끊임없이 혼내고 욕했던 시어머니에게 주어야지.

이 이야기는 심각한 풍자를 포함하고 있는 것이다.

4.

다음으로 지혜를 발휘한 이야기를 해 보겠다. 어느 날 암행어사가 어느 시골에 이르렀다. 그곳에서 아이들이 재판놀이를 하고 있는데, 재미있어 보여 살짝 옆으로 다가가 보았다. 그때 재판관 앞으로 한 아이가 나왔다.

"아뢰옵니다. 저희 집에서 키우고 있는 꿩이 날아올라 달아났습니다. 부디 잡아 주시길 부탁드립니다."

라고 호소하였다. 그러자 재판관은,

"좋아. 그 꿩은 지금 건너편 산이 숨겨 주고 있지. 산을 이곳으로 데려오는 게 좋겠어. 얼른 되돌려 놓도록 하여라."

라고 하였다.

또 두 명의 아이가 재판관 앞으로 나아갔다. 재판관 앞에 3전의 동전을 내보이며 이 돈을 두 사람이 주웠는데 공평하게 나누어 달라고 하였다. 그러자 재판관은,

"좋아. 둘이 각각 1전 씩 갖도록 하고 남은 1전은 재판비용으로 내게 바치도록 하여라."

라고 어려움 없이 판결하였다. 암행어사가 이를 감탄하며 보고 있었더니 재판관은,

"말없이 재판정에 들어온 자가 누구냐?"

라고 화를 냈다. 그러자 아이들이 넋을 잃고 보고 있던 어사를 끌고 나가 변소 안에 가두어 버렸다. 잠시 후 어사를 변소에서 꺼내고 재판관은 방금 전과 완전히 다른 말투로 말하였다.

"나으리 아까는 실례가 많았습니다. 그러나 재판이라는 것은 신성한 것으로 법정의 존엄을 지키기 위해서 어쩔 수 없이 무례함을 저질렀습니다."

예전에 이 양반이 어떤 산 속을 지나가고 있을 때 남자 하나가 숨을 헐떡이며 뛰어 도망쳐 와서 나무 수풀에 몸을 숨기고 제발 여기에 있는 것을 말하지 말아 달라고 부탁하였다. 그때 다시 난폭한 남자가 험상궂은 얼굴로 칼을 한손에 들고 뒤쫓아 왔다.

"이러이러한 사람이 어디에 숨었는지 알고 있지?"

라고 추궁하였다. 모른다고 대답하자, 거짓말하지 말라며 칼을 들이대었다. 이 남자는 어쩔 수 없이 사실을 이야기하였고 숨었던 남자는 곧 발각되어 죽임을 당하고 말았다. 양반은 이러한 사건을 겪은 적이 있기 때문에 이러한 경우에는 어떻게 하면 좋겠는지 아이들에게 물어보았다.

한 아이가

"방법은 간단하지요. 도망쳐 온 남자를 숨기고 그 주변의 나무 가지를 잘라 지팡이로 삼아서 뚜벅뚜벅 맹인처럼 행세하며 되지요."

라고 대답하였다. 이는 아주 감탄할 만한 이야기이다.

5.

어느 날 도쿄로 말하자면 궁내성의 말 관리소(主馬寮)라고 할 만한 경성 관청 앞에 사오 명의 아이들이 지나가고 있었다. 그곳에는 말 먹이인 짚이 산처럼 쌓여 있었다.

도대체 몇 달 동안 이 짚을 다 쓸 수 있을까 하여 이 짚을 모두가 받았다고 가정하고, 받으면 어떻게 사용할지, 어떤 목적과 방법을 이용하면 가장 오래 사용할 수 있을지 문제를 내었다.

여러 가지 답안이 나왔는데, 새끼를 꼬아 사용한다면 백 년 정도는 사용할 수 있을 거라는 평범한 대답이 나왔다. 또 어떤 아이는 짚을 베개 속으로 사용하다가 오래되면 교환하면 되니까 천 년 정도는 사용할 수 있을 것이라 말했다. 좀 영리한 대답이었다. 더 좋은 대답은 짚을 귀이개 길이로 잘라 귀가 간지러울 때 사용하면 만 년 정도는 사용할 수 있다는 것이었다. 마지막으로 가장 우수한 대답은 일부(一分)[10] 길이로 썰어 다리가 저릴 때 주술로서 침으로 이마에 붙여 놓으면 십만 년 사용할 수 있다는 것이었다.

이 대답을 한 아이는 이항복(李恒福)으로 장성하여 선조왕 때에 총리대신에까지 입신하여 문훈무공(文勳武功)을 발휘하였다.

『조선 및 만주』 제342호, 1936. 5.

---

10) 한 치(一寸)의 10분의 1로 옛날에는 최소 단위의 길이였다. 한 치는 3.3cm.

조선의 야담을 이야기하다(속)

이마무라 도모

6.

어느 동네에 부자 양반이 살고 있었다. 이 양반에게는 딸이 하나 있었는데 아주 미인이라서 혼기가 되자 혼담이 빗발쳤다. 이 양반은 무슨 생각이 들었는지 거짓말을 해서 자기를 속여 넘기는 사람에게 딸을 주겠다고 광고하였다.

먼 동네의 젊은이들이 이 소식을 듣고 내가 적임자라 하며 매일 몰려들었다. 양반을 상대로 거짓말을 했으나, 그것은 거짓말의 부류에 들지 않는다, 그런 것은 거짓말이라고 할 수 없다는 판정이 내려져서 합격하는 사람이 하나도 없었다.

어느 날 젊은이가 또 와서 면회를 요청하였다. 이 남자가 말하기를

"소생은 거짓말을 해서 당신을 속이러 왔습니다."

라고 하였다. "그럼 어떠한 거짓말인가?"라고 물으니, "저는 훌륭한 돈벌이를 생각해 냈습니다. 종로 뒤쪽에 커다란 구멍을 이삼십 개 뚫었습니다."라고 대답하였다.

이렇게 말하자 양반은 "그게 어째서 돈벌이가 되는가?"라고 물었다. "이제 곧 영하 20도의 엄동설한이 됩니다. 그 구멍 안에 한풍(寒風)을 비축해 두었다가 더운 여름에 소매로 판다면 아주 비싼 값으로

팔 수 있을 것입니다." 이를 들은 양반은 '이 녀석은 말을 곧잘 하네. 어느 정도 거짓말이 될 수 있겠어.'라고 생각하였다.

이 남자는 이번에는 호주머니에서 한 장의 증서를 꺼냈다.

"이것은 나으리의 증조부가 아직 살아 계실 때 제가 10만원을 꾸어 주었다는 증서입니다. 부디 이 돈을 변제해 주십시오."

양반은 이를 거짓말이라고 말해 버리면 딸을 주어야만 하고 거짓말이 아니라고 말하면 빚을 갚아야 하는 곤란한 상황에 빠지게 되었다. 그러나 잘 생각해 보니 이 정도의 지혜와 재능이 있는 남자라면 딸을 시집보내도 지장이 없겠다고 생각해서 결국 이 남자를 사위로 삼기로 결정하였다.

7.

이 이야기도 앞의 것과 대동소이하다. 어느 날 새로운 총리대신이 임명되었다. 이러한 경우에는 보통 암암리에 승진을 부탁하는 일이 비일비재했다. 대신은 이에 대한 방지법으로 한 가지 묘책을 생각해 내었다. 문 앞에 방문을 붙였는데 문구의 의미는 다음과 같았다.

'허언을 하여 나를 속일 자신이 있는 사람에 한해서 면회를 허락하겠다. 그렇지 않은 자는 일체 면회사절이다.'

이를 본 관원들은 과연 주저하여 면회를 하려는 자가 거의 없었다. 그러는 동안 네다섯 명 혹은 두세 명이 머리를 맞대고 지혜를 짜내어 어떻게 대신을 속일 수 있을까 여러 가지 방법을 생각해서 면회를 하려고 하였다. 그러나 즉각 사기인 것이 간파당하여 결국 퇴각할 수밖에 없었다.

그런데 마을에서 여러 사람이 모여 이 이야기를 하고 있을 때 젊은 시골남자가 얼굴을 내밀고

"그런 일이라면 내가 가볍게 사기 칠 수 있지."

라고 알 수 없는 말을 하였다. 거기 있던 사람들이 모두 비웃으며,

"경성의 지혜로운 사람이 머리를 짜내도 할 수 없는 것을 시골 풋내기가 어떻게 할 수 있단 말이오."

라고 비웃었다. 그러자 남자는,

"조금만 기다려 보시오. 성공적으로 속여서 보여 드리지요."

라고 일어서서 얼른 대신의 저택을 방문하며 면회를 요청하였다.

대신이 "자네는 무슨 일로 여기에 왔는가?"라고 묻자, 남자는 "나으리를 속이러 왔습니다."라고 대답하였다. "무슨 소리인지 들어 보자." 하니 남자의 이야기가 시작되었다.

"나으리, 오늘 저는 어떤 사람의 생일에 초대되어 갔습니다. (주, 조선에서는 부모 생일을 성대하게 축하하는 습관이 있다. 이것을 자식으로서의 효행이라 여긴다.) 그 연회에서 커다란 대추를 먹었습니다. 그 크기는 쌀가마니를 능가할 정도였지요."

이를 들은 대신은 "그런 대추가 어디 있는가? 천박한 거짓말을 해도 정도가 있지." 하고 호통을 치자 젊은이는 다시 "그렇다면 조금 작아서 화로 정도의 크기였지요."라고 말하였다.

"그런 대추도 없을 걸세."

"그럼 더 작게 해서…."

"아니 그렇다고 하더라도…."

말하는 동안 대추의 크기는 점점 작아져서 결국에는 계란 정도의

크기로 수정되었다. 그러자 대신이 처음으로 "그 정도의 대추라면 있을 법도 하겠군."이라고 수긍하였다.

그러자 젊은이는 의기양양한 얼굴이 되어,

"나으리 그럼 이만 물러가겠습니다."

라고 인사하고 돌아가 버렸다.

엄동설한 중이라 경성의 이십 만의 기와는 은세계로 빛나고 있을 때였다. 대신은 대추의 대소에만 마음을 빼앗겨 이런 계절에 대추 같은 것이 있을 리가 없다는 것을 생각하지 못하였다. 감쪽같이 젊은이의 함정에 빠졌던 것이다. 이 젊은이는 그 후 발탁되어 임관하였고 계속해서 출세를 이어 나갔다고 한다.

8.

이번에는 좀 취향을 바꾸어 나쁜 지혜가 통한 이야기를 하나 해 보겠다.

봄이 찾아오면 꽃돔이라고 해서 도미에 특유의 풍미가 풍긴다. 어느 날 도미장사가 많은 도미를 지게에 지고 "도미 사려"라고 당당하게 큰 소리로 외치면서 어느 집 문 앞을 지나가고 있었다. 그때 이를 들은 한 남자가 도미는 먹고 싶은데, 주머니에 불과 10전 뿐이었다. 어떻게 해야 할지 고육지책을 짜냈다. 우선 첫 번째 도미장사에게 10전으로 깎아서 작은 도미 한 마리를 사서 집으로 가져 왔다.

다음에 온 도미장사도 불러 세웠다. 아까 산 것보다 좀 큰 도미를 집어 들었다.

"좀 기다려 주시오. 우리 집사람에게 물어보고 오겠소."

남자는 도미를 집으로 들고 들어가 아까 산 도미와 바꿔치기 하였다. "오늘은 필요 없다고 하네요."라고 말하고 도미를 돌려주었다.

이번 방법을 스무 차례 계속 하니 처음 샀던 작은 도미는 흔적도 없고 눈앞에는 1척 몇 촌의 큰 도미가 생겨 버렸다. "10전이면 싼 거지." 하며 남자는 회로도 만들고 찌기도 하며 입맛을 다셨다고 한다.

9.

자비심이 새에게도 미친다는 이야기이다.

어느 날 한 청년이 시골을 여행하고 있었다. 여행길에서 해가 저물어 근처 부락의 부자 집을 찾아가 하룻밤 재워 줄 것을 부탁하였다-옛날 조선에서는 중류 이상 정도 되는 숙소가 없었다. 여행하는 사람은 누구나 날이 저물면 그 마을에서 큰 집을 찾아가 사정을 이야기하면 흔쾌히 잠자리과 식사를 제공해 주었다. 다음 날 아침 인사 한마디하고 떠나면 그것으로 괜찮다는 사회적인 미풍이 있었다. 이 청년도 그 풍습에 따른 것이다.

이 청년이 방에서 저녁식사를 마쳤을 때의 일이다. 이 집 딸이 가지고 있던 값비싼 진주가 없어져서 소동이 벌어졌다. 사람들이 찾으러 다녔으나 전혀 알 수 없었다. 자연히 혐의가 이 청년의 몸에 씌워졌다. 그런데 몸 검사까지 했지만 발견되지 않았다. 분명 어딘가에 감추어 둔 것이 틀림없으니 내일 아침 내놓을 것이다 해서 청년을 줄로 포박하고 바깥의 봉당에 묶어 두었다. 그는 조금도 저항하지 않고 말하는 대로 따랐다. 단지 "부탁드리옵니다. 거위 한 마리를 내 옆에 묶어 두어 주세요."라고만 할 뿐이었다.

묘한 말을 한다고 사람들은 생각했지만, 원하는 대로 거위를 그의 옆에 두었다. 그런데 다음날 아침이 되자 진주가 거위의 똥과 함께 마당에 굴러다녔다.

드디어 자세한 것을 알게 된 집안사람들은 몸을 낮추고 머리를 숙여 청년에게 사과했다.

"당신은 어제 이 일을 아셨으면서 어째서 어젯밤 거위가 진주를 먹었을 때 얼른 그 사실을 이야기에 주지 않았나요?"

청년은 대답했다.

"이미 잘 알고 있었습니다만, 그렇게 말한다면 당신들은 얼른 칼을 가져와서 저 거위의 배를 갈랐을 것입니다. 제 말 한마디로 아무리 새라고 하지만 죄가 없는데 생명을 빼앗는 것은 잔인하다고 생각했지요."

이러한 이야기는 실로 수신교과서에 실어도 좋을 정도라고 생각한다.

10.

마지막으로 가벼운 이야기를 두 가지 하고 이 원고를 끝맺고자 한다.

욕심쟁이 이야기는 조선에도 많이 있다. 그런데 그중에서도 가장 훌륭한 욕심쟁이 이야기이다.

어느 남자가 매년 여름에 부채를 하나씩 사용하고 버리는 것이 아깝다고 생각해서 부채의 반을 펴서 1년을 사용하고 다음 해에는 나머지 반을 펴서 사용하는 방법을 고안해 내었다. 그런데 이렇게 해도 여전히 아까워서 영구히 사용해도 상하지도 않고 닳지도 않는 방법을 발견하였다. 그것은 부채를 펴서 천장 적당한 곳에 매달아 두고 부채를 부칠 필요를 느끼면 자기 얼굴을 들이대고 앞뒤, 좌우로 움직이면 되는 것이다.

11.

이 이야기도 도쿠가와 시대 라쿠고(落語)11)의 전신인 가라쿠치바나시와 아주 비슷하다.

어느 곳에 군인 한 사람이 있었다. 이 사람은 오늘날 말로 하자면 소좌급의 지위에 있었는데, 용맹함이 비할 데 없고 적이 백만 군 쳐들어 와도 동요하지 않는 것은 옛날 장비(張飛)나 번쾌(樊噲)12)도 그러할까 생각할 정도였다. 단지 한 가지 곤란한 것은, 이 군인의 부인이 보통사람과 달리 질투심이 많고 히스테리가 심해 감당할 수 없는 여자라는 점이었다. 때문에 이런 대장도 부인 앞에서 고개를 들지 못할 정도였다. 군인은 한참을 괴로워하다가 '나의 통제술이 나쁘기 때문임에 틀림없어, 지금이라도 늦지 않았다, 어떠한 방법을 써서 부인을 제어할지 연구해야겠다.'라고 깨달았다.

그러던 어느 날 군인은 부하 병사를 훈련하다가 부하들에게 명령을 내렸다.

"자네들 중에서 자기 부인에게 고개를 들 수 없는 사람은 저쪽 흰 깃발 밑에 모여라. 허나 아내를 잘 통제한다고 생각하는 사람은 이쪽 붉은 깃발에 모여라. 자, 움직여."

11) 일본의 근세에 성립되어 현재까지 전승되어 오는 전통적인 만담의 일종.
12) 중국 한나라 고조 때의 공신(?~B.C 189).

그런데 병사들은 모두 흰 깃발 아래로 갔다.

역시 자기와 같은 사람들이 많다고 생각하고 있는데, 단 한 사람만이 붉은 깃발 밑으로 달려갔다. 저 녀석에게 방법을 물어 봐야겠다고 생각하고 곧 그를 불러들였다.

"자네는 어떠한 방법으로 처를 제어하고 있는가?"

"아닙니다. 저의 처는 기세가 당당해서 도저히 제가 감당할 수 없습니다."

"그렇다면 그런 여자를 어떻게 통제한다는 말인가."

"당치도 않습니다. 통제라니요. 도저히 할 수 없습니다."

"뭐라고? 그럼 어째서 붉은 깃발 아래로 달려갔는가?"

"그건 말입니다. 마나님은 늘 저에게 남자가 세 명 이상 모이면 득 될만한 이야기가 나오지 않으니 당신은 절대로 그러한 곳에 가면 안 된다고 엄격하게 말씀하셨습니다. 그래서 지금도 그 명령에 따라서 바로 이같이 했을 뿐입니다."

『조선 및 만주』 제343호, 1936. 6.

조선의 전설에 나타난 큰 뱀 이야기

이마무라 도모

큰 뱀에 관한 전설은 많다. 원래 조선에는 거망류(巨蟒類)는 동물학상 존재하지 않는데, 인도근처에서 먼 조상들이 가지고 온 전설 혹은 불교를 따라 온 것이나 아니면 한 치 정도 되는 뱀을 한 길 정도되는 것으로 과장한 것이나 혹은 가공으로 꾸며낸 것, 두 종류에 속하는 것이다.

파충류의 생존은 일본에 비해 적으며 그 전설 역시 일본에 비해적다.

1.

그와 같은 큰 뱀 전설 중 한 가지를 이야기해 보겠다. 제주도 성내에서 동쪽으로 육십 리 정도 되는 곳에 금영리(金寧里)라는 곳이 있다. 그 해안에서 약 20정(丁)[1] 정도 되는 곳에 대사굴(大蛇窟)이라는굴이 있다. 그 굴의 반대편은 십리 정도 떨어진 족의면(族義面)으로이어져 있고 고래로 아직 그 안에 들어가 본 사람은 없었다. 나는제주도 도지사로 재임 중 그 안을 탐험한 적이 있는데 길이 약 2정

---

1) 1정≒109m.

이었으며 용암이 굳을 때 공기가 빠져나간 통로로 생긴 굴이다. 그 굴에는 큰 뱀 전설이 있다.

옛날 그 굴 속에 큰 뱀이 살고 있었는데 굵기는 물 다섯 석(石)[2]이 들어가는 병의 크기 정도였다. 해마다 연초에 음식을 차려 그것을 받들고 나이 십오 세 되는 소녀를 바치지 않으면, 그해에는 태풍과 홍수가 나서 곡식이 영글지 않는다는 것이었다. 조선 시대 중종왕 10년(1515년)에 제주 목사 부하인 판관에 서연(徐憐)이라는 사람이 있었다. 나이는 열아홉이었는데 담력이 매우 큰 사내였다. 백성에게 그렇게 해를 끼치는 것을 살려 두어서는 안 된다고 하며, 병사 수십 명을 데리고 창검을 들고 숯불과 화약을 준비해 가서, 대사굴 앞에 공물을 하고 제단을 만들어 제사를 지낸 후 언제나처럼 소녀를 바쳤다. 마침내 일진의 바람과 함께 큰 뱀이 목을 내밀어 그 소녀를 막 잡아먹으려 했다. 그때, 서연은 창으로 찔러 순식간에 그 숨통을 끊어 놓았다. 그리고 굴에서 끌어내어 화약과 숯불로 태워 버렸다. 피비린내 나는 불꽃을 일으키며 큰 뱀은 타죽었고 그 이후 재앙이 멈추어 백성들은 기뻐했다.

처음에 판관이 대사굴에 갈 때 목사는 그에게 조언하기를 절대로 뒤를 돌아보아서는 안 된다고 주의를 했다. 판관 서연은 그 조언을 지켜 뒤를 돌아보지는 않았지만 결국 제주성내 동문으로 들어갈 때 뒤를 돌아보고 말았다. 그는 자주색을 한 앙화가 자신의 뒤를 따라오는 것을 목격했다. 그리하여 목사에게 보고를 할 때에 목사는 판

---

2) 1석≒278리터.

관의 얼굴을 보고 자네 뒤를 돌아보았지라고 했다. 실은 이러이러했다고 하니 자네의 생명은 오늘 밤으로 끝이 날 것이라 했다. 그런데 판관은 백성의 앙화를 제거한 이상, 자신의 생명은 아깝지 않다고 하며 집으로 돌아가 의복을 갈아입고 각오를 하고는 후사를 부탁하고 침착하게 죽음을 맞이하였다.

2.

이 이야기는 정사에는 없지만, 야사에는 여기저기 나온다. 칭찬을 하는 경우도 있지만, 이를 포호빙하(暴虎憑河)3)의 용감함이라고 비난하는 경우도 있다. 그러나 이 전설은 옛날부터 전해오던 전설을 새롭게 각색한 것으로, 판관 서연이 큰 뱀을 퇴치했다는 것은 새빨간 거짓말이다.

이 전설은 일본 고대의 기기(記紀) 즉 『고사기(古事記)』와 『일본서기』의 신대기에 있는 스사노오노미코토(素戔嗚尊)4)가 야마타노오로치(八岐大蛇)를 퇴치하는 것과 공통된다. 즉 뱀의 피해는 폭풍우를 신격화한 것으로, 농신에게 제물을 바치는 것은 고대 어느 지역에나 있는 이야기이다. 소녀를 제물로 바친 것도 실제로 있었던 일이다. 스사노오노미코토가 이나다히메를 빗으로 바꾸어 버렸다는 말이 있는데,

---

3) 맨손으로 범에게 덤비고, 걸어서 황하를 건넌다는 뜻이다. 즉, 무모한 행동을 말한다.
4) 일본신화에 나오는 이자나기노미코토(伊奘諾尊)와 이자나미노미코토(伊奘冉尊)의 자식이자, 아마테라스오미카미(天照大神)의 동생으로 난폭한 짓을 하여 아마테라스오미카미가 하늘의 바위굴에 숨었기 때문에 하늘에서 쫓겨났다. 이즈모(出雲)에 강림하여 야마타노오로치(八岐大蛇)라는 뱀을 퇴치하고 구시나다히메(奇稲田姫) 공주를 구한 후 오로치의 꼬리에서 얻은 아마노무라쿠모노쓰루기(天叢雲劍)라는 검을 아마테라스오미카미에게 바쳤다.

빗으로 바꾸어 버렸다는 것은 꼬치에 끼웠다는 것을 완곡하게 표현한 것이다. 또한 영웅이 나타나 소녀를 구한다는 것은 양쪽 전설 모두에 공통되는 것이다.

『조선 및 만주』 제254호, 1929. 1.

뱀과 전설

본지 기자

뱀에 관한 기괴한 전설은 서양에도 있다. 인도나 중국에도 있다. 그러나 일본에는 특히 많은 것 같다. 스사노오노미코토가 일곱 명의 처녀를 잡아먹고서도 아직 만족하지 못해 여덟 번째 처녀를 잡아먹으려고 한 야마타노오로치를 퇴치하고 꼬리에 숨겨둔 검을 빼앗아 아마노무라쿠모노쓰루기(天叢雲劍)라 칭한 신화는 유명하다. 또한 승려 안진(安鎭)[1]을 사랑한 기요히메(淸姬)가 뱀이 되어 따라간 이야기는 인구에 회자되고 있다. 그리고 뱀의 집, 뱀 처녀, 뱀의 또아리 등 뱀에 관한 이야기는 라쿠고(落語)[2]의 소재가 되기도 한다. 대체적으로 어느 나라든 뱀은 집요한 자의 표상이 되고 있다. 동시에 연애나 남녀간의 정사에도 관계하며 특히 뱀과 여자를 꼭 결부시키는 것은 재미있다. 조선에는 뱀이 대체적으로 많은 편은 아니다. 따라서 일본처럼 뱀에 관한 전설이 많지는 않다. 그러나 아주 없지는 않다. 『용제총화』라는 고서에도 두 종류 정도 나온다.

---

1) '안진(安鎭)'의 오기, 안진스님을 사모한 기요히메(淸姬)가 안진의 배신에 분노하여 뱀이되어 도성사(道成寺)에서 종과 함께 안진을 태워죽인 안진, 기요히메 전설이 있다.
2) 아주 우스운 내용으로 듣는 사람들을 재미있게 만드는 일본의 전통적인 이야기 예술.

(1) 여승이 뱀이 된 이야기

홍(洪) 정승이 아직 젊었을 때 길을 가다가 비를 만나 길가의 작은 동굴로 달려 들어가니 나이 십칠팔 세 정도 되는 아름다운 여승이 혼자 앉아 있었다. 그는 그만 요상한 마음이 일어 그 여승의 신성한 처녀성을 유린해 버렸다. 그때 그는 스님에게 약조하기를 가까운 시일 내에 당신을 맞이하여 아내로 삼겠다고 했다. 여승은 그 말을 믿고 이제나저제나 하며 애타게 기다렸다. 하지만 일 년이 다 되어도 홍은 아무런 기별이 없었고 여승은 괴로워하며 죽고 말았다. 그 후 홍은 출세하여 정승의 자리까지 올랐다. 하루는 도마뱀이 나타나 홍정승의 옷자락 위로 기어올라 와서, 좌우 아랫사람들로 하여금 죽여버리게 하였다. 그런데 다음 날 아침이 되자 이번에는 작은 뱀이 홍정승의 방으로 들어와 홍정승의 신변을 위협했다. 홍정승은 좌우 사람들로 하여금 또 때려죽이게 하였다. 그런데 또 그 다음 날에도 뱀이 홍정승을 위협했다. 뱀이 침입할 때마다 때려죽이게 하니, 점점 더 큰 뱀이 매일 공격을 하게 되었기 때문에 홍정승도 밤마다 잠을 편히 잘 수 없었고, 정신 이상을 일으켜 안색이 초췌해지더니 결국 병들어 죽어버렸다.

이는 여승이 홍에게 속은 것에 한을 품고 뱀으로 환생하여 홍을 저주하여 죽인 것이다. 그런데 같은 『용제총화』에 남자가 뱀으로 환생하여 여자에게 들러붙는 기사도 있다.

(2) 스님이 뱀으로 둔갑하다

어떤 스님이 아내를 맞이하여 그녀를 몹시 사랑했다. 스님이 사랑스런 아내를 남기고 죽었다. 그런데 스님이 죽고 얼마 안 있어 뱀이 나타나 미망인 아내의 방에 들어와 낮에는 독에 숨어 있다가 밤이 되면 미망인의 품으로 들어와 허리를 휘감고 머리를 가슴에 대고 베개 삼아 잤다. 그 뱀공의 꼬리에 양물과 같은 혹이 있었다고 한다. 미망인은 매일 밤 뱀공이 덮쳐서 난처했다. 미망인의 아버지가 그것을 염려하여 독 안에 있는 뱀공에게 이르기를, 아내를 연모하여 뱀이 되다니, 승려가 이렇게 집념이 강해서야,라며 호통을 쳤다. 뱀공은 고개를 움츠리며 황송해했지만 밤이 되자 또 변함없이 나타나 미망인의 허리를 감았다. 때문에 이번에는 뱀을 상자에 옮겨 못을 박고 스님을 불러다가 독경 염불을 하게 한 후, 상자를 강물에 흘려보냈다. 그러고 나서야 미망인의 방에는 뱀공이 나타나지 않게 되었다(이상 『용제총화』).

(3) 복뱀

양윤제(梁允濟)는 평안북도 희천군 읍내면 가라지동(加羅之洞) 태생으로 약 150년 전 사람이다. 집은 문벌로 알려졌지만 빈약하기로는 안회(顏回)[3] 못지않았다. 어느 해 흉년이 들어 아침저녁 호구도 어려웠지만, 먹지 않고 살 수는 없어서 이웃마을 노좌수 집에 가서 쌀이든

---

[3] 공자가 가장 신임하였던 제자이며, 공자보다 30세 연소(年少)이나 공자보다 먼저 죽었다.

좁쌀이든 좋으니 빌리고 싶은데 어떤가 하고 부탁했다. 좌수는 빌려주고 빌리고 할 것도 없다고 하며 하인에게 명하여 마당에 쌓여 있는 피를 한 지게 주었다. 윤제는 매우 고마워하며 돌아왔다. 그런데 등 뒤에서 무엇인가 꾸물꾸물 소리가 났다. 도중에 내려놓고 보니 그 안에 뱀 한 마리가 들어 있었다. 이것 참 잘 되었다. 이는 복뱀이 틀림없다. 그렇게 생각하고 소중하게 여기고 원래대로 싸서 집으로 돌아왔다. 그리고 뱀의 거처를 마련하여 다달이 길일을 정하여 제를 지냈다. 그리고 윤제의 집은 차차 재산이 불어 그 군에서 제일가는 부자가 되었다. 그와는 반대로 노좌수의 집은 어느새 가세가 기울어 종국에는 그날그날 먹는 것도 아쉬울 정도가 되었다. 윤제는 아들 딸 다복하게 행복한 나날을 보내다가 천수를 다하고 죽었다. 그때 그 뱀은 집 주위를 돌며 기운이 쏙 빠져 있었다. 그것을 본 윤제의 자식들은 주인이 죽어서 너도 불안해 진 것이로구나, 이제부터는 우리 형제자매들 중 마음에 드는 곳으로 가거라라고 했다. 그러자 얼마 안 있어 운산군으로 시집간 셋째 딸의 집으로 옮겨갔다. 그 집에서는 매우 기뻐하며 전과 마찬가지로 장소를 정하여 제도 지냈다. 그러니 집안이 점점 더 번성하여 지금도 그 자손들은 운산군에서 부호로 산다고 한다.

(4) 집념의 뱀

지금으로부터 약 20년 전, 함경북도 고주군(古州郡)에 김선달이라는 사람이 살았다. 그에게는 딸이 하나 있었는데 얼굴도 예쁘고 마음씨도 착한, 시골에서는 보기 드문 여자였다. 금이야 옥이야 하며 키우니 어느덧 열아홉 살이 되어 신랑감을 찾기 시작했다. '시집을 보내는데도 삼 년, 며느리를 보는데도 삼 년'이라는 말이 있는 것처럼 적당한 사람이 없었다.

어느 여름 날 밤, 하늘이 온통 흐리고 비가 내리기 시작하더니 천둥과 번개가 끝없이 치며 실로 엄청난 광채가 일었다. 이집 저집 할 것 없이 모두 문을 걸어 잠그고 있었다. 그 딸도 이불을 덮고 누워 있었지만 좀처럼 잠이 오지 않았다. 그때 번개가 점점 더 세지고 비가 퍼붓더니 창문 쪽에서 똑똑 하는 소리가 났다. 딸이 두려움에 떨며 고개를 들어 보니, 뱀 한 마리가 쏜살 같이 달려와서 딸의 몸을 휘휘 감고 고개를 들어 딸의 볼을 핥았다. 딸은 기절할 듯이 놀라 고함을 지르며 살려달라고 했다. 집안사람들이 모두 모여들었지만 모두 뱀의 형상이 너무 무서워 아무도 나서는 사람이 없었다. 부모는 누군가 뱀을 잡아달라고 했지만 아무도 어찌할 수가 없었다. 딸은 처음에는 정신없이 소리를 질러대더니 얼마 안 있어 평상심을 회복하고는 신기하게도 뱀을 두려워하는 기색도 없이 등을 쓰다듬으며 달래고 있었다. 그리고는 뱀과 딸은 친해졌고 딸도 뱀을 사랑하게 되어, 식사 때도 숟가락으로 밥을 먹으면 입을 벌리고 얌전히 받아먹었다. 그러나 부모는 한시라도 뱀을 떼어 놓고 싶어서 온갖 기도를 하고 의사에게 물어보기도 했다. 하지만 기도도 전혀 효험이 없고 의사도 전래의 비법이 없다고 했다. 일가의 슬픔은 옆에서 보기에도 딱했다.

어느 가을 날 그 마을에 어디에서 왔는지 한 노인이 찾아왔다. 학

발용안(鶴髮龍顔)으로 신선이란 바로 이런 사람인가 싶은 사람이었다. 그가 김 씨 집에 찾아와서 뱀을 퇴치하겠다고 해서 일가의 기쁨이 이만저만이 아니었고, 그 노인을 딸의 방으로 안내했다. 노인은 뱀의 모습을 차근차근 살펴보고는 이는 죽은 영혼이 뱀이 되어 딸에게 집착하고 있는 것이라고 했다. 그날 밤 노인은 방에 들어가 철사와 종이로 뱀을 만들었다. 그 다음 날 밤 그것을 창문에 걸어 두었다. 그러자 딸을 휘감고 있던 뱀은 곧 그것을 발견하고는 새빨간 혀를 내밀며 돌진하여 철사 뱀과 싸웠다. 노인이 만든 뱀은 철사이므로 조금도 해를 입지 않았다. 하지만 상대는 피투성이가 되어 창문 아래 쓰러져 죽어버렸다. 노인은 경을 외며 뱀을 묻어 주었고 어디론지 사라졌다. 그 후 딸은 좋은 인연을 찾아 부근의 양반의 며느리가 되어 자식을 몇 낳고 잘 살았다.

(5) 뱀술

맹산(孟山)을 시작한 것은 갈(葛)이라는 성 씨의 사람들이었다. 그 사람들이 살고 있던 곳은 갈가도(葛可島)라는 곳이었는데 냇물이 섬 가운데를 관통하여 흘러 한쪽은 의성리(義城里)가 되었고 한쪽은 소학리(巢鶴里)가 되었다. 갈 씨가 갈가도에서 전성기를 구가할 무렵, 갈 씨 성을 가진 사람 하나가 혼인을 위해 국금을 어기고 몰래 갈대밭에 술을 담가 숨겨 두었다. 그런데 그 독 하나에 뱀 한 마리가 빠져 죽었다. 갈 씨는 그것을 그대로 두었다. 혼례날이 되자 어디서 왔는지 한 거지가 술을 한 잔 달라고 했다. 그래서 이 뒤에 있는 갈대밭에 술단지가 있다, 그것은 자네들을 위해 놓아 둔 것이니 먹을 수 있는 만큼 먹어라,라고 했다. 거지가 기뻐하며 재빨리 가보니 그곳에는 정말로 큰 단지가 있고 술 향기가 코를 찌르는 듯 했다. 이것 참 고맙기도 하군, 우선 한 잔 먹어 볼까 하고 가까이 가 보니 뱀이 빠져 죽어 있었다. 이건 먹을 수가 없다고 생각해서 거지는 다시 주인에게 달려가서 처음처럼 부탁을 했다. 너희들을 위해 갈대밭 안에 술단지를 놓아두었는데 그것을 마시지 않고 이곳으로 오다니 발칙하구나 하며 갈 씨는 야단을 쳤다. 그리고 좋은 술은 절대 주지 않겠다고 했다. 거지는 할 수 없이 다시 갈대밭으로 가서 내 병도 이대로 쇠약해지다가는 도저히 가망이 없다, 차라리 독주를 마시고 단번에 죽는 게 낫다라고 혼잣말을 하며 그 술을 잔뜩 마시고 그대로 그 자리에 죽은 듯이 쓰러졌다. 다음 날 아침 갈 씨가 가서 그 모습을 보니 거지의 콧구멍에서 작은 나방이 셀 수 없이 많이 날아올랐다. 거지는 잠시 후에 눈을 떴는데 몰라보게 혈색도 좋아지고 기분도 상쾌해진데 반해, 갈 씨는 이후 폐병이 들어 하루하루 수척해지고 이 사람 저 사람에게 전염이 되어 일족이 전멸하고 말았다. 거지는 성을 박이라고 해서 가세도 점점 피고 식솔도 늘어 지금도 그 자손은 맹산 4대성 중의 하나가 되었다(이상 『전설의 조선』에 의함).

– 조선에는 이 외에도 뱀에 대한 전설이 없지는 않다. 뱀이 교접한 물을 몸에 바르면 미인이 반한다는 전설도 있다. 길에서 머리가 두 개 달린 뱀을 만나면 출세한다는 전설도 있다. 그에 반해 뱀이 방으로 들어오면 병이 난다는 전설도 있다.

- 조선은 한파가 너무 심해서 그런지 내지처럼 여름에도 뱀이 많지 않고 따라서 독사도 적다. 그렇지만 뱀이 정력제가 된다는 설은 내지와 같다. 뱀을 약용으로 쓰기 때문에 여름에는 뱀을 잡는 것을 본업으로 하는 땅꾼들도 있다.

- 서양에서는 독사를 환자의 주사용으로 사용하기 때문에 독사를 잡으러 다니는 직업도 있는 것 같은데, 자칫 잘못해서 물리면 죽게 되므로 상당히 위험한 직업이다.

『조선 및 만주』 제254호, 1929. 1.

조선 민간 전승설화(1)

경운장(慶雲莊) 주인

앞머리에

내가 일찍이 조선 동포 소녀들에게 국어국문을 가르칠 무렵, 틈틈이 그들의 조부모 등 노인들에게서 들은 설화를 이야기하게 하여 재미있게 들은 적이 있다. 지금 그중에서 몇 가지를 골라 아직 정리는 제대로 되지 않았지만, 「조선민간 전승설화」라고 제목을 붙이고 이하에서 붓 가는 대로 재미있는 것을 골라 기록하고자 한다. 소녀들의 견문 및 표현에 잘 못도 있을 것이고 또 내가 잘 못 듣고 잘 못 해석한 곳도 많을 것이다. 원래 설화이므로 전승을 하면서 변천을 하지 않을 수 없다. 그런 줄 알고 읽어 주시길 바란다.

1. 웃지 않는 정승

때는 조선시대 중엽이었다. 당시 정당정파의 다툼은 격심하기가 도를 넘어 정계의 부패가 극에 달해 있었다. 그때 정승 김모라는 사람이 있었는데 진흙속의 백련(白蓮)처럼 고귀하고 청빈한 인품과 암석 같이 단단한 충성심은 조야에서 모두 우러러 경탄의 대상이 되었다.

김정승은 성품이 근엄하고 신중하여, 늘 마음은 명경지수의 경지에서 놀았다. 예를 들어 고승의 지식과 같았고 난의포식(暖衣飽食)을 좋아하지 않고 물욕을 떠나 명리를 초월하고 담담하여 물 같이 청빈한 생활에 안주하여 처대도 하지 않았다. 당시 후궁에 꽃 같은 가인 재원도 적지 않았을 텐데, 그의 마음을 잡기에는 부족했는지 그 고독한 혈혈단신의 몸을 그저 봉공에만 바쳐 귀밑머리, 눈썹, 수염에 이미 흰 서리가 내리는 나이에 이르렀다. 조각상 같이 단정한 얼굴에 깊이 패인 주름은 그저 늙어서 그런 것만이 아니라 세상의 혹독한 신산을 견디어 온 자에게만 새겨지는 인장처럼 보였다. 호수 같이 명징한 두 눈동자는 심모원려(深謀遠慮)와 관인대도(寬仁大度)의 상징처럼 맑았지만 어딘가 쓸쓸한 빛을 띠었다.

세속을 초탈한 그가 혈혈단신의 몸을 표연히 하고 산야로 도망치는 일 없이 속사다망의 정계에 오래 머물며 임관현명(任官懸命)의 도(道)에 힘쓰는 것은, 당시 왕의 두터운 신뢰와 끊임없는 중망(衆望)의 대상이 되었기 때문이라지만 이상한 일이었다. 그러나 당시 사람들이 가장 이상하게 여긴 것은 아직 김정승의 웃는 얼굴을 본 적이 없는 것으로, 세상 사람들은 '웃지 않는 정승'이라는 별명을 붙였다.

'웃지 않는 정승'-그것은 그가 늘 무뚝뚝하고 뚱한 표정을 짓고 있다는 뜻도 아니고 또 우울하고 음산한 표정을 짓고 있다는 의미도 아니었다.

장중하고 위엄 있는 용모였다고는 해도 친한 사람에게는 자애로운 아버지처럼 온화했고, 또 설사 이만저만한 인생의 고배를 맛보지 않은 자에게서는 볼 수 없는 침통한 표정을 하고 있어도 한편으로는 명리와 물욕을 떠난 자에게서만 볼 수 있는 순수한 평안함과 명랑함으로 가득했다. '웃지 않는 정승'이란 희노애락의 사정을 넘어 눈앞의 일을 두려워하지도 않고 슬퍼하지도 않고 늘 평정심을 유지하며 무사(無私)의 경지에서 영원불멸의 것을 동경하는 듯한 그의 일면을 형용한 별명이었다. 바꿔 말하면, 그는 '웃지 않는 정승'이었음과 동시에 '화내지 않는 정승'이며, '슬퍼하지 않는 정승'이어서, 마치 조용하기가 산 같은 느낌을 주는 사람이었던 것이다.

이와 같이 세속을 떠난, 인간세상과는 먼 인품에 대해서는 당시 왕도 매우 고맙게 여겨, 어느 해 추석 달 밝은 밤에 측근의 신하 서너 명과 함께 극히 비공식 잔치를 열었을 때 오랜 동안의 의문을 풀어 보고자 다음과 같이 말씀하셨다.

"인생을 자세히 살펴보면, 욕구에서 욕구로 이어지는 사슬처럼 득롱망촉(得隴望蜀)[1]이며, 어육을 얻으면 곰발바닥을 원한다. 그리고 왼쪽으로 갔다가 오른쪽으로 갔다가 하며 헤매다가 생을 마감하는 자가 많다. 그것이 인정의 상식인데 경은 과욕무사 부귀를 바라지 않고 처첩을 구하지 않으며 음식도 단지 생명을 유지하는 것만으로 만족하고 있다. 경은 세상에 바라는 것이 없는가? 경이 원하는 것은 무엇인가? 어디 한 번 내게 이야기해 보라."

"소신 이미 노쇠하여 여명이 얼마나 되겠습니까. 제가 무엇을 바라겠습니까? 바라옵건대 그저 전하의 만수무강과 백성의 편안함뿐입니다."

---

1) 농(隴)나라를 얻고 나니 촉(蜀)나라를 갖고 싶다는 뜻으로, 인간의 욕심은 한이 없음을 비유한 말.

"경은 천애고독한 몸으로 나라를 위해 국궁진췌(鞠躬盡瘁)[2]하고 시종일관 사를 버리고 공을 받들었다. 또한 충성심이 몸에 박혀 고마운 마음이 그지없다. 안타까운 것은 사직의 중신의 가계가 헛되이 끝나 자손이 번영하지 못한 점이다."

"전하께서 소신을 위해 심려하시는 것은 참으로 황송하옵니다. 소신은 예전에 불의의 일로 아내를 잃은 이후로 그 추억이 머리를 떠나지 않아 새로 살림을 차릴 뜻을 잃었사옵니다."

"경이 만약 지장이 없다면 경의 부인이 어떤 사람이고 어떻게 세상을 떴는지 이야기해 보시오."

"돌이킬 수 없는 과거사를 말씀드리는 것은 송구스럽습니다만 아뢰라 하시니 말씀 올리겠습니다."

이리하여 임금의 뜻에 따라 시작한 정승의 긴 이야기는 긴 가을밤에 어울리는 슬프고 애통한 이야기로 대략 다음과 같은 것이다.

1.

김 씨의 집안은 양반으로 그 아버지는 전도유망한 사람이었으나, 불행하게도 아직 젊은 나이에 한 지방관으로 병들어 죽게 되었다. 그때 그의 나이 겨우 다섯 살이었으나, 모친은 매우 현명한 부인으로 여자 혼자 훌륭하게 아이를 교육했다. 늘 사랑하는 아들에게 "성장을 하면 아버지의 유지를 받들어 관리가 되어 가문의 이름을 빛내거라."라고 훈계하며, 양반으로서 또한 훗날 목민관으로서의 교양을 부족함 없이 하도록 노력했다. 물론 재산이라고 해도 충분하지

---

2) 마음과 몸을 다하여 나라 일에 이바지함.

못하여 넉넉한 형편은 아니었기 때문에 나이를 먹어 감에 따라 가세는 점점 더 기울어갔다. 그러나 당시 습관으로 그가 십육 세 때 좋은 혼처가 있어서 아내를 맞이하게 되었다. 아직 젊은 일개 서생인 그는 매일매일 서원에 다니며 면학에 힘쓰는 몸으로, 일가의 수입은 전혀 없었다.

아버지가 남긴 약간의 재산은 다 떨어져 가고, 일가 생계의 유일한 희망의 끈은 그가 한시라도 빨리 과거시험에 급제하여 임관하는 것이었다. 그렇게 가난한 때에 어머니는 반생의 소원인 아들의 임관을 기다리지 못하고 병상에서 다시 일어나지 못하고 말았다. 가난하지만 그와 새색시의 정성스러운 간호를 받으며 숨을 거둘 때 남긴 말은, "입신출세하여 아버지의 이름을 알려라."라는 한마디였다. 어머니의 약값과 장례비용은 이 영락한 집안에 큰 부담이 되었고 결국 생활은 가난의 구렁텅에 빠졌다. 그와 아내는 초라한 초가집으로 이사를 했고 하루하루 아내의 품팔이로 연명할 정도였다. 철이 들 무렵부터 어머니 혼자 손으로 양육된 그는 그 큰 은혜를 받은 어머니가 죽고 나서 한동안은 비탄에 잠겨 정신을 잃을 정도였지만, 아내는 아픈 남편을 위로하고 격려하며 과거시험 준비를 게을리 하지 않게 하여 한 번도 살림이 곤궁하다는 말을 하지 않았다. 그는 어머니의 유지를 생각하고 아내의 편달에 격려를 받으며 집안일에 신경 쓰지 않고 그저 열심히 경서 공부에 힘을 썼으나 그 무렵 한 가지 이상한 일은 아내가 음식을 먹는 것을 본 적이 없다는 것이었다. 어머니가 돌아가신 후로는 남편과 식사를 해야 했겠지만, 한 번도 그런 적이 없었다. 그가 식사를 함께 하자고 요청할 때는 무슨 일이든지 순종을 하던 아내가 그때만큼은 "아직 배가 고프지 않으니 나중에요." 혹은 "이미 먹었습니다."라고 하며 응하지 않았다.

어느 날 그가 예정된 수학(修學)을 끝내고 여느 때보다 집에 일찍 돌아온 적이 있었다. 그때 아내는 그가 집에 돌아온 줄도 모르고 솥에서 밥을 푸고 있었는데 마지막으로 솥바닥에 붙은 밥알을 정성스럽게 한 알 한 알 떼어서 먹고 있었다. 그에게는 충분한 밥을 주고 한 번도 고충을 털어놓지 않았지만 아내는 겨우 남은 얼마 안 되는 밥을 먹고 있었던 것이다. 그러한 아내의 모습을 보고서 그는 자신도 모르는 사이에 눈물을 뚝뚝 흘렸다. 아내는 문득 남편이 돌아와 눈물을 흘리는 것을 보고는 자신의 행동을 남편이 알게 되었음을 깨달았다. 부부는 말없이 서로 바라보았지만 네 눈에서는 큰 감격의 눈물이 흘러 그칠 줄 몰랐다.

그 후 그는 부모의 유지와 아내의 내조에 감동을 받아 한시도 게을리하지 않고 면학하였고, 그 공이 나타나 얼마 안 있어 장원급제를 하여 임관하게 되었다. 마지막 지위는 반도에서 제일 큰 섬인 제주목사였다. 부부는 부모의 묘 앞에 절을 하며 임관이 되었음을 고하고 흔연히 임지를 향하여 출발했다.

제주도는 화산 한라의 영봉을 둘러싼 신비의 대도(大島)로, 그 넓이는 쓰시마(対馬), 이키(隱岐), 사도(佐渡) 세 섬을 합친 정도나 되며 기후와 풍토가 온화하고 산해진미로 가득한 낙토이다. 젊디젊은 목사가 처음으로 경륜을 펼치기에는 참으로 절호의 지방이었다. 바야흐로 배는 미간에 상쾌한 영기(英氣)와 포부를 빛내고 있는 신임목사와 정숙하고 아름다운 부인과 그들을 호의하는 수많은 부하와 시녀를 태우고 의기양양하게 그 섬에 다가가고 있었다. 때는 바야흐로 초여름으로 붉은 바다 철쭉은 군데군데 섬을 아름답게 채색하였고, 산자락에 방목하는 소떼들이 움직이는 모습까지 보일만큼 좋은 날씨로 산도 들도 맑게 개어, 착임을 환영하는 것 같았다. 그런데 갑자기 하늘이 검게 흐리더니 폭풍우가 일고 섬의 모습이 사라졌다. 마침내 지척을 분간할 수 없게 되었고 회오리바람과 빗속에서 배는 나뭇잎보다 힘없이 어디인 줄도 모르게 흘러가 버렸다. 대자연의 폭위 앞에서는 뱃사공들의 필사적인 노력도 어찌할 도리 없이 사람들은 공포에 질렸고, 배안의 좀 전의 평화경은 번개로 인해 이비규환의 지옥으로 바뀌었다. 배는 마침내 거대한 파도에 휘말려 빙글빙글 돌며 멈출 줄을 몰랐고 마왕은 차차 바다 속 밑바닥으로 긴팔을 뻗쳐 먹이를 잡아들여 죽이려고 했다. 그때 늙은 뱃사공은 공포에 떨며 날카로운 비명을 질렀다.

"해신께서 노하셨다, 해신께서 노하셨어. 빨리 제물을 받치지 않으면 배에 탄 사람 모두가 죽어. 각각 고례에 따라 바다 속에 옷을 던져서 제일 먼저 가라앉는 옷의 주인은 해신이 부르시는 사람이지. 그 사람은 해신의 노여움을 가라앉히기 위해 입수하여 모두를 위기에서 구해야 해."

큰 파도와 바람 사이사이로 드문드문 노 뱃사공의 신음하는 우는 듯한 외침소리가 일동의 귀를 스치고 지나갔다. 그 말을 듣자 곧 제주 목사 부인은 재빨리 윗옷을 벗어 바다 속에 휙 던졌다. 이어서 옆에 있던 사람들도 그것을 보고 앞 다투어 옷을 벗어 던졌다. 보니 제일 처음 던진 부인의 옷은 노도 위에서 꽃처럼 춤을 추면서 순식간에 나선의 소용돌이 속으로 흔적도 없이 사라졌다. 자기 목숨 하나로 남편을 비롯하여 많은 부하와 사공들의 목숨을 구하고자 결심한 부인은 굳은 각오의 빛을 띤 창백한 얼굴에 쓸쓸한 표정을 짓고 남편에게 한마디 하기를,

"어차피 당신을 위해 바친 목숨입니다. 덧없는 세상 어찌 아까워하겠습니까. 서방님 부디 나라를 위해 충성을 다하십시오."

라고 말하는가 싶더니, 호엽처럼 소용돌이치는 노도 속으로 몸을 던져 암흑의 바닷속으로 뛰어들었다. 목사는 치마를 잡으며 입수를 막으려고 했지만, 때는 이미 늦어서 허탈하게 허공을 잡았을 뿐 깜짝 놀라 정신을 잃고 있는 동안 부인은 해신의 제물이 되었다. 그때 목사의 눈앞에서 폭풍우도 노도도 완전히 사라졌다. 목사는 그 순간 몸을 무너뜨리며 실신하여 쓰러졌다. 그리고 잠시 후 늙은 뱃사공의 말대로, 바다는 신기하게도 조용해지고 구름은 흩어져 청천마저 보이기 시작하더니 한라산은 뜻밖에도 저 멀리 아득하게 모습을 드러냈다.

목사의 배는 가장 귀중한 것을 잃고 임지에 닿았다. 운명의 총아는 하루아침에 순식간에 무한 암흑의 지옥으로 떨어졌다. 목사의 마음에는 이제 태양도 없고, 달도 없고, 끝도 없는 어둠으로 뒤덮였다. 무엇보다 그를 양육하는 큰 은혜를 베푼 어머니는 병들어 죽고 또 불의의 사고로 경애하는 아내는 이 세상을 떠났다. 생각해보니 임관도 영달도 무엇을 위한 것이었단 말인가? 설령 부귀를 얻고 현문세가가 된다 한들 이제 누구 한 사람 진심으로 기뻐하고 축하해 줄 사람도 없는 몸이었다. 그저 세상에 남겨진 것이 원망스러웠다. 차라

리 죽는 것이 보다는 훨씬 더 쉬운 것으로 여겨졌다. 젊은 목사의 활기찬 얼굴은 순식간에 십 년 이십 년이나 나이를 들어버렸다.

오랜 세월 동안 심각한 비탄, 고민, 오뇌를 견딘 후 목사는 이미 사람이되 사람이 아니었다. 세상 사람들의 슬픔에도 기쁨에도 즐거움에도 외로움에도 그의 마음은 이제 흔들리지 않았다. 그는 인간의 욕정을 초월하여 갑자기 크게 깨달아 학문의 길로 들어섰다.

물론 이 세상에는 어머니도 없고 아내도 없었다. 현세에 어머니도 아내도 이제 없지만 영계(靈界) 저편에 유명경(幽明境)을 달리한다고는 해도 어머니도 아내도 늘 그와 함께 있었다.

두 여성은 생전에도 갸륵하고 아름답게 주는 것만을 알고 요구할 줄을 모르는 사람들이었지만, 지금은 추억이 되고 환영이 되어 점점 더 성스러운 기품으로 가득 차 있었다. 그리고 두 '영원한 여성'은 늘 그의 곁을 떠나지 않고 생전처럼 그를 격려하고 혹은 위로하며 그의 충성을 지켜보고 있었다. 그에게는 사가 없어져서 공과 사 둘이 하나가 되었고, 망모와 망처에 대한 보은 감사는 국가에 대한 봉공으로 합일되었다.

그는 이 세상에 아무런 야심도 욕망도 없이 그저 국무에 힘쓰는 데 만족하는 것으로 일관하고 있었다.

2.

정승이 긴 이야기를 하는 동안 대궐의 해시계는 달빛으로 시각을 계산했는데 아까부터 그 위에 귀뚜라미 한 마리가 울고 있는 시각이 되었다. 맑디맑은 달빛은 정승의 뒤에서 그 흰 머리와 흰 수염을 비추며 머리를 감쌌고 그것은 성자의 원광을 그리고 있었다. 왕도 신하들도 정승은 이 세상 사람이라는 생각이 들지 않아 숙연히 옷깃을 여미고 예배를 하고 싶은 충동을 느꼈다. 마침내 이야기를 끝내고 신선같이 머리를 둘러싼 달빛을 받으니 그 심원한 눈동자에 월궁전에 사는 항아 같은 청징한 영원의 여성의 환영을 깃들이고 있는지 시선은 저 멀리 영겁의 세계에까지 미치고 있었다.

『조선 및 만주』 제344호 1936. 7.

조선의 전설과 홍수

경서제대 예과 교수
곤도 도키지(近藤時司)

매년 여름이 되면 조선에서는 어디에선가 홍수가 나서 시끄러워지는데 아마 옛날부터 홍수 피해가 상당했던 것 같다. 역사는 그 주된 것에 대한 사실을 기술하는데 그치겠지만, 전설은 그 공포나 신비로움에 대해 우매한 민중에게 어울리는 상상을 덧붙이거나 신기한 일로 부회하여 하나의 설화를 창작하고 입에서 입으로 전파된다. 홍수에 대해 조선에는 고래로 어떤 설화가 전해지고 있었을까? 때가 장마철이니만큼 계속 내리는 장마소리를 들으며 얼마 안 되는 장서에서 홍수에 관한 설화를 골라 보기로 했다.

(1) 홍수와 인간

옛날 조선 어떤 곳에 커다란 계수나무 한 그루가 있었다. 선녀 하나가 늘 그 계수나무 아래에 내려와서 쉬고 있던 중 나무의 정기에 감응하여 옥 같이 잘 생긴 사내아이를 낳았다. 그런데 그 아이가 일곱 살이 되던 해 선녀는 아이를 계수나무 아래 남기고 승천해 버리고 말았다.

그 무렵 갑자기 큰비가 내리기 시작하더니 몇 달이나 계속해서 내렸고, 급기야 대홍수가 나서 예의 그 계수나무도 떠내려가게 되었다. 아이는 두려움에 계수나무 위로 기어 올라갔는데, 아버지인 계수나무는,

"너는 내 자식이다. 나도 지금은 홍수 때문에 쓰러질 지경이지만 만약 내가 쓰러진다면 너는 바로 내 등에 올라 타거라. 그러면 목숨을 건질 수 있을 것이다."

라고 했다. 마침내 폭풍과 함께 거친 물살이 덮쳐 와서 순식간에 지상에 있는 것들을 탁류 속으로 집어삼키고, 그 큰 계수나무도 쓰러트렸다. 아이는 아버지가 가르쳐 준 대로 큰 나무에 올라탔다. 쓰러진 나무는 며칠이고 파도 사이를 떠내려갔다. 어느 날 커다란 개미떼가 떠내려가면서 큰 소리로,

"나무도령님 살려 주세요, 살려 주세요."

라고 외쳤다. 나무도령은, 불쌍히 여겨 아버지인 거목에게,

"아버지 저 개미들을 도와 줘도 되겠지요?"

라고 물었다. 아버지는,

"좋다."

라고 대답했고 도령은 바로 도와주었다. 얼마 후 모기떼가 떠내려오다가 또 살려달라고 부탁했다. 나무도령은 또 아버지의 동의를 얻어 도와주었다. 그러자 또 얼마 안 있어 나무도령과 비슷한 또래의 사내아이가,

"살려 주세요, 살려 주세요."

라고 부탁을 했다. 나무도령은 전과 같이 아버지에게 물어 보았지만 아버지는 뜻밖에도

"도와주면 안 된다."

고 했다. 그러나 나중에 떠내려 온 아이는 자꾸만 살려달라고 해서 나무도령도 가여운 나머지 몇 번이나 아버지를 졸라 도와주었다. 그 아이는 감사의 눈물에 목이 메여하며 나무 위로 기어올라 왔다.

이리하여 두 아이와 개미, 모기를 태운 커다란 계수나무는 흘러 흘러 어느 한 섬에 다다랐다. 개미와 모기는 나무도령에게 몇 번이고 감사의 인사를 하며 어디론가 떠나갔다. 두 아이는 너무 배가 고파 견딜 수가 없어서 인가를 찾아다니다가 얼마 후 집 한 채를 발견했다. 그 집에는 할머니 한 분이 있었고, 할머니는 두 사람을 받아들여 자기 집 하인으로 고용하게 되었다. 할머니의 집에는 딸 둘이 있었는데, 하나는 피를 나눈 친딸이었고 또 하나는 데려다 키운 양딸이었다.

이렇게 해서 긴 장마도 그치고 홍수도 잦아들었다. 하지만 세상에 살던 사람들은 모두 홍수로 죽고 살아남은 것은 할머니 집의 다섯 명뿐이었다. 두 남자아이는 열심히 밭일을 하여 일가가 평화롭게 살아가던 중 세월은 흘러 남자아이들도 그렇고 여자아이들도 그렇고 적당한 나이가 되었다.

박도령은 정직한 미남이 되었고 떠내려 온 아이는 꾀가 많고 약한 못생긴 젊은이가 되었다. 딸들은 할머니의 친딸이 예뻤고 데려다 키운 딸의 미모는 그에 훨씬 못 미쳤다. 할머니는 그들을 두 쌍의 부부로 만들고자 장래가 촉망되는 쪽에게는 친딸을 주고 다른 쪽에게는 데려온 딸을 주려고 했다. 떠내려 온 남자는 할머니의 심중을 알아채고 어느 날 할머니에게,

"저 나무 도령은 대단한 재능이 있어요. 조 한 가마를 모래밭에 뿌려 놓으면 한 나절도 안 되어 모래 한 알 섞이지 않게 원래대로 가마니에 조를 주워 담을 거예요. 그 일을 쉽게 하지는 않겠지만 할머니의 명령이라면 반드시 할 거예요. 한번 그 일을 시켜 보세요."

라고 거짓말을 했다. 그는 나무도령의 신용에 흠집을 내어 자기가 할머니의 친딸에게 장가를 가려는 속셈이었다. 할머니는 그의 말을 믿고 재빨리 나무도령에게 좁쌀을 주워 담는 비책의 기술을 보여 달라고 명했다. 나무도령은 전혀 알지 못하는 일이었기 때문에 재삼 거절했지만 할머니는 매우 화를 내며,

"네가 나를 우습게 보는구나. 오랫동안 보살펴 준 은혜를 잊었느냐. 자 어서 이 좁쌀을 깨끗이 골라 가마니에 담아 보거라."

라고 불호령을 쳤다. 나무도령은 할 수 없이 모래밭에 흩뿌린 좁쌀을 바라보며 한숨을 쉬고 있었다. 그런데 바로 그때 그의 다리를 콕 깨무는 것이 있었다. 보니 커다란 개미 한 마리였다.

"저는 예전 홍수 때 당신에게 목숨을 건진 개미입니다. 당신은 지금 뭔가 걱정거리가 있는 것 같은데 무슨 일인지 말씀해 주세요. 저희들이 할 수 있는 일이라면 무슨 일이든지 할게요."

라고 큰 개미가 말을 했다. 나무도령은 지금 무슨 걱정을 하고 있는지 이야기했다. 개미는 "그런 일이라면 문제없어요."

라는 말을 남기고 어디론가 사라졌다. 얼마 후 셀 수 없을 만큼 많은 개미가 와서 한 마리가 좁쌀 한 톨씩을 물어다가 가마니에 담았다. 그러자 순식간에 좁쌀 한 가마가 되었다. 얼마 후 그곳으로 나와 본 할머니는 상황을 보고 깜짝 놀라는 한편 기뻐하기도 했다. 떠내려 온

청년은 너무나 뜻밖의 일에 깜짝 놀랐지만, 곧 선수를 쳐서 할머니의 친딸을 자신의 색시로 삼고 싶다고 청했다. 그러자 할머니는,

"너희 두 사람은 모두 내 친자식처럼 귀하다. 그러니 누구에게 친 딸을 주고 누구에게 데려다 키운 딸을 줄 수가 없다. 그래서 지금 생각한 것인데 오늘은 마침 달이 없는 그믐이다. 오늘밤 내가 두 딸을 동쪽방과 서쪽방에 각각 있게 할 것이다. 그 동안 너희들은 밖으로 나가 절대로 보지 말거라. 그리고 내가 들어가도 좋다고 할 때 각각 들어가고 싶은 방으로 들어가면 된다. 그리고 만난 두 사람이 부부가 되는 것이다. 불만 없겠지?"

라고 했다. 두 청년은 저녁을 먹은 후 함께 문밖으로 나갔다. 때는 마침 여름이었다. 나무도령이 어느 방으로 들어갈까 하고 생각하고 있는데, 커다란 모기 한 마리가 귓가에 날아와서, "나무도령님, 예쁜 딸은 동쪽 방이예요, 엥엥."

라고 가르쳐주었다. 그 이야기를 듣고 나무도령은 동쪽방으로 들어가 미인 딸을 아내로 맞이할 수가 있었다. 그리하여 그 두 쌍의 부부에 의해 인간의 종은 계속 이어지게 되었다. 그들이 바로 오늘날 인류의 조상이라 한다(대구 박 군의 보고를 비롯하여 두세 명에게 이 전설을 들었는데, 손진태 씨 저『조선민담집』에 게재된 것이 가장 좋아서 그것을 따랐다).

(2) 수류산(水流山)

옛날 큰비가 내릴 때 하늘에서 아홉 마리의 용이 내려와 영원군

(寧遠郡) 서쪽에 있는 산을 잘라 물에 떠내려 보냈다. 그러자 그 산은 덕천군(德川郡) 읍내까지 떠내려갔다. 영원 사람들은 '이 산은 우리들의 산이다.'라고 하며 매년 세금을 받으러 왔다. 덕천에서도 '실제 홍수로 떠내려 온 산이니까 어쩔 수 없다.'라고 하며, 별 불만 없이 세금을 냈다.

어느 날 매우 영리한 열세 살짜리 소년이 군수가 되었다. 그때 또 영원에서 세금을 받으러 왔다. 덕천의 관리들은 당시까지의 관례를 이야기하며 세금을 내려 했다. 그러자 젊은 군수는,

"그럴 수는 없다. 올해부터 세금을 이쪽에서 받아야 한다. 그 뜻을 영원군수에게 말하거라."

라고 하여, 관리들은 그대로 말을 전했다. 그러자 영원군수는 크게 화를 내며 자신이 직접 찾아와서 덕천군 관아에 대고 소리를 질렀다.

"지금까지 해마다 세금을 냈으면서 올해부터 내지 않겠다니 그럴 수는 없다."

소년군수는 태연한 표정으로,

"아니 그렇지 않소, 이 산은 당신 군의 산으로 우리 군으로 떠내려 와서 손님이 되었으니 식대를 내는 것이 당연하오. 만약 식대를 낼 수 없으면 우리 군에 둘 수 없소. 당장 데려 가시오. 또한 듣자하니 지금까지 해마다 이쪽에서 세금을 내고 있었다는데 그것은 당치도 않은 잘못된 일이오. 만약 그것이 사실이라면 햇수를 계산하여 지불한 돈 전부에 이자를 붙여서 돌려 줘야 할 것이오."

라고 반박했다. 그 일이 있고나서는 영원에서 세금을 받으러 오지 않게 되었다.

(3) 기우(祈雨) 연못

평안도 개천군(价川郡) 북원면(北院面)에 둘레 2정(町)정도 되는 연못이 있었는데, 옛날부터 기우 연못으로 공포와 숭경의 대상이 되어 아무도 그 물에는 손도 대지 못 했다. 그래서인지 잉어나 붕어 기타 수많은 어류가 서식하고 있었지만, 물론 거기에도 아무도 손을 대지 않았다. 그런네 어느 해 성격이 난폭한 무사가 다른 사람들이 말리는데도 불구하고 그 신비로운 연못의 붕어와 잉어를 잡으려고 몇 명의 부하를 데리고 가서,

"자 이제 그물을 한 번 쳐 볼까."

하려 했다. 그 순간 신기하게도 그때까지 맑기만 했던 하늘이 갑자기 시커멓게 흐려지더니 일진의 폭풍우가 불어오고 차축을 뒤흔들 만큼 비가 퍼부었다.

무사들은 도리 없이 귀로에 올랐으나 도중에 제방이 무너져 홍수가 나는 바람에 간신히 집으로 도망을 쳤다. 마침내 홍수는 멈추었지만 부근 사람들로부터 비웃음을 산 무사는 마음이 진정이 되지 않았다.

"대체 그까짓 게 뭐가 무서워. 어리석은 민중들의 속설 따위가. 이대로 물러서면 우리 이름이 아깝지."

라고 힘을 주며 다시 신비의 연못으로 갔다. 일동은 각자 역할을 나누어 일을 하려고 했다. 그러자 다시 아까처럼 그때까지 맑았던 하늘이 갑자기 흐려지더니 뇌우가 심하여 도저히 연못으로 다가갈 수가 없었다. 일동 역시 일종의 공포를 느끼며 물이 넘쳐 빠질 지경

이라 얼마 후 집으로 돌아갔다. 하지만 모두 병이 들어 오랜 동안 병상에 누워 있어야 했다고 한다(평양 이군의 이야기).

(4) 보은과 배은

옛날 대동강에 큰 홍수가 나서 연안의 집이나 수목, 사람들, 짐승이 모두 떠내려가는 큰 소동이 벌어졌다. 이때 평양에 자비심 깊은 할아버지가 있어서 작은 배를 저어 떠내려가는 사람들이나 짐승을 구하러 갔다. 노인은 먼저 거의 물에 빠져 죽을 지경이 되어 떠내려오는 노루 한 마리를 배워 태웠다. 다음으로는 뱀을 한 마리 태웠다. 그 다음에는 소년 하나가 나무 조각을 잡고 떠내려 오는 것을 바로 구해 주었다. 그리고 배를 어느 섬에 대고 노루와 뱀을 내려 주었다. 그리고 소년에게,

"너는 어디서 왔니? 뭘 하고 있었니?"

라고 물었다. 소년은,

"저는 부모, 형제, 친척 모두 홍수로 죽어서 아무데도 갈 데가 없어요. 이렇게 구조되기보다는 저 물에 빠져 죽는 것이 더 나았을 거예요."

라고 하며 조금도 감사하는 기색이 없었다. 그러나 노인은 특별히 신경도 쓰지 않고 오히려 딱하게 여겼다. 그리고 자신에게 자식이 없으니 양자로 삼으려고 자기 집으로 데려가 키웠다. 홍수가 잦아들고 나서 1년 정도 지난 무렵, 어느 날 노루가 찾아와서 노인의 소매를 물어 당기며 산 속 바위 아래로 데려갔다. 그곳에는 뜻밖에도 금

은보화가 가득 들어 있는 항아리가 묻혀 있었다. 노인은 노루의 호의를 기뻐하며 그것을 가지고 돌아와 큰 부자가 되었다. 양자는 저절로 부자의 자식이 되었고 사람들도 귀하게 대하게 되었다. 그러자 자만심이 생겨 돈을 물 쓰 듯 쓰기 시작했고 노인이 하는 말은 귓전으로도 듣지 않았다. 급기야는 그때까지 키워준 큰 은혜를 잊고 노인의 재물을 모두 횡령하려는 생각으로,

"저의 양아버지는 전에 나쁜 짓을 하고 다른 사람의 돈을 훔쳐 부자가 되었으니 잡아 가세요."

라고 관리에게 밀고를 했다. 관리는 당장 노인을 포박하여 심문하였다. 그러나 노인은 누구에게서 받은 것이라고는 대답만 했고, 관리는 그것을 의심스럽게 여겨 옥에 가두었다. 그런데 어느 날 밤 갑자기 커다란 뱀이 나타나서 노인의 팔을 물고 그대로 사라졌다. 노인의 팔은 독 때문에 부어올라 고통을 견디지 못 하고 자신의 불행한 처지를 몹시 탄식하고 있었다. 얼마 안 있어 다시 그 큰 뱀이 풀을 물어다가 물린 상처에 발라 주고 나머지 풀은 그곳에 두고 갔다. 그러자 통증도 사라지고 상처도 바로 나았다.

다음 날 옥지기들이 크게 야단을 떨길래 그 연유를 묻자,

"군수의 어머니가 큰 뱀에게 물려 통증이 심해서 어떤 약도 듣지 않으니 아마 가망이 없을 것이다. 그래서 군수도 크게 걱정을 하고 있다."

라고 했다. 노인은,

"그러면 나를 물은 뱀일 것이다. 지금 생각하니 홍수 때 구해 준 뱀인 것 같다."

라고 혼잣말을 하고는 바로 옥지기를 불러,

"이 풀을 바르면 독이 나을 테니 군수님께 갖다 드리시오."

라고 뱀이 남기고 간 풀을 건넸다. 군수 어머니의 상처는 신기하게도 말끔히 나았다. 군수는 노인을 어머니의 생명의 은인이라며 고마워했고, 즉시 노인의 죄를 다시 조사하게 했다. 그러자 참으로 정직하고 자비심도 있다는 사실이 밝혀져서 많은 상을 받았다. 양자는 무고죄로 옥에 갇히게 되었다.

이상의 설화가 우선 비교적 홍수와 관계가 깊은 것들이다. 그리고 홍수와 인류의 조상에 대한 이야기는 앞에 기록한 '1' 외에 두세 개 더 있지만 모두 대동소이하다. 그 외에도 홍수가 설화구성의 한 요소를 이루고 있는 것은 상당히 많아서, 예를 들면 금강산 「오십삼 불(佛) 도래전설」에서도 오십삼 불이 구룡과 싸울 때 갑자기 큰비가 내려 사방에 홍수가 나서 화룡의 불을 끌 수 있었다고 하고 있으며, 「내금강삼불암 애화」에는 금동거사의 세 아이가 입수했을 때 갑자기 큰비가 내려 계곡의 물이 범람했다는 이야기가 있다. 또한 사물의 내력을 이야기한 동화에서는 청개구리가 우는 이유를 설명하고 있는데, 청개구리는 엄마가 하는 말을 너무 안 들어서 엄마가 왼쪽으로 가라 하면 오른쪽으로 가고, 산으로 가라 하면 강으로 가고 하는 식이었다. 이처럼 늘 엄마가 하는 말의 반대로만 해서 엄마는 죽은 후의 무덤이 걱정이 되었다. 그래서 물가에 묻으라고 하면 산에 묻어 줄 것이라 생각하고 물가에 묻어 달라고 유언을 했다. 그런데 청개구리는 그 말만 제대로 들어 엄마가 죽자 엄마를 물가에 묻었다. 그리고는 비가 내리면 홍수가 나서 엄마의 무덤이 떠내려갈 것이 걱정이 되어 우는 것이라 한다. 물론 설화 속 한 이변으로 '그때 갑자기 하늘이 온통 흐려지더니 차축을 뒤흔들 만큼 큰비가 내리고...'라는 식의 표현은 무수히 나오는데, 홍수가 나서 그것이 설화의 중요성분을 이루는 일은 눈에 띄지 않는다. 이에 좀 이상한 것은 내지에 간혹 보이는 치수에 관한 전설이 보이지 않는다는 점이다. 평양의 「청류벽전설」에는, 용궁에서 돌아온 벽(薛) 청년이 요망한 말을 하자 관찰사가 탐탁지 않게 여겨 옥에 가두었을 때 갑자기 뇌우가 일더니 홍수가 나서 청류벽에는 병풍 같은 암벽이 생겼고, 이후 대동강 물은 아무리 큰비가 내려도 평양시내로 범람하는 일이 없어졌다, 그리하여 주민들은 벽 씨의 덕을 기려 그 부근을 벽암리(薛岩里)라고 부르게 되었다는 대목이 있다. 하지만 전체적으로는 우라시마형(浦島型) 설화1)에 청류벽의 유래를 첨가했을 뿐 치수전설의 체계를 갖추고 있지는 않다. 아마 조선인들은 옛날부터 홍수로 인하여 상당히 고생을 했음에도 불구하고 그것을 천재라고 체념하고 치수에 관해서는 적극적 노력을 기울인 사람이 매우 적었음을 나타내고 있는 게 아닌가 한다.

물론 이 소고는 극히 단시일 동안 서둘러서 쓴 것이기 때문에 『삼국유사』, 『동경잡기(東京雜記)』,2) 『주영편(晝永編)』,3) 『오백년기담』,

---

1) 어부 우라시마 다로(浦島太郎)가 거북이의 안내로 용궁에 갔다가 행복한 생활을 하다가 다시 환속하는 우라시마 설화와 같이, 이계에 갔다가 다시 현실계로 돌아오는 내용의 설화를 아우르는 말.
2) 1845년(헌종 11) 성원묵(成原默)이 증보하여 중간(重刊)한 경주의 지지(地誌).
3) 조선 후기의 학자 정동유(鄭東愈)가 천문·역상(曆象)·풍속·제도·언어·문학·풍습·

『어우야담』,『파수록(罷睡錄)』,4)『조선야담집』,『조선민담집』,『전설의 조선』,『온돌야화』,『조선의 기담과 전설』,『동국여지승람』에서 전설을 발췌한 나의 기록, 1926년 총독부가 각도에 위탁하여 수집한 향토 사료의 전설 필사본을 대충 통람했을 뿐,『파한집(破閑集)』,5)『보한집(補閑集)』,6)『익제집(益齊集)』,7)『지봉유설』,『패언(稗言)』,8)『해동야서(海東野書)』9) 등의 인용서는 읽지 않았다. 다만 나는 내 전문 외의 취미로서 조선의 전설에 흥미를 가지고 있기 때문에 이 지면을 이용하여 금후 제언(諸彦)의 교시를 바라며 붓을 놓는다.

『조선 및 만주』제345호, 1936. 8.

물산(物産) 등 여러 분야에 걸쳐 고증 비판을 가하면서 적은 만필집(漫筆集).
4) 조선시대 필사 연대 미상의 야담, 속어, 소화(笑話), 음담(淫談) 및 재담(才談)을 기록한 수필집.
5) 고려 명종 때 사람 이인로(李仁老, 1152~1220)의 설화 문학집. 우리나라 최초의 시화집. 명유(名儒)들의 시문이 인멸(湮滅)된 것을 개탄하여 시화, 문담(文談), 기사(紀事)와 자기 작품을 수록함.
6) 고려 중기의 문인인 최자(崔滋)가 1254 지은 책. 이인로의『파한집』을 보유(補遺)한다는 입장에서 지은 일종의 시화집으로, 거리에 떠도는 이야기. 사실(史實), 취미, 기녀(妓女), 부도(浮屠 : 부처), 부녀자들의 이야기 등이 수록.
7) 고려 후기 문신 이제현이 지은 책.
8) 『패언서옥설(稗言鼠獄說)』을 일컫는 듯. 한문 필사본 1책으로, 총 20장으로 되어 있으며 표제는 '稗言'으로 되어 있다. 의인화 수법으로 지은 송사형 우화소설 내지 동물우언소설의 일종.
9) 조선 후기에 편찬된 편자 미상의 야담집. 1864년 필사.

호랑이에 관한 조선의 전설

이마무라 라엔(今村螺炎)

조선은 호랑이의 본고장인 만큼 호랑이에 관한 전설이 매우 많다. 그중 재미있는 것을 몇 가지 골라 독자에게 참고로 제공하고자 한다.

(1) 호랑이와 결혼한 이야기

신라 민중들 사이에는 음력 2월 남녀가 흥륜사(興輪寺)의 탑을 도는 풍습이 있었다.

원성왕(元聖王) 때에 김현(金現)이라는 남자가 심야에 그 탑을 돌다가 역시 같은 탑을 도는 젊은 미인을 만났다. '눈은 입만큼이나 말을 하는 법'으로 순식간에 정의(情意) 투합하여,

"저희 집으로 가시겠습니까?"

라고 하여 그 여자를 따라 어느 깊은 산속에 있는 집으로 갔다.

그 집에는 노파 한 명이 집을 지키고 있었다.

"어서 돌아오너라."

라고 하며 그대로 두 사람을 집안으로 안내했다. 그런데 원래 그 여자는 호랑이가 둔갑한 것이었다. 노파 역시 호랑이가 둔갑한 것이었다.

얼마 안 있어 여자의 오빠인 큰 호랑이 두 마리가 밖에서 돌아오

더니 왠지 사람냄새가 난다고 하기 시작했다. 노파는 야단을 치며 그런 일은 없다고 쫓아버렸다.

헤어질 때가 되자 여자가 말하기를, 실은 저는 호랑이입니다, 당신과 인연이 있어서 이렇게 맺어진 것은 제게는 참으로 복입니다, 그런데 제 수명은 얼마 남지 않았습니다, 제 목숨이 다했을 때에는 당신이 저를 잡아서 공을 세우십시오라고 하였다.

그 후 며칠 지나 국왕이 호랑이 사냥을 하는데, 커다란 호랑이 한 마리가 나타났지만 아무도 그것을 잡을 수가 없었다. 그리하여 용사를 모집하게 되었고 김현은 그 모집에 따라 호랑이를 쫓아 숲으로 들어가기는 했지만 일단 부부의 연을 맺은 사이이고 보니 차마 죽이지 못하고 망설이고 있었다. 그러자 호랑이는 스스로 목을 쳐서 죽어 버렸다.

김현은 눈물을 흘리며 호랑이 사체를 메고 가서 임금에게 바쳐 공을 세웠다. 그것으로 출세를 하여 결국은 대관까지 되었다.

그리하여 김현은 여자를 기리기 위해 절을 하나 짓고 그 이름을 호원사(虎願寺)라고 붙였다. 이는『삼국유사』에 나오는 이야기이다.

(2) 산신인 과부 호랑이의 눈에 들어 잡혀간 이야기

성골(聖骨) 장군이라는 사람은 백두산쪽에서 부소산(扶蘇山)으로 와서 그곳에 거처를 정했는데 살림은 상당히 부유했다.

어느 날 같은 동네 사람 아홉 명과 함께 평나산(平那山)으로 매사냥을 나갔는데 날이 저물어 일동과 함께 어느 동굴에 들어가 자기로 했다.

한밤중이 되자 큰 호랑이 한 마리가 나타나서 동굴을 향해 포효하니, 모두가 의논하기를 호랑이가 누군가 한 사람을 잡아먹고 싶어하는 것이니 한 사람만 호랑이 먹이가 되면 나머지 아홉 명은 살 수 있을 것이라고 이야기가 되었다. 그리고 각자 갓을 벗어 동굴 밖으로 던져 호랑이가 문 갓의 주인이 희생양이 되자고 하였다.

그렇게 실행을 하자 호랑이는 성골장군의 갓을 물었다. 이는 천명이라며 불운을 체념한 성골장군은 스스로 굴 밖으로 나갔다. 그러자 그 순간 천지가 무너질 듯한 큰 울림과 동시에 굴 쪽 산허리가 무너져 내려 아홉 명은 모두 압사해 버렸다.

한편 호랑이는 성골장군을 납치해 가서 이르기를,

"나는 이곳의 산신이다. 일찍이 과부가 된 이래 오랫동안 배우자를 찾고 있었다."

라고 하여 장군과 부부가 되었다.

그 후 성골장군은 가끔씩 집으로 돌아왔고, 꿈에 아내와 회합하여 사람의 자식을 낳게 하였다. 마을사람들은 그 장소에 사당을 지어 산신을 모셨고 아울러 성골장군도 모시고는 호경(虎景)장군이라 불렀다. 이것이 고려태조 6대에 해당하는 사람이다. 이 이야기는『고려사』에 의한 것이다.

(3) 호왕에게 명령하여 호랑이를 조선에서 쫓아낸 이야기

고려시대에는 호해(虎害)가 심하여 인축이 피해를 입는 일이 허다

했고 국왕은 이를 크게 걱정했다.

그런데 강시중(姜侍中)이라는 자가,

"제가 호왕에게 명령하여 물러가게 하겠습니다."

라고 하여 즉시 호랑이 대장을 대궐로 불러오게 되었다.

대체 호랑이 대장이란 무엇인가 하고 호기심이 가득하여 기다리고 있자나 초라한 중 모습을 한 사람 하나가 들어왔다. 국왕은 그것을 보고 좀 의외라고 생각하여 저 자가 호랑이왕인가 하고 물어보니, 그렇다고 대답했다. 그리고 강시중이 그 초라한 중에게,

"호랑이가 되어라!"

라고 소리를 지르자 순식간에 구름을 부르고 바람을 일으키며 맹호가 되어 대궐이 떠나갈 듯 포효하였다. 그것을 보고 임금도 잔뜩 겁이 났다.

마침내 시중이 '이제 됐다, 됐어.'라는 손짓을 하자 원래 모습으로 돌아왔다. 강시중은 다시,

"너희 호랑이들은 인축을 해치는 일이 많아 실로 괘씸하다. 어서 조선을 떠나거라!"

라고 엄명을 내렸다. 그러자 호랑이가 말하기를,

"알겠사옵니다. 이삼 일 안으로 모두 떠나겠습니다. 다만 한 가지 소원이 있습니다. 지금 마침 임신 중인 호랑이 한 마리가 있어서 그러니 그 호랑이만큼은 부디 유예를 해 주십시오."

라고 하는 것이었다.

그 정도라면 좋다.라고 하여, 사오 일 지나 호랑이라는 호랑이는 모두 압록강을 건너 중국 방면으로 떠나게 했다.

따라서 그 다음 날부터 호해는 뚝 끊겼다.

하지만 그 후 단 한 마리 임신한 호랑이가 남아 있었기 때문에 그 자손이 다시 번식하기 시작하여 호해는 원래대로 되어 버렸다. 이하는 민간전승 혹은 야사에 의거한 것이다.

(4) 군수가 호랑이를 견디고 복을 받은 이야기

강원도 모군의 주산(主山)에 성황당이 있어 산신을 모시고 있었다. 그 군에 부임한 군수는 착임 초에 그 산에 올라가 정성들여 산신에게 제사를 지내지 않으면 군을 다스릴 수 없다는 이야기를 들었다.

어느 날 신임군수가 예의 기원을 들였지만, 정성이 부족했는지 그 다음날부터 호랑이가 자주 출몰하여 마을의 인축에게 큰 피해를 입혔다.

군수는 크게 노하여 인부를 징발하여 그것을 잡아 없애려 하다가 부하 서기의 충고에 따라 다시 목욕재계하고 이번에는 진심으로 산신에게 기도를 했다.

그러자 그날 밤 꿈에 맹호가 나타나 왼발을 물었다. 점쟁이에게 물으니 그것은 매우 상서로운 꿈이라고 하였다.

그리고 한 달도 되지 않아 경성에서 승진기별이 왔다. 집에서는 아들이 태어났다. 또한 관내 치적이 눈에 띄게 쌓여 곧 선정비가 세워지는 행운이 잇따랐다고 한다.

(5) 덕이 높은 유자 호해를 예지하다

서경덕이라는 사람은 일명 화담선생이라고도 하며 조선시대 중기 유, 불, 선에 통달한 덕망 높은 대학자다.

개성의 유명한 기생이 온갖 수단을 다하여 유혹하려 했지만 도심(道心)이 견고하여 도저히 목적을 달성하지 못했다는 이야기로도 유명하다.

어느 날 선생이 선비들을 불러 모아 강연을 하던 중 갑자기 노승 한 명이 들어와 절을 한 번 하고 떠났다. 선생은 제자에게,

"저것은 모산의 신호(神虎)로, 오늘밤 모촌 모리에 혼례가 있는데 그 신부를 잡아먹으려고 내게 고하러 온 것이다. 팔자소관이기는 하지만 참으로 딱한 일이다."

라고 하였다.

그러자 선비 중 한 사람이 어떻게 신부를 구할 방법이 없습니까 라고 물으니, 방법이 없는 것은 아니지만 보통 사람은 도저히 할 수 없는 일이다, 어떠한 위험이 닥쳐도 굴하지 않고 겁먹지 않고 법화경 한 권을 다 외울 수 없다면 구할 방법이 없다고 하는 것이었다.

서생은 그 정도의 일이라면 제가 실행하겠습니다라고 하며 그 일을 받아들였다. 그리고 선생으로부터 법화경 한 권을 빌리고는 준마를 달려 십여 리 떨어진 그 집으로 갔다.

그런데 그 집에는 마침 딸을 위해 화촉을 밝히려고 준비가 한창이었다. 서생은 사건의 전말을 주인에게 고했지만, 처음에는 미친 사람이 하는 헛소리라 생각하여 듣지를 않았다. 그러나 너무 간곡히

설득을 하니 결국은 반신반의하며 그가 하는 대로 맡겨두기로 했다.

서생은 그 여자에게 방에 들어가 문을 꼭 잠그고 있으라 하고 밤이 되자 법화경 한 권을 암송하기 시작했다. 마침내 큰 호랑이 한 마리가 방 밖에 나타났고 포효소리는 온 산이 떠나갈 듯하여 온 집안사람들은 정신이 나갈 정도였다.

그러는 사이 딸은 소변이 마려워 방 밖으로 나가려 했다. 서생은 그것을 억지로 말리고는 용맹하게도 일사불란하게 법화경을 소리 높여 암송했다.

이윽고 날이 밝을 무렵이 되고 법화경을 다 암송하자 맹호도 어디론가 사라져 버렸다. 그리하여 서생은 서둘러 돌아가서 선생에게 일의 자초지종을 보고하고 딸의 무사함을 알렸다. 그러자 선생이 이르기를,

"너는 경을 외우는 중 세 번 잘못 읽었고 그때 호랑이가 장지문을 세 번 물어뜯었을 것이다."

라고 했다.

참으로 천리안을 갖고 있는 것 같았는데 확인해 보니 과연 그와 같았다.

(6) 호해로 죽어 자손이 번영한 이야기

옛날 어떤 곳에 삼형제가 살고 있었다.

그중 가장 막내 동생이 지관에게 부모의 묫자리를 물어 보니 모 장소에 가장 좋은 산지가 있는데 그곳에 부모를 장사하면 자손이

번영할 것이 틀림없지만, 삼형제 모두 호랑이의 해를 벗어나지 못할 것이라고 하였다.

형 둘은 반대를 했지만, 막내 동생은 그깟 호랑이에게 물려죽겠냐 하며 그 장소에 장사를 지냈다. 그런데 지관이 예언한 대로 초우제 (初虞祭) 밤에 큰 형이 호랑이에게 잡아먹혔고 재우제(再虞祭) 밤에 둘째 형이 호랑이에게 잡아먹혔다. 삼우제(三虞祭) 밤, 이번에 막내는 맹호가 습격할 것을 두려워하여 다른 곳으로 숨었다.

마침내 날이 밝았다. 그때 막내가 숨어 있던 아래쪽 장소에 큰 집이 있었는데 묘령의 부인이 알몸 상태가 되어 밖으로 볼일을 보러 나왔다. 그 곡선미를 본 막내는 마치 선녀와 같아 자꾸만 마음이 동하여 참지 못하고 담을 넘어 돌입하여 육탄전을 벌였다. 여자는 감히 거부하지 못하고 함께 내방으로 들어갔다.

그러는 사이 날이 완전히 밝아서 막내 동생은 낮에는 괜찮겠지 하고 자택으로 돌아가는 도중 다시 그도 호랑이에게 잡아먹혀 덧없는 최후를 맞이하였다.

그러나 그 미인은 마침내 임신을 하여 아들 하나를 낳았고 그 아들이 장성하여 크게 출세하여 정승이 되었고 자손은 번영하여 모두 높은 지위에 올라 일족이 번영하였다.

(7) 호랑이 때문에 두 미인을 처첩으로 둔 사람

정주(定州) 황주서(黃注書)에게 자식이 한 명 있었는데, 김이라는 사람의 딸과 결혼 약속을 하고 혼수까지 서로 주고받았지만, 조사를 해보니 찜찜한 소문도 있고 하여 약혼을 파기하고 다시 이 모라는 사람의 딸과 결혼을 하기로 약속했다.

그리하여 마침내 식을 올리게 되었고 그 당일 신행을 하여 바야흐로 삼삼구배의 잔을 마시려는 순간 갑자기 복통이 오고 변의가 생겨 측간에 갔다. 그러자 어둠 속에서 한 마리 커다란 맹호가 나타나 그 남자의 목을 물고 나는 듯이 어디론가 사라졌다.

그 동안 본인은 인사불성이 되었는데 이윽고 정신이 들어 주위를 살펴보니, 어디에 있는 누구의 집인지 모르지만 온돌 방 안에서 한 노파가 간호를 하고 있었다. 노인에게 당신은 누구냐는 질문을 받고, 아직 목에 호랑이의 침이 잔뜩 묻어 있는 황은 일의 자초지종을 모두 이야기했다.

그런데 이게 웬일인가? 그 집은 바로 얼마 전 혼약을 파기한 김가의 집이었다. 그래서 김노인은 딸이 남자를 사모하기도 하고 한 번 약속을 한 일도 있는 까닭에 그 자리에서 혼례를 치르게 하였다.

그 이야기를 들은 이 씨 집에서는 몹시 불쾌하여 마침내 관에 고소를 하였다. 관의 재판에서, 호랑이는 신물이니 이는 신의 중매라 할 수 있다, 그러니 김 씨의 딸은 정처로 삼고 이 씨의 딸은 측실로 삼으라, 했다. 그리하여 일은 원만하게 수습이 되었다.

(8) 가난한 선비가 우연히 호랑이를 잡아 위기를 모면한 이야기

옛날 어떤 곳에 박생이라는 가난한 양반이 있었는데 너무 가난하여 차라리 살아서 치욕을 당하느니 죽는 게 낫다고 생각했지만, 그렇다고 해서 자살할 용기도 없어 어쩔 수 없이 깊은 산속에 들어가 호랑이에게라도 잡아먹히려는 각오를 하고 바위 위에 정좌를 하고 앉아 있었다.

이윽고 커다란 맹호 한 마리가 엄청난 기세로 사납게 돌을 가르고 수목을 흔들며 달려왔다. 하지만 계곡 건너에 있는 박생을 보고 덮치려고 뛰어오르는 순간 어찌된 셈인지 나뭇가지 사이에 끼여 버렸다. 그곳에서 벗어나려고 발버둥 치면 칠수록 점점 더 몸을 가누기 힘들어졌고 도저히 어떻게 해 볼 도리가 없을 때 또 한 마리의 호랑이가 나타났다.

호랑이인가 생각하고 자세히 보니 그것은 호랑이의 가죽을 쓴 사냥꾼이었고 박생을 보더니,

"당신의 용기에 참으로 놀랐소. 이 맹호를 나뭇가지 사이에 잘도 던져 걸쳐 놓았구려!"

라고 감탄하며,

"부디 이 호랑이를 내게 주시지 않겠소?"

라고 했다. 박생이 허락을 하자 순식간에 그 호랑이를 죽였다.

그리고 밤중에 이런 곳에 있으면 어찌하냐며, 참으로 누추하지만 우리 집으로 갑시다라고 하고는 박생을 데리고 돌아가서 대접을 잘 하고 호랑이를 준 대신 온갖 것을 주었다.

이리하여 박생은 죽지 않고 경성으로 돌아와서 2, 3년 동안 잘 살았지만, 역시 살림은 도로아미타불로 다시 가난해져서 어쩔 수 없이 생각한 일이 추노 일이었다(추노란 조상대에 노비였던 자가 멀리 떨어진 다른 마을에 가서 노비의 신분을 벗어나 농사를 지으며 일족

이 번영을 이루고 살고 있는 곳에, 그 조상의 노비문서를 가지고 가서 너희들은 원래 우리집 노비였다고 하며 반협박으로 금전을 강제로 빼앗는 일을 말한다. 이러한 행위는 양반들 사이에서는 별로 좋은 일이 아니었지만, 가난한 양반은 할 수 없이 그런 짓을 했는데 개중에는 이런 저런 사정으로 왕왕 살해를 당하는 자도 있었다. 그러나 수치스러워서 신고도 하지 못했다).

박생이 목적지에 가보니 뜻밖에도 일족은 상당히 부유하게 살고 있었다. 그래서 증서를 들이밀자, 표면적으로는 매우 대우를 잘 해주며 각각 금품을 징집하여 상당히 큰 액수를 만들어 주면서 이르기를,

"모처럼 여기까지 오셨으니 경치가 좋은 곳을 한 군데 구경하시지요."

라고 권유했다.

실은 일동이 몰래 박생을 죽이기로 모의를 한 것이었다. 좋은 기회였기에 그 일족 중에서 기골이 장대하고 보기에도 사나워 보이는 남자가 몽둥이를 휘두르며 나타났다. 그런데 박생의 얼굴을 보자마자,

"아니 나으리셨군요, 아이구 이것 참."

하며 일동을 제지하며 이르기를,

"이 양반은 굉장히 힘이 센 분으로 예전에는 호랑이를 내던졌을 정도라네. 우리 같은 것들 네다섯 명이 도저히 감당할 수 없네."

라고 그저 빌고 빌며 이번에는 진심으로 대접을 잘 하고는 많은 선물을 주어 돌려보냈다. 그 남자가 예전의 그 사냥꾼이었던 것은 말할 필요도 없을 것이다.

『조선 및 만주』 제362호, 1938. 1.

조선의 날개옷 전설

동화연구연맹
복파성삼(卜波省三)

옛날 어떤 젊은 나무꾼이 있었는데, 어느 날 금강산에 가서 도끼로 쿵쿵 나무를 찍고 있었다. 그곳에 어디서에인가 사냥꾼에게 쫓기는 노루가 달려와서 도와달라고 하자 나무꾼은 불쌍히 여겨 도와주었다. 노루는 그 은혜를 크게 고마워하며 이르기를,

"덕분에 죽을 뻔한 목숨을 건질 수 있었습니다. 보답으로 나무꾼님께 가르쳐 드릴 것이 있습니다. 금강산 정상에는 아무도 모르는 영지(靈地)가 있습니다. 가끔 선녀들이 내려와 목욕을 하고 화장을 합니다. 당신은 그곳에 가서 선녀가 벗어 놓은 날개옷 하나를 가져다가 감춰 두세요. 그러면 선녀는 하늘나라로 돌아갈 수가 없어서 결국 당신이 원하는 대로 당신의 아내가 되어 함께 행복하게 살 수 있을 것입니다. 하지만 아이를 셋 낳기 전까지는 절대로 날개옷을 내어주어서는 안 됩니다. 명심하세요."

라고 하며 그 장소를 자세히 가르쳐 주었다.

나무꾼은 매우 기뻐하며 다음날 가르쳐 준 장소에 가 보았다. 과연 아름다운 세 선녀가 영지에 내려와 날개옷을 벗어서 나뭇가지에 걸어 놓고, 인간이 있으리라고는 꿈에도 생각하지 못하고 눈처럼 아

름다운 피부를 유감없이 물에 담그고 즐겁게 몸을 씻고 물을 거울 삼아 열심히 화장을 하고 있었다.

엿보고 있던 나무꾼은 나뭇가지에 걸려 있는 날개옷 한 벌을 가져다 숨겼다. 마침내 실컷 놀고 예쁘게 몸단장을 한 선녀들이 하늘나라로 돌아가려고 보니, 그중 한 선녀의 옷이 보이지 않았다. 그 선녀는 결국 돌아가지 못하고 망연자실하여 눈물을 흘리며 울고 있었다. 그때 나무꾼이 나타나 어르고 달래며 자기 집으로 데려가 결국은 부부의 연을 맺고 살게 되었다.

그 후 두 사람은 금슬이 좋아 아들이 둘이나 태어났다. 나무꾼은 크게 안심하고 이로써 자신의 일생도 즐겁게 끝날 것이라고 한없는 행복감에 취해 자신에게 이 행복을 가져다 준 노루에게 진심으로 고마워했다. 그러던 어느 날 전부터 아내가 물어본 대로, 감춰 두었던 날개옷을 보여 주었다.

날개옷을 본 아내는 그것을 손에 집어 드는가 싶더니 어느새 두 아들을 양팔로 안고 하늘로 훨훨 날아가 버렸다.

그리하여 나무꾼은 후회를 하지 않을 수 없었다. 그것은 노루가 '아이 셋을 낳을 때까지는 절대로 날개옷을 돌려주지 말라'고 한 당부를 지키지 않았기 때문이다. 이제 아이가 둘이나 생겼으니 하고 안심을 한 것이 잘못이었다.

노루가 말한 세 아이라는 것이 절대적인 숫자였다는 사실을 몰랐던 것이다. 설령 인간의 자식이라도 내 배 아파 낳은 자식이라면 선녀라도 지상에 아이를 남겨 놓고서까지 하늘나라로 돌아가는 것은 고통스러운 일이다. 두 아이라면 양팔로 안을 수 있지만 여차할 경우

팔이 두 개밖에 없기 때문에 아이 셋을 그 먼 하늘나라까지 데려갈수는 없는 것이었다. '아이 셋'이라고 노루가 말한 것은 노루가 그 점을 지적한 것이었다. 그러나 나무꾼은 왜 셋인지 이유를 몰랐던 것이다. 아이가 둘이나 태어났으니까 설마 헤어지지 않을 것이다, 사랑하는 아내의 청을 들어 줘야지라고 생각한 것이 잘못이었다.

사랑하는 아름다운 아내와 이이 둘을 잃고 너무나 기가 막혀 나무꾼은 정신이 나가 비탄과 회환의 눈물을 흘리고 있었다. 그때 전의 그 노루가 찾아와서,

"이제 와서 슬퍼하지 마세요. 제가 지금 다시 한 번 좋은 수를 가르쳐 드릴게요. 이제 선녀는 그 영지에 낮에 와서 목욕을 하지 않게 되었습니다. 그 일이 있은 뒤로는 밤이 되고 나서야 커다란 두레박을 내려 영수(靈水)를 길어 올려 달궁전에서 목욕을 합니다. 그러니 당신은 깊은 밤에 그 장소에 가서 두레박 속으로 재빨리 들어가세요."

라는 말을 남기고는 그대로 사라졌다. 가르쳐준 대로 다음날 밤 나무꾼이 그곳에 가서 기다리고 있으니 푸른 하늘에서 두레박이 내려왔다. 그는 재빨리 그 안에 들어가 달궁전으로 올라가 운 좋게 다시처자를 만날 수가 있었다.

아내인 선녀도 그렇게까지 자신을 사랑해서 뒤를 좇아온 속계의남편에게 사랑과 감사를 표하였고, 그 후 나무꾼도 일약 하늘나라사람들 사이에 들어가 달궁전 안에서 행복한 나날을 보냈다고 한다(마에다 히로시 씨의 금강산에 자세히 해설되어 있다). 이것이 조선의 날개옷 전설의 줄거리이다.

이 날개옷 전설의 중심지역은 금강산 천산대(天山臺)이다. 이 천산대를 중심으로 익의봉(羽衣峯), 선녀봉 그 외 무애봉(無涯峯), 외수봉(外數峯)이 둘러싸고 있어 그 신비로움으로 인해 이런 전설이 생긴 것도 당연하다.

이를 내지의 날개옷 전설과 비교할 때 매우 흥미로운 점이 있다.

내지의 날개옷 전설은 『단고노구니 풍토기(丹後国風土記)』[1]에 보이는 하늘나라 다리 전설인데 그 줄거리는 금강산 이야기와 대개 동형으로, 어느 어부가 날개옷을 숨겨 선녀를 아내로 삼고 아이까지 태어났지만 선녀는 그 후 날개옷을 발견하고 하늘나라의 생활이 생각나 남편과 자식을 속계에 남기고 하늘나라로 돌아간다는 내용이다. 그것이 마침내 동해의 미호노마쓰바라(三保の松原)[2]로 이식된 것이라 생각된다. 전설적 가치라고 하면 동해에 면한 단고, 하늘나라의 다리보다는 아름다운 후지산을 배경으로 하고 있고 전면에는 아침 해에 빛나는 태평양의 파도가 부서지는 백사장이 이어진 미호노마쓰바라야말로 그 효과가 클 것이다.

내지의 날개옷은, 하늘의 다리 전설에서처럼 지요의 마쓰바라(千代の松原)나 아카이시노하마(明石の濱)나 해안이 주위를 둘러싸고 있는 일본으로서는 어디로도 이식할 수 있는 느슨함이 있어서 권위가 없다.

그런 점에서 조선의 날개옷은 금강산으로 한정되어 있어 절대로 다른 곳으로의 유용이 불가하며 천연자연의 신비경을 갖는 것은 이

---

1) 단고노구니는 지금의 교토부(京都府)의 북부. 이 풍토기 편찬 명령이 내린 것은 713년으로 원본은 적어도 8세기에 완성되었을 것으로 추정.
2) 시즈오카현(靜岡縣) 미호반도(三保半島)의 경승지. 일본신삼경(日本新三景) 일본삼대마쓰바라(日本三大松原)이며 유네스코 세계문화유산으로 등록됨.

이야기에 있어서는 누가 뭐라 해도 확고한 강점일 것이다.

또한 이 이야기에 조선특유의 노루가 나타나 중요한 역할을 하고 있는 것도 매우 흥미로운 점이다. 내지와 대조적으로 이야기가 독립적으로 존재하는 것도 재미있지만, 금강산 전설 쪽이 인정미가 풍부하고 모성이 강하게 그려져 있고 세 명이라는 절대수를 낳은 점을 들면 이야기 그 자체에 현실감이 있다. 마지막으로 두레박을 타고 하늘나라로 올라가 아름다운 처자와 재회하고, 아내도 나무꾼의 진실에 감동하여 속계의 남편이 천상계로 들어오는 것을 허락하여 그 행복을 완성하는 점에서, 남편도 버리고 자식도 버리고 천상계로 올라간 내지의 날개옷 전설과 비교하면 조선의 날개옷 전설 쪽이 전설로서 내용 형식 확실히 모두 더 우수한 것 같다.

『조선 및 만주』 제394호, 1940. 9.

금강산 전설 명연담 이야기

동화연구연맹
복파성삼

 괴암기종이 집적되어 이루어진 금강산, 그곳에는 수많은 이야기와 전설이 담겨 있다. 위대한 자연의 신비에 애착을 느끼는 것은 인류공통의 성질이며, 대자연의 신비를 동반하는 곳에 자연히 전설이 생기는 것은 세계 각국 어디를 불문하고 존재하는 현상일 것이다.

 특히 우리 조선의 금강산은 그 기괴한 모습이 아마 세계 그 어느 곳에서도 유례를 찾아보기 힘들 것이다. 그리고 암석 하나에도 웅덩이 하나에도 신기한 이름이 붙어 있다. 그곳에 자연을 사랑하고 자연의 풍물을 그리워하는 인류에 의해 수많은 아름다운 전설이 간직되어 있는 것은 이상한 일은 아닐 것이다. 괴기, 우아, 요염, 희비 그러한 것들은 전시대인의 단순, 소박한 지능(智能)에 의해 엮어진 것이며 줄거리에 다소 부자연스러운 점이 없을 수 없지만 대자연과 인공의 중간에 위치하는 금강산의 전설미는 묘봉 금강이 존재하는 한 영원히 사라지지 않을 것이다.

 십수 개가 넘는 이들 전설 중에서 이번에는 명연담에 얽힌 애화를 다루어 보고자 한다.

지금으로부터 약 오백여 년 전 내금강 표훈사(表訓寺)에 나화(懶華)라는 간승(奸僧)이 있었다. 그는 당대 제일의 명승이라 일컬어지는 나옹(懶翁) 대사의 인척에 해당하는 것을 기화로 전횡을 일삼기가 극에 달했다. 그런데 차석의 자리에 있던 금동(金同)거사는 학식 덕망을 모두 갖춘 명승이었기 때문에 그 명성은 주지 나화를 훨씬 능가하여 수많은 승려들은 모두 그를 경모했다. 나화는 이런 상태로는 자신의 위치가 위험하다고 걱정을 하여 시기심이 인 나머지 평소 금동을 살해하고자 하는 마음까지 먹고 있었다. 마침 그때 나옹대사가 현재의 삼불암(三佛巖)의 석문에 삼불과 육십이소불을 조각하겠다는 뜻을 내비쳤다.

　나화는 좋은 기회가 왔다는 생각에 재빨리 불상조각에 뛰어난 승려 한 명을 초빙하여 그 승려에게 육십이불을, 금동에게는 삼불을 조각하라고 명하고, 만약 기일 내에 완성하지 못하면 부처님의 벌로 아래쪽 용담 즉 현재의 명연담에 투신하여 죽을 것을 맹세하게 했다. 현명한 금동은 평소의 상황을 생각하여 도저히 죽음을 벗어날 수 없다고 각오를 했다. 작업 중 예기치 못한 방해가 있었던 것은 물론이다. 현재의 영선동(迎仙洞)=명연담과 영선교 이 중간구역에는 다른 주지승의 처자와 금동의 처자가 함께 살고 있었는데, 두 사람 모두 아들을 두었고, 외금강 신계사(新溪寺)에서 수업을 받게 하고 있었다. 그간의 사정은 아무것도 몰랐지만 옆에서 속사정을 잘 알고 있던 금동의 아내는 남편의 심중을 생각하여 매일 울며 지냈다. 그러나 이미 대오(大悟)하고 있던 그는 모든 것을 각오했으며 아무런 원망도 하지 않고 아무것도 두려워하지도 않았다. 그는 불사(佛師)로서의 생명을 영원히 새기듯 망치질 하나하나에 심혈을 기울였다. 그리하여 한 길 정도 되는 대불이었지만, 목숨을 걸고 하는 일에 시간적 제한은 문제가 되지 않았다. 진지하고 비통한 하루하루가 지나갔다. 하지만 금동의 삼불이 반도 되지 않았을 무렵 육십이불은 이미 완성이 되었다. 속도는 금동에게는 문제가 되지 않았다. 아니 대오 해탈한 달승에게 죽음은 아무런 통한도 되지 못 했을 것이다. 금동은 마치 살아 있는 부처처럼 삼존불을 완성하고 완전히 녹초가 된 몸으로 만족의 환희에 빠져 있었다. 그러나 그의 아내는 여자이기 때문에, 죽음을 향하는 남편의 망치질에 자신의 혼도 사라지는 것처럼 울었다. 참으로 그와 같은 인생의 비참사는 지금도 그곳을 찾는 이로 하여금 눈물을 흘리게 하지 않을 수 없었다.

나화는 마음속으로 기뻐 날뛰면서도 겉으로는 동정의 눈물을 흘리며 약속대로 금동에게 죽음을 선고했다.

이미 각오를 한 금동은 조금도 흐트러짐 없이 침착하게 서방정토를 구하며 죽음 그 자체의 평온함에 조용히 합장을 하고 얄궂을 정도로 맑디맑은 웅덩이 속으로 몸을 던져 버렸다.

그런데 뜻밖에도 갑자기 하늘이 온통 흐리고 차축을 뒤흔들 정도의 폭풍우가 컴컴한 천지를 뒤덮었다. 잠시 후 그것도 멈추고 나서 나화가 그의 죽음을 확인하고자 웅덩이를 살펴보니, 시체 모양을 한 바위가 웅덩이 가장자리에 누워 있었다. 잠시 그것을 바라보고 있자니 그것이 순식간에 금동의 모습으로 바뀌었고 당장이라도 일어날 듯하여 나화는 혼비백산하여 도망을 쳤다.

한편 영선동에 있는 금동의 아내는 울며 실신을 할 지경이었지만 과연 그녀도 명승의 아내로서 조용히 결심을 했는지 마지막에는 흐트러짐 없이, 사랑하는 두 아이에게 글을 써 놓고 웅덩이를 향해 집을 나서려 했다. 그때 갑자기 신계사에서 수업 중이던 두 아이가 찾아왔다.

수업 중에 왜 돌아왔느냐고 어머니가 묻자,

"어젯밤 아버님이 검은 구름을 타고 하늘나라로 승천하는 꿈을 꾸었습니다. 저도 모르게 아버님 어디 가시냐고 여쭈었습니다만, 쓸쓸히 웃으며 대답을 하지 않으셨습니다. 그리고 검은 구름 틈사이로 책한 권을 가리키시길래 아무 생각 없이 그것을 보니, 표지에 환불타정토(還佛陀淨土)라고 적혀 있었습니다. 어쩐지 걱정이 되어 아침에 일어나서 둘이서 이야기를 해 보니, 두 사람의 꿈이 완전히 똑같아서 이게 보통일이 아니라는 생각이 들어 걱정이 된 나머지 수업중이라는 처지도 잊고 돌아왔습니다. 경솔한 죄를 용서하십시오, 어머니."

라고 하는 사랑하는 아이들의 기특함이란.

그녀의 이름은 어머니였다. 결국 어머니는 목메어 울며 그간의 일을 이야기했다. 그렇지 않아도 돌아오는 길에 느낌으로 일의 대략은 짐작을 하고 있었지만 두 아이들은 이제 세상을 살아갈 즐거움도 없다며 각오를 굳혔다. 그리고 어머니와 아들 세 사람은 불운으로 목숨을 잃은 아버지이자 남편인 금동거사의 뒤를 따라 결국 같은 웅덩이에 몸을 던져 버렸다. 그 슬픈 인생의 말로에 하늘 역시 감동을 했는지 또 다시 큰 폭풍우가 일더니 웅덩이에는 또 세 시암(屍岩)이 나타났다.

부모자식과 부부의 원망과 슬픔은 영원히 맺어져서 지금에까지 이르러 아무리 홍수가 나도 이 네 개의 시암은 위치를 바꾸지 않는다고 한다.

명연담이라는 이름도 사람이 운다는 의미와 천둥이 친다는 의미가 포함된 것으로, 그러한 슬픈 고사전설을 듣고 그 시암 앞에 섰을 때 그것이 설령 전설이라 해도 누가 무량의 감개에 빠지지 않을 수 있겠는가?

명연담 이야기는 이것으로 끝이지만, 이러한 전설에서 어느 세상에나 변함없는 인간의 미추 양면을 엿볼 수 있다면 필자로서는 기쁠 것이다. 마지막으로 이 원고를 맺기 전에『금강산』의 저자 마에다 히로시(前田寬)씨에게 사의를 표함과 동시에 동저「금강산 전설」에 부쳤음을 부기해 둔다.

『조선 및 만주』 제397호, 1940. 12.

조선의 미신과 풍습

조선 호랑이 이야기

경무관
구연수(具然壽)

여름의 이야깃거리로 뭔가 좋은 내용을 알려 달라고 하는데 나에게는 각별한 명안이 떠오르지 않아, 일단 조선의 호랑이에 대해 내가 보고 들은 것을 말하고자 한다. 지금까지 일본에는 호랑이에 대한 설화가 그다지 없기 때문에, 비근한 전설적인 이야기가 내지인에게는 오히려 흥미로울 것이다.

1. 인왕(仁王)1)과 같은 호랑이 전문 사냥꾼

조선에 아직 <총포화약 취급에 관한 규칙>이 발포되기 이전인 1895년이었다고 기억한다. 내가 함경남도를 순시하고 있을 때 원산으로부터 10리 정도 떨어진 영흥이라는 곳에서 호랑이 전문 사냥꾼과 만난 적이 있다. 이 남자는 키가 6척이나 되는 거한으로 손발에서 몸통까지 거칠고 울퉁불퉁한 건장한 체격이라 이를 본 사람은 맹호 쪽이 오히려 두려워 떨 것이라고 했을 정도이다. 비범한 조선인이었는데 손에는 아주 구식 화승총과 죽창을 가지고 다녔다. 이

---

1) 불탑 또는 사찰의 문 양쪽을 지키는 수문장신.

사람의 말에 의하면 호랑이 사냥꾼은 누구나 자기보다 장대한데, 가지고 다니는 무기는 다년간 숙련된 화승총이 쓰기 좋고, 또 쇠로 된 창은 맹호가 물거나 쳐서 부러뜨리는 일이 있기 때문에 대나무로 만든 것만을 사용한다고 하였다. 또한 호랑이를 사냥할 때는 결코 여러 사람에게 의지하지 않고, 많아야 두 사람 혹은 혼자서 인적이 끊어진 산이나 벼랑에 올라가서 계곡을 건너 여러 야생 짐승의 발자국 중에서 호랑이의 통로를 찾아낸다고 하였다. 그리고 발자국 모양을 보아 지나간 방향을 알 수 있고, 언제쯤 호랑이가 이곳을 지나갔을까 하는 것은 똥을 보아 판단할 수 있다고 하였다. 호랑이 똥은 범과 마찬가지로 직경 1촌2) 정도인데 국화꽃과 똑같은 모양이다. 예민한 사냥꾼의 감각으로 냄새나 마른 정도를 보아 제대로 시간을 추찰할 수 있다. 이를 종합한 후 작전 계획을 짜서 호랑이의 추적에 임하는 것이다.

2. 일대일의 대 격투와 끔찍한 결과

다른 맹수는 모르겠지만 호랑이는 산에서 산으로 암석 밑에 여러 개의 구멍을 파고 갑에서 을로, 을에서 병으로 날마다 돌아다닌다. 호랑이의 발자국이나 똥의 온기로 판단해서 능숙하게 추적해 온 사냥꾼은 놈의 취각이 닿지 않는 범위에서 될 수 있는 한 구멍에 가까이 든든한 발판을 만들고 그곳으로 잠입해서 때가 오기를 기다린다.

---

2) 길이의 단위로 한 촌은 한 자의 10분의 1이고 미터법으로는 약 3.03㎝에 해당한다. 치라고도 한다.

그러면 아주 의심 많은 놈은 개처럼 끊임없이 냄새를 맡으면서 매우 주의 깊게 구멍에서 나와 의심에 찬 눈알을 굴리며 사방을 둘러보고 크게 하품을 하고 어슬렁어슬렁 다시 걷기 시작한다. 이제까지 때를 기다리던 사냥꾼은 이 순간을 놓치지 않는다. 화약을 점화시켜 쏴서 급소에 명중하면 예외 없이 쓰러진다. 만일 빗겨나가 상처라도 입는다면 그거야말로 큰일이다. 귀청을 찢을 듯 포효하는 호랑이, 이를 갈고 손톱을 세워 사냥꾼을 향해서 돌진한다. 이렇게 되면 어쩔 수 없이 사냥꾼도 목숨을 건다. 총을 버리고 창을 들고 이른바 용호상박의 대 활극이 펼쳐지는 것이다. 어쨌든 적수는 산의 왕이라고 하는 맹수이기 때문에 이놈을 성공적으로 잡는 것은 쉬운 기술이 아니라서, 개중에는 놈의 기세에 눌려서 지고 말아 비명횡사하게 된 사람도 없지 않다. 내가 만난 사냥꾼은 세 번이나 이러한 경우를 만났는데, 장시간 격투한 끝에 죽창을 놈의 입속에 처박아 보기 좋게 무찔렀다. 그러나 한 친구는 격투 중 이마 옆 부분에 상처를 입었는데, 끔찍하게도 그 부분의 근육이 마비되어 결국에는 한쪽 눈이 보이지 않게 되었다고 한다.

3. 신기한 감상적 성격의 실화

호랑이 한 마리가 사람의 몸에 그렇게 맹렬한 현상을 일으키는 것은 좀처럼 믿을 수 없는 일이지만, 이것은 실제의 이야기로 바로 호랑이가 호랑이인 이유이다. 호랑이 털은 상당히 훌륭해서 깔개나 그 외 장식 등으로 사용되며 진귀한 물건이라 막대한 가격을 호가 하지만, 불과 만나면 전혀 가치가 없어져 겨우 성냥 한 개피의 불에 닿아도 불꽃놀이의 선향처럼 따닥따닥 불꽃을 내며 타버린다. 놈은 태어나면서부터 약점을 가지고 있는데, 무엇보다도 불을 무서워하여 반딧불이도 피한다. 때문에 조선의 오지를 여행할 때에 불을 가지고 다닌다면 호랑이의 위험은 어느 정도 피할 수 있다. 또한 놈의 감상적인 성질에 대해서는 여러 가지 전설이 있는데, 여기서는 불가사의한 실화 하나를 소개하고자 한다.

이것도 내가 영흥에 있을 당시의 일이다. 근처에 사는 아이가 어쩐 일인지 산에서 호랑이 새끼 세 마리를 데리고 돌아왔다. 부락민들이 협의하여 호랑이 새끼를 원산의 수비대에 보냈다. 대장은 아주 기뻐하며 한 마리는 궁중에 헌상하고, 한 마리는 너무 먹여서 죽어버리고, 남은 한 마리는 가까이에 놓고 기르면서 아주 귀여워하였다. 그러던 어느 날 밤의 일이다. 병영은 이미 고요한데, 한 병사가 삼경의 시각에 묘하게 몸 주변이 따뜻해지는 느낌이 들어 불을 켜고 사방을 둘러보았다. 얼마 떨어지지 않은 곳에 푸른빛의 눈을 번쩍이는 괴물 같은 것이 나타나 이쪽을 향해 자꾸 코를 킁킁 거렸다. 병사가 쓰러져서 하늘만 올려다보았으나 잠시 후 정신을 차리고 총을 겨누자, 괴물은 곧 발길을 돌려 어디론가 사라졌다. 그런데 그날 이후 밤이 되어 사방이 고요해지면 반드시 그 괴물이 나타나서 영내의 큰 이야깃거리가 되었다. 어떻게 그 괴물을 잡을 수 있을까 하여 십수 명의 병사들이 곳곳에 잠입해서 기다렸다. 그러나 잠입한 곳에는 나타나지 않고 교묘하게 의외의 곳에 나타나서 목적을 달성하지 못하는 사이 결국에는 어디론가 사라져 버렸다. 사람들은 달빛에 비췄을 때 상당히 나이 먹은 맹호라는 것을 알게 되었다. 게다가 털 색깔이 영내에서 키우고 있는 호랑이 새끼와 조금도 다르지 않았다. 이는 아마 어미 호랑이가 새끼 호랑이를 만나고 싶어 밤마다 나타난 것이 아닐까? 그렇다고 하더라도 10리나 떨어진 원산으로 새끼 호랑이가 옮겨간 것을 어떻게 알았을까. 당시 이를 전해 들은 사람들 사이에서 큰 이야깃거리가 되었다.

4. 인육으로는 여자 유방을 좋아한다.

호랑이는 가죽이 가장 귀하지만, 또한 호랑이의 정강이뼈는 아주 좋은 강장제라고 생각한다. 조선에는 약의 종류가 다양한데, 실제로 영묘한 효험이 있다. 가죽을 벗겨낸 뼈는 백 문 내외의 무게가 보통으로, 수십 원의 가격으로 매매되고 있다. 그 외의 뼈는 그렇게 고가는 아니지만 그래도 3, 40원의 가치를 가지고 있다. 이것도 강장제로 사용되는데, 용법은 물과 함께 섞어 아교처럼 녹을 때까지 수일 동안 조린 후 병에 담아서 보관하고 소량씩 꺼내서 물에 섞어서 마신다. 냄새는 아주 독하다. 목 아랫부분의 살에 있는 뼈는 을골이라고 해서, 호랑이가 용맹스러운 소리를 내는 것은 이 뼈가 있기 때문이라고 전해진다. 이것을 가지고 있다면 어떠한 심산을 유랑하더라도 금수의 재해를 만날 일은 없다고 믿고 있다.

대체로 호랑이는 오만한 놈으로 아주 허세가 심해서 자신을 괴롭힌 약한 동물이 존재하는 것을 상당히 불명예스럽게 생각한다. 때문에 산고양이나 보통 고양이를 싫어한다. 호랑이는 일단 목표로 하면 끝까지 어디까지고 따라가서 잡아 살을 찢고 거죽을 벗겨야 끝이 난다. 언제나 권위를 위해 부심하고 있는 것이 골계적이다. 그리고 놈은 사람에게 자주 해를 끼치는데 남자고기는 절대로 먹지 않고 여자라도 유방 외에 다른 것은 먹지 않는다. 호랑이를 만난 여자를 보면 반드시 양쪽 유방이 없는 것이 그 증거이다. 또한 호랑이로부터 위험을 당하게 되는 경우가 남자보다 여자가 많은 것도 바로 이러한 이유이다. 조선에서는 평안도에 가장 많이 서식하는데, 그 주변의 호랑이는 그다지 사람을 해치지 않는다. 그러나 전라, 충청, 경상 주변의 놈들은 예로부터 난폭하게 돌아다닌다. 이것은 일반적으로 먹을 것이 풍부한지 아닌지에 따라 차이가 난다고 알려져 있다.

『조선 및 만주』 제73호, 1913. 8.

호랑이에 대한 미신과 전해져 오는 이야기

이마무라 도모

예로부터 일본에는 호랑이가 서식하지 않기 때문에 호랑이에 관한 신화나 전설이 없다. 하지만 조선은 호랑이의 본거지라 호랑이에 관한 이야기, 비유, 민담 등이 풍부하게 남아 있다. 그중에서 미신과 관련된 것을 뽑아 보면 다음과 같다.

1. 호랑이와 민담

- 누구나 산속에서 목이 마를 때 '물 마시고 싶어'라고 말하면 호랑이가 물 흐르는 소리를 흉내낸다고 한다. 사람이 그곳으로 가서 물을 마시려고 하면 갑자기 호랑이가 나타나 잡아먹는다.
- 밤길을 걷고 있을 때 호랑이가 뒤에서 따라오면, 집으로 돌아가 '손님 오셨다'라고 하면 호랑이가 개를 물어가고 사람은 해치지 않는다.
- 호랑이를 본 적이 없다고 하면 바로 호랑이가 나타난다.
- 호랑이가 사람을 잡아먹고 싶어지면 그 집 변소에 와서 긁는다. 또 호랑이에게 잡아먹힐 사람은 밤중에 변소에 가고 싶어진다고 한다.

- 호랑이가 사람을 잡아먹을 때, 한 번 던져서 왼쪽으로 떨어지면 잡아먹지 않고 오른쪽으로 떨어지면 잡아먹는다.
- 호랑이는 취한 사람은 잡아먹지 않는다. 만일 잡아먹고 싶으면 꼬리를 물에 담가 취한 사람의 얼굴을 적셔서 술을 깨게 한 후 잡아먹는다. 선행한 사람은 잡아먹지 않는다.
- 호랑이가 사람을 먹을 때 산신의 허락이 없으면 잡아 먹지 않는다. 허락을 받으면 사람이 개나 돼지로 보인다고 한다.
- 매년 9월에 산신에게 제사를 지내지 않으면 호랑이가 해친다.
- 호랑이 꿈을 꾸면 남아가 태어난다. 호랑이 꿈을 꾸었을 때 합방하면 남아를 낳고 이 아이가 장성하면 무관이 되어 출세한다. 또 호랑이 꿈을 꾸면 호(虎)자가 호(好)자로 변하여 만사 좋은 일이 생긴다.
- 안쪽 벽이나 문밖에 호랑이라는 글을 붙여 두면 귀신이 들어오지 않는다.
- 호랑이가 닭고기를 먹으면 이가 빠진다. 호랑이에게 물린 상처에 닭고기를 붙여 두면 낫는다.
- 호랑이가 사람 천 명을 잡아먹으면 승려로 변할 수 있다고 한다. 호랑이가 한 사람씩 잡아먹을 때마다 귀에 상처가 하나씩 생긴다.
- 호랑이는 창호지를 넘어서 그 안에 몇 명의 사람이 있는지 알아볼 수 있다고 한다.
- 호랑이 뼈, 특히 정강이뼈를 달여서 복용하면 신경병이나 허약 체질에 큰 효과가 있다. 호랑이 남근을 먹으면 정력이 좋아진다

(조선에서는 대개 호랑이 뼈와 가죽이 같은 가치를 지닌다).

- 신혼 가마 위에 호랑이 가죽을 덮어 두면 흉사를 막는다.
- 충남 한산 안 씨는 선조가 호랑이 모양의 산에 묘지를 만든 이후로 자손에게 독물(毒物)이 생겼다.

2. 호랑이와 미신담

(1) 강 씨, 영종(英宗)을 위해 꾀를 내어 호랑이를 쫓다

이조 영종왕 때에는 호랑이의 피해가 가장 심했다. 서대문 밖 감옥이 있는 건너편 의주(義州)로 가는 길 언덕은 수십 명이 무리 짓지 않으면 지나갈 수 없을 정도였다. 왕이 이를 걱정하여 군신들에게 호랑이 퇴치를 위한 대책을 강구해서 바치도록 명령하였다. 그때 강관첨이라는 관리가 있어, 호랑이의 퇴치법으로는 호랑이 수령(守令)을 불러들여 퇴거를 명령하는 것이 최고라고 하면서 소생이 이를 실행할 수 있다고 아뢰었다. 강 씨의 부친은 과거 산 속에서 한 미인과 통하여 남자아이를 얻었는데, 미인은 호랑이의 화신이었고 헤어질 때에 호랑이 모습이 되어 나타나 아이의 안위를 부탁하였다. 그때 태어난 자식이 바로 강 씨인 것이다. 강 씨는 호랑이의 자식이기 때문에 호랑이 사정에 정통한 것으로 보였다. 왕에게 '소생이 호랑이의 수령을 불러 오겠다'고 아뢰고 안뜰로 가서 승려 모습을 한 사람을 데리고 왔다. 그리고 승려와 담판을 지었다. 제발 조선에서 호랑이를 퇴치해 달라고 부탁하니, 승려는 어디까지로 몰아내면 좋은가라고 물었다. 압록강 건너편까지라고 답하자, 승려는 조선의 호랑이 중에는 임신한 호랑이가 있어 도저히 걷기 힘들어 한다고 호소하였다. 왕은 한 마리 정도는 괜찮다고 하며 잔류하도록 허락하였다. 담판이 일단락되자 승려는 맹호로 변하여 권속들을 데리고 곧 지나로 가서 다음날부터 조선에는 호랑이에 대한 피해가 없어지게 되었다. 단지 한 마리의 임신한 호랑이만 남았을 뿐이었다. 그러나 점점 번식하여 오늘날과 같이 조선에는 호랑이가 살고 있다고 한다.

삼백 년 전 해주의 판관인 남이(南怡)[1]가 황해도의 관찰사에게 방책을 바쳤다고 하는, 같은 내용의 이야기가 전해진다.

(2) 군수, 호랑이를 생각하여 행운을 얻다.

강원도 모 고을에 있는 산에는 성황당이 있었다. 그곳에는 산신이 모셔져 있었는데, 고을로 부임하는 군수는 임관 초에 산에 올라 정성을 담아 기도해야 고을을 잘 다스릴 수 있었다. 어느 날 신임 군수가 언제나처럼 기도를 올렸으나 기도방법에 정성이 부족했기 때문에 다음날부터 호랑이가 나와 고을에 큰 해를 입혔다. 군수는 목욕 재개를 하고 다시 기도를 드렸다. 그러자 그날 밤 맹호가 꿈에 나타나 왼쪽 다리를 물었다. 그리고 나서 한 달도 지나지 않아 경성으로부터 칙지(勅旨)가 내려왔다. 부인이 아들을 출산했다는 것이다. 군수는 치정을 잘하여 선정의 비석이 세워지며 좋은 일이 계속되고 크게 번성했다고 한다.

---

1) 조선시대 세조 때의 장군.

(3) 점쟁이와의 약속을 지켜 호랑이의 피해를 면하다.

옛날 한 남자가 있었다. 하루는 점쟁이가 와서 관상을 보더니 당신은 호랑이에게 먹힐 상이라고 하였다. 이 남자는 크게 놀라 어떻게 하면 피할 수 있느냐고 물었다. 점쟁이가 대답하며 말하기를,

"여기서부터 30리 정도 서쪽으로 가면 고찰이 있는데, 그 안으로 들어가면 방 안에 호랑이 가죽이 걸려 있을 것이네. 가죽을 갖고 있으면 노승이 와서 가죽을 달라고 할 걸세. 세 번을 부탁할 터이지만 주지 말고 있게. 다시 달라 하면 그때 칼을 꺼내 이 가죽을 자르겠다고 말하면 승이 실토할 것일세. 그때에는 가죽을 돌려줘도 된다네."

라고 가르쳐 주었다. 이 남자는 점쟁이가 말한 대로 하니, 남자가 가죽을 돌려주자 승려는 호랑이의 가죽을 입고 맹호로 변하였다. 사실 자기는 호왕인데 자네를 잡아먹으려고 하였으나, 자네의 용맹에 감복해서 생각을 그만두고 돌아가겠다고 하며 한 장의 부적을 건네주었다. 또 도중에 다른 호랑이를 만났을 때 이를 보여주면 해를 입지 않을 것이라고도 하였다. 남자는 호왕에게 작별을 고하고 돌아가는 도중 다른 한 마리의 호랑이와 만났다. 부적을 보여주자 호랑이가 말하기를 실은 내가 배가 고파 괴로우니 잡아먹게 해 달라고 하였다. 둘은 다시 호왕에게 가서 담판을 짓고자 원래의 장소로 돌아갔다. 호왕은 이 남자를 잡아먹으면 안된다고 말하며 어느 어느 곳에 가면 개가 있으니 내신 개를 잡아먹으라고 명령하였다. 호랑이가 그쪽 방향으로 간 뒤 곧 총성이 울렸다. 남자가 호왕에게 총성이 났다

고 말하자, 호왕은,

"그 호랑이 놈이 나의 명령을 듣지 않는 배신자라서 엽사가 있는 쪽으로 몰아넣어 총환에 목숨을 잃는 벌을 받게 하였지."

라고 대답하였다. 남자는 호랑이 사이에도 기율(紀律)이 엄중하다는 것을 깨닫게 되었다.

(4) 나이든 유자(儒者), 호랑이의 피해를 예지하다

인종(仁宗)왕 조에 서경덕이라는 유(儒), 불(佛), 노(老)에 능통한 대가가 있었다. 어느 날 제자를 모아 강의를 하던 중 한 노승이 들어 와서 인사를 하고 사라졌다. 선생이 나중에 설명하기를, 승려는 모 산의 신호(神號)인데 모 마을의 모 여자를 잡아먹을 생각으로 이를 나에게 알리러 왔다고 하며, 정해진 운명이 실로 불쌍하다고 하였다. 제자 중에 한 사람이 이를 피할 수 있는 방법은 없는지 물었다. 그러자 스승은 그것은 보통의 인간은 할 수 없는 일이라고 말하였다. 어떠한 위험이 닥쳐도 굴복하지 않고 무서워하지도 않으며 법화경 한 권을 읊으면 그 해를 면할 수 있다고 대답하였다. 서생 중 용맹한 남자가 있어 이를 실행에 옮기겠다고 청하고 선생에게서 경서를 빌려 서둘러서 모 집으로 찾아갔다. 그 집에서는 여자가 때마침 화촉을 올리려던 참이었다. 서생이 자신이 온 이유를 말했으나 처음에는 미친 사람이 하는 말이라고 믿지 않았다. 그런데 너무나 열심히 말하였기에 집안사람들은 이를 믿고 서생에게 모든 일을 맡겼다. 서생은 여자를 방으로 들어가게 하고 문을 잠근 후 엄중하게 지켰다.

밤이 되자 과연 한 마리의 맹호가 와서 포효하니 기(氣)도, 혼도, 몸도, 다 떠나갈 정도였다. 서생은 용감하게 경을 읽기 시작했다. 일심분란으로 읽고 있으니 어느덧 동쪽 하늘이 밝아왔다. 맹호도 어느새사라지고 없었다. 서생은 서둘러 스승에게 돌아가서 그간의 사정을말하였다. 스승이 말하기를,

"자네가 독경 중에 세 번 잘못 읽어서 호랑이가 문으로 세 번 달려들었지."

라고 하였다. 스승은 천리안처럼 말하였는데 과연 그대로였다.

(5) 호랑이에게 물려 죽고 자손의 번영을 얻다

옛날 어느 마을에 형제 셋이 살고 있었다. 부모가 죽고 막내 동생이 지관과 부모의 묏자리를 상담하였더니, 아주 좋은 산지가 있는데거기에 부모를 묻으면 자손이 번창하는 것은 틀림없겠지만, 세 형제모두 호랑이의 피해를 피할 수 없겠다고 하였다. 막내는 '누가 호랑이에게 잡아먹히겠어'라고 하면서 그 장소에 부모를 매장하였다. 지관이 말한 대로 첫 번째 우제(虞祭)날 밤에 형이 호랑이에게 잡아먹혔다. 두 번째 우제 날 밤에는 둘째 형이 다시 호랑이에게 잡아먹혔다. 막내는 세 번째 우제 날 밤에 맹호가 오는 것을 두려워하여 다른 곳으로 피해 있었다. 날이 밝자 그 장소 아래에 큰 집이 있었는데 묘령의 부인이 알몸으로 볼 일을 보러 나왔다. 이를 본 막내는구메신선(久米仙人)[2]처럼 손가락 하나로 담장을 뛰어넘어 들어가 여

---

2) 일본중세 시대 전설상의 인물, 류몬지(龍門寺)에서 통력을 얻었으나 날아다니던 중
   빨래하는 여자의 허벅지를 보고 추락, 이후 다시 능력을 얻어 구메데라(久米寺)를

자에게 바싹 다가갔다. 부인은 감히 거부하지 않고 함께 내실(內室)로 들어갔다. 다음날 막내는 낮에는 괜찮겠지 하고 집으로 돌아왔다. 그러나 호랑이가 아직 그대로 있어 결국에는 잡아먹혔다. 그리고 여자는 결국 임신을 하여 남자 아이를 낳았다. 아이는 성장하여 출세하고 자손도 번창하였다고 한다.

이상 다섯 가지 이야기를 열거하였는데, 이러한 종류의 이야기는 이외에도 아주 많다. 효자나 절부(節婦)와 호랑이의 미신담이 결부된 것도 아주 많은데, 이는 다른 기회를 빌려 발표하도록 하겠다.

이상의 전설과 이야기를 종합해서 고찰해 보면, 고대 종교사상이 유치했던 시대에 어느 나라나 가지고 있는 서물(庶物) 숭배의 일종인 동물숭배의 냄새를 많이 담고 있다. 즉 호랑이를 신격화하는 것이다. 호랑이의 다른 이름이 산신, 산군(山君), 산군자(山君子), 산령, 산중의 영웅인 것을 보아도 얼마나 이를 숭배했는지 잘 알 수 있다. 더 자세하게 말하면 호랑이와 관련된 민화는 다음과 같은 성격을 가지고 있다.

1. 호랑이를 상당히 신격화하여 도덕사상을 발휘하였다. 호랑이가 화복(禍福)을 내려주고 선의를 장려하고 사악을 벌하는 능력이 있는 것으로 만들어 신과 동일시하였다.
2. 호랑이로부터의 치명적인 피해를 두려워하여 이를 숭배하고 어지간히 비위를 맞추어 그 피해를 면하고자 하였다.

세웠다고 전해짐.

3. 호랑이의 위력을 이용해서 다른 피해(나쁜 귀신, 역병)를 피하자 하였다.

4. 호랑이의 맹위에 덕을 보고자 하였다.

5. 호랑이를 신격화화지 않고 단지 산신(山神)의 종자(從者)로 취급 하였다.

호랑이 숭배는 위의 네 번째까지에만 해당하는데, 현재에도 우민 (愚民)들 사이에는 이러한 사상이 남아 있다. 내지(內地)의 문학에는 호 랑이의 용맹과 관련된 것은 있지만 신격화한 것은 없다. 아이누 족 이 곰을 신격화하고 또한 가스가(春日)신이 사슴을 사용한 것처럼 다 른 동물을 신격화한 것은 있지만, 호랑이는 예로부터 일본에는 서식 하지 않아 그 해를 절실하게 느끼지 않았기 때문이다. 내선인(內鮮人) 들 사이에 호랑이에 대한 시각은 매우 다르다. 조선은 옛날부터 조 선에서 호랑이의 피해가 얼마나 심했는지는, 맹수의 피해를 없애는 방법을 고안하는 것이 지방관의 주요 행정임무 중 하나였다는 데서 도 잘 알 수 있다. 민중은 호랑이의 피해를 절실하게 느꼈기 때문에 실제 경험으로부터 소나 말과 산행할 때는 몸에 종을 많이 단다든 지 밤길에는 반드시 촛불을 켜거나 연초를 피면서 보행하는 등 여 러 가지 종류의 예방수단을 실행함과 동시에, 한편에서는 미신에 빠 져 호랑이를 숭배하였던 것이다.

『조선 및 만주』 제78호, 1914. 1.

조선의 미신에 대해서

하마구치 요시미쓰

나는 미신에 대해 아주 흥미가 깊은데 그것은 미신을 통해 민족 생활의 일단을 상당히 깊게 알 수 있기 때문이다.

본래 어떤 민족이든 어느 정도의 미신은 반드시 가지고 있다. 그리고 미신은 각 민족에게 공통적인 것도 있지만 대부분은 민족 고유의 것이다. 미신의 기원이 원시종교와 마찬가지로 공포, 놀람, 슬픔과 같이 인간적인 약함에서 나오고 여기에서 벗어나서 편안, 강함, 행복을 얻고자 하는 요구에 기초하고 있기 때문이다. 따라서 그 민족이 가지고 있는 감정, 의지, 지혜의 강약과 명암 등에 의해 그 미신의 색채도 달라진다. 때문에 이를 역으로 보면 미신으로 그 민족의 정신생활을 알고 정신생활을 기초로 해서 일어나는 물질적 생활을 알 수 있다.

그러나 미신에는 순수하게 그 민족에게서 발생한 것과 외부로부터 수입된 것이 있다. 그런데 수입된 것이라 하더라도 민족의 정신생활에 딱 들어맞기 때문에 받아들여지고 남겨진 것이라서 이것으로 민족의 생활을 고려해도 조금도 지장이 없을 것이라 생각한다. 미신에는 아주 합리적인 것도 있고 아주 불합리한 것도 있다. 합리적인 것을 미신의 범주에 넣을 수 있을지 고민되기도 하지만 나는 어느 하나의 진리를 표준으로 해서 확실하게 증명되지 않은 한 역시 미신으로 다루는 것이 좋다고 생각해서 미신의 범주에 포함시켰다.

　미신 중에는 불효한 자식은 호랑이에게 잡아먹힌다는 것처럼 교훈에서 나온 것이 있다. 또 재치 있는 것도 있는데, 이가 빠지는 꿈을 꾸면 지인 중에 누군가 죽는다는 것이다. 여기에서 이빨은 나이를 의미하므로, 나이가 떨어져 나가니 누군가 죽는다고 하는 것이다. 또 인과관계가 우연의 일치에서 온 것도 있다. 예컨대 까치가 아침에 지붕에서 울면 손님이 온다는 것과 같은 것이다. 그것은 까치가 아침에 울던 날 손님이 왔기 때문이기도 한데, 이는 우연의 일치이지 필연적인 인과관계는 아니다. 또 상상에서 온 것도 있다. 정월 망야(望夜)에 연을 날릴 때, '몸의 액'이라든가 '작년 불운은 이 연과 함께 날아가 버려라'라고 적어서 날려 보냈다. 실이 끊어지면 연이 천상의 신이 있는 곳까지 날아가서 신에게 그 기원이 들린다고 생각했기 때문이다. 또한 다신교적인 사고에서 온 것도 있다. 어떤 사람이 아주 무의미하게 엉터리로 대충 한 말을 믿어서 생긴 것이다. 게다가 틀림없이 다른 여러 가지 상황에서 미신이 생겨났겠지만, 나는 이것에 대해서는 아직 충분히 연구하지 못했다. 실은 조선의 미신에 대해서 아직 약간의 자료를 모아 두었을 뿐, 이에 대한 어떠한 연구도 달성하지 못하였다. 끝내지 못한 연구를 발표하는 것은 신중하지 못하다고 할 수 있겠으나, 실은 내가 이 연구를 끝낼 때까지 조선에 있을지 어떨지 잘 모르겠고, 또 나와 마찬가지로 조선연구에 흥미를 가지고 있는 사람도 적지 않을 것이니, 빈약하지만 이하 열

거하는 미신이 사람들의 연구에 어느 정도라도 자료가 될 만한 게
있다면 더없는 기쁨이라 생각하여 발표하도록 하겠다.

(1) 인간사에 관한 것

- 아이가 쑨 풀(糊)을 먹으면 무예무능(無藝無能)한 사람이 된다고
  한다.
- 아침이나 저녁에 손톱이나 발톱을 깎으면 무재예자(無才藝者)가
  된다고 한다.
- 아이에게 여자(女)라는 글자를 쓰게 해서 잘 쓰면 장래에 좋은
  처를 얻고, 잘못 쓰면 별로 좋지 못한 처를 얻게 된다고 한다.
- 아이의 발가락이 뾰족하면 재능이 많다고 해서 기뻐한다.
- 손톱에 있는 하얀 반달 모양이 크면 부자가 된다고 한다.
- 윗입술 끝이 아랫입술보다 길면 아버지가 먼저 죽고 반대로 짧
  으면 어머니가 먼저 죽는다고 한다.
- 귀가 가려우면 누군가 자기 말을 하고 있다고 한다.
- 아이가 소나무 줄기를 자르면 성장해서 낳은 아이 중에 장남이
  죽는다고 한다.
- 갓을 항상 기울여서 쓰고 있으면 상처(喪妻)한다고 한다.
- 호리병박으로 물을 마시면 머리카락이 나지 않는다고 해서 싫
  어한다.
- 잘 때 머리위치를 동쪽으로 하면 부자가 되고, 서쪽으로 하면
  귀인이 되고, 남쪽으로 하면 장수하고, 북쪽으로 하면 불행이

찾아온다고 한다. 이를 한마디로 동부(東富), 서귀(西貴), 남수
(南壽), 북흉(北凶)이라고 한다.

- 아이들이 나무열매를 많이 먹으면 재능이 줄어든다고 한다.
- 장이 서는 날 아침 여자가 가겟집에 가면 그날 매상이 적을 거
  라 해서 싫어한다.
- 월경하는 여자나 종기 있는 사람이 오이 밭에 들어가면 자라난
  오이덩굴은 시들고 열매는 떨어져서 곧 황폐해진다고 한다.
- 아이가 자다가 오줌을 싸면 아침에 일어나서 어머니가 아이의
  머리에 키를 씌우고는 "옆집에 가서 소금을 얻어 오라"라고 한
  다. 그래서 아이가 옆집에 가면 "아, 자다가 오줌을 쌌구나" 하
  고 알아차리고 주부는 소금을 조금 주면서, "그래도 또 오줌
  쌀 거니?"라고 하면서 작은 막대기로 몇 대 친다. 이렇게 하면
  다음부터는 잘 때 오줌을 싸지 않게 된다고 한다.
- 임산부가 화재를 보면 태어나는 아이의 피부가 빨갛게 된다고
  하여 임신한 여자는 절대 화재를 보지 않는다.
- 임산부가 물떼새를 먹으면 뱃속 아기의 손가락이 물떼새의 발
  처럼 꺼풀이 생긴다고 해서 물떼새는 절대 먹지 않는다.
- 임산부가 문어를 먹으면 뱃속 아이의 머리가 문어처럼 반들반
  들 대머리가 된다고 해서 이것도 먹지 않는다.
- 임산부가 거북 고기를 먹으면 뱃속 아이의 한쪽 팔이 없어진다
  고 전해진다.
- 용꿈을 꾸면 남자 아이가 태어나고 호랑이 꿈을 꾸면 여자아이
  가 태어난다고 한다.

- 짧은 빗자루에 여자가 월경한 피가 묻으면 빗자루가 변해서 도깨비가 된다고 한다.
- 신부가 혼례 때에 남편 집에 가서 차려진 음식 중에서 밤을 가장 먼저 먹으면 초산에 남자아이를 낳는다고 한다.
- 신부가 잉태할 때가 되면 남편이 멀리 떨어져 있더라도 삼신이 불러 들여 임신하게 한다고 한다.
- 아이를 낳아 백 일째 되는 날 아침, 떡과 과일, 붓, 먹, 돈 등을 작은 쟁반에 늘어놓고 우선 삼신에게 기도드리고 아이의 손을 쟁반 위에 올린다. 이때 아이가 붓과 먹을 잡으면 후일 문사가 되고, 돈을 잡으면 부자가 된다고 한다. 대부분의 남자아이에게 시키는 일이다.
- 아이를 낳고 20일 동안 그 종가(宗家)는 일거일동을 근신해야만 한다. 물고기나 새를 잡지 않는 것은 물론, 도살장에 가서 살생을 보는 일조차 해서는 안 된다. 만일 근신하지 않거나 부정한 것을 보면 벌로써 얼른 냉수를 마셔야 한다. 그렇게 하지 않으면 아이가 병에 걸린다. 삼신이 노했기 때문이라고 한다.
- 어느 집에서 아이를 낳고 7일 이내에 이웃집에서 아이를 낳으면 먼저 태어난 아이가 나중에 태어난 아이에게 수명을 빼앗겨서 빨리 죽는다고 한다.
- 아이가 태어나서 7일 이내에 인두를 사용하면 아이 몸에 종기가 아주 많이 생긴다고 한다.
- 자기 소변을 처음 것과 나중 것 말고 중간 것을 매일 조금씩 마시면 아주 건강해진다고 한다.

– 콜레라에 걸려도 얼른 대변을 먹으면 낫는다고 한다.

– 아이가 잘 때 대변을 자주 보면 닭장으로 데리고 가서 닭에게, "이 아이의 똥은 네가 가지고 가고 네 딱딱한 똥은 이 아이에게 주렴."이라고 말한다. 그러면 더 이상 아이가 자면서 대변을 보지 않게 된다고 한다.

– 아이가 비둘기 알을 먹으면 결혼해서 남녀 둘 이상의 아이를 못 갖게 된다고 한다.

– 환자를 병문안 할 때, "좀 어떠세요?"라는 말은 하지 않는다. 만일 그렇게 묻는 사람이 있어도 환자는 대답하지 않는다. 왜냐하면, "어떠세요?"라고 물었을 때 환자가, "점점 나아지고 있어요."라고 대답하면 병이 한층 위중해진다는 미신이 있기 때문이다. 병문안 가는 사람은, "식사는 좀 어떠세요?"라고 물어야 한다.

– 2월에 개고기를 먹으면 벼슬을 얻는 행운이 없어진다고 한다.

– 간장을 담는 항아리 표면에 천(天)자를 써서 붙여두면 맛이 좋아진다고 한다.

– 시루로 떡을 찔 때 잘 익지 않으면 그 군의 군수 이름을 흰 종이에 써서 시루표면에 붙인다. 그러면 잘 쪄진다고 한다.

– 남자가 식사할 때, 이와 동시에 개가 밥을 먹으면 남자의 재능이 줄어 과거에 낙방한다고 한다.

– 여자가 식사할 때, 이와 동시에 개가 밥을 먹으면 후일 여자가 죽을 때 말이 나오지 않는다고 한다.

– 남자가 먹고 남은 음식은 개에게 주면 안 된다고 한다.

- 아침, 저녁 식사 때 국에 보리알이 뜨면 반드시 손님이 온다고 한다.
- 메밀에 명태를 섞어서 죽으로 만들어 먹으면 죽는다고 한다.
- 인간이 제비 고기를 먹으면 후에 강을 건널 때 이무기가 잡아 먹는다고 한다.
- 쌍둥이는 동성쌍둥이건 이성쌍둥이건 같은 날에 결혼하면 장수와 복이 같이 온다고 한다.
- 결혼 당일 집안 동쪽 방에 있는 촛불과 상가의 시체가 있는 방의 촛불이 서로 마주보는 곳에 있으면 시체는 혼가의 동쪽 방문 앞에 와서 물구나무를 선다고 한다.
- 술에 술집 행주를 짜서 나오는 물을 타서 마시면 금주가(禁酒家)가 된다고 한다.
- 나병환자가 인육을 먹으면 낫는다고 한다. 사람이 없는 곳으로 아이를 데리고 가서 먹이는 경우가 있다.
- 유행병이 있을 때 섶나무 가지를 꽂아두면 그 집에 유행병이 들어오지 않는다고 한다.
- 약을 달일 때 불을 입으로 불면 약의 효과가 없어진다고 한다. 또 인삼을 달일 때 그 불로 연초를 피면 인삼의 효과가 없어진다고 한다.
- 돌 위에서 밥을 먹으면 치통이 생긴다고 한다.
- 사람이 병에 걸려 이삼 일 일어날 수 없으면 객귀가 씌웠다고 해서 무녀를 데리고 와서 빌게 한다. 무녀는 "객귀야 물러가라, 객귀야 물러가라."라고 비는 것이 끝나면 칼을 문 앞으로 던진

다. 그때 만일 칼날이 밖으로 향하면 객귀가 물러갔다는 의미
이다.

– 집안에 눈병 있는 사람이 있으면 다른 사람이 연초를 매달아
둔 곳의 짚으로 보름달과 같이 원형을 만들어 이것을 실 끝에
매달아 둔다. 그러면 눈병에 걸리지 않는다고 한다.

– 자주 토할 때에는 짚을 둥글게 만들어 목에 매어 두면 멈춘다
고 한다.

– 환자가 죽을 때 옆에 있는 사람이, "아 조용한 왕생이로다."라
고 하면 시체는 다시 살아서 신음한다고 한다.

– 꿈에 물을 보면 다음날 술을 마시게 된다.

– 꿈에 나병환자를 보면 다음날 돈이 생긴다.

– 꿈에 감을 보면 감기에 걸린다.

– 꿈에 죽은 사람을 보면 돈이 생긴다.

– 꿈에 화재를 보면 부자가 된다.

– 꿈에 상여를 보면 마을에 불안한 일이 일어난다.

– 꿈에 두꺼비를 보는 것은 태몽이다. 남자아이를 생산한다.

– 꿈에 윗니가 빠지면 부친이 죽고 아랫니가 빠지면 모친이 죽는다.

– 꿈에 호랑이를 보면 큰 길운이 생긴다.

– 꿈에 대인을 모시는 것을 보면 다음날 대사가 있다.

– 꿈에 뇌성을 들으면 다음날 큰 좋은 일이 생긴다.

– 꿈에 비를 보면 다음날 날씨가 맑다.

(2) 천체현상과 달력에 관한 것

- 비가 오는 날, 문지방에 다리를 양쪽으로 걸치고 있으면 천둥이 친다고 한다.
- 가뭄의 재앙이 심할 때 명산에 있는 오래된 무덤을 파면 분명 비가 온다고 한다(올해도 전남광주였는지, 무덤을 파헤친 일이 있었다).
- 유두일(流頭日)에 구름이 끼면 그해는 풍년이라고 한다.
- 정월 15일에 냉수를 마시면 그해에는 갑자기 비를 자주 만나게 된다고 한다.
- 정월 16일에 재봉을 하면 그해에는 음식물에 벌레가 많이 생긴다고 한다.
- 8월 15일에 비가 오면 다음 해 보리에 황모가 생긴다고 한다.
- 단오에 비가 오면 그해는 풍년이라고 한다.
- 추상갑(秋上甲)상갑에 비가 오면 그해 가을에는 비가 충분히 오고 삭일에 비가 오지 않으면 그해 가을에 비가 오지 않는다고 한다.
- 정월 16일은 귀신이 횡행하는 날이라고 해서 여행도 될 수 있는 대로 보류한다. 밤에는 신발을 밖에 두지 않는다. 왜냐하면 귀신이 사람의 신을 신어보고 맞으면 이를 가지고 간다. 그리고 신발을 빼앗긴 사람은 반드시 죽는다고 한다.
- 신유일(辛酉日)에는 비가 온다고 한다.
- 어느 달이나 6일과 9일에는 마구간을 청소하지 않는다. 불길하

기 때문이다.

- 인(寅)의 날에는 제사를 지내지 않는다.
- 춘상갑(春上甲)의 비에는 배를 타고 시장에 나간다.(乘船入市)
- 하상갑(夏上甲)의 비에는 천리의 논밭이 붉게 된다.(赤地千里)
- 추상갑의 비에는 곡식이 여물지 않는다.(穀類生角)
- 동상갑(冬上甲)의 비에는 소와 양이 동사한다.(牛羊凍死)
- 사일(巳日)에는 멀리가면 안 된다고 한다.
- 자(子), 우(牛), 묘(卯), 유(酉)의 날에는 지붕을 잇지 않는다.
- 결혼식 날에 비가 오면 처가 먼저 죽는다고 한다.
- 결혼식 날에 비가 오면 길조라고 한다.
- 춘분에 비가 오면 보리가 풍작이라고 한다.
- 자의 날에 집안에 큰 소동이 있으면 좋은 일이 있다고 한다.
- 인 혹은 자의 날에 변소를 만들면 좋은 일이 있다고 한다.
- 신유일 날 혹은 3, 9일에 매장하면 크게 불길한 일이 생긴다고 한다.

(3) 새와 짐승 및 벌레에 관한 것

- 집 부근에 까마귀가 와서 울면 그 집에 불길한 일이 생긴다고 한다. 환자 있는 집 부근에서 까마귀가 와서 울면 환자가 죽는다고 한다.
- 분쟁이 있는 집 부근에서 까마귀가 울면 해질녘에 대사가 생긴다고 한다.

- 저녁 무렵 까치가 집 부근에서 울면 불길한 일이 생긴다고 한다.
- 암탉이 밤중에 울면 불길한 징조라고 생각해서 얼른 죽여 버린다. 또 수탉이 자시 이전에 울어도 불길한 징조라고 해서 이것도 죽여 버린다.
- 닭이 일몰 전에 미리 새장에 올라가면 그 집안은 일 년 동안 식량이 부족할 것이라 알리는 것이다. 그해에 물가가 오른다고 한다.
- 꿩의 알을 주우면 그해 그 사람의 농작물이 잘된다고 한다.
- 병이 있는 매가 시장이나 어물전 위를 돌면 물가가 높아진다고 한다.
- 처마에 제비가 둥지를 틀면 그 집은 부자가 된다고 한다.
- 까치가 교미하는 것을 보면 과거에 급제한다고 한다.
- 고양이가 만일 상가의 시체 옆에 왔다가 지붕 중앙으로 뛰어 올라가면 곧 시체가 거꾸로 선다고 한다.
- 여우가 마을부근에 와서 울면 사람이 죽는다고 한다.
- 개가 먹을 것을 토하면 반드시 비가 온다고 한다.
- 개가 지붕 위에 올라가면 사람이 죽는다고 한다.
- 개가 다섯 살이 되어 집을 나가 화식(火食)도 먹지 못하면 옛 주인에게 해를 준다고 하고, 닭은 세 살이 되면 뱀으로 변한다고 한다. 그래서 개와 닭은 각각 5년과 3년 이내에 죽여서 식용으로 사용한다.
- 개가 아주 신나서 날뛰어 놀면 비가 온다고 한다.
- 소를 배꽃나무에 묶어 두면 점점 말라서 결국에는 죽어 버린다

고 한다.

- 호랑이가 아이를 물어가면 식칼로 솥뚜껑을 세 번 두드린다. 그 러면 호랑이 입에 산미(酸味)가 생겨 아이를 먹지 않는다고 한다.
- 호랑이에게 돌을 던지면 호랑이의 식록(食祿)이 없어진다고 한다.
- 호랑이가 사람을 물어갔을 때 무녀를 불러서 굿을 하지 않으면 다시 물어간다고 한다.
- 쥐의 번식이 심하면 그해는 비가 많이 온다고 한다.
- 고양이가 교미하는 것을 보면 과거에 급제한다고 한다.
- 개가 문구멍을 파면 화가 온다고 한다.
- 아침 일찍 거미를 보는 것은 길조, 초저녁에 보는 것은 길조가 아니라고 한다.
- 지네와 닭은 상극이라서 먼저 발견된 쪽이 다른 쪽의 독기에 눌려 죽는다고 한다.
- 소가 풀을 먹을 때 모르고 개구리를 먹으면 죽어 버린다고 한다.
- 사시(巳時)에 뱀을 죽이면 수천만 마리의 뱀이 죽인 사람의 집 으로 모여든다고 한다.
- 벼룩이 특히 많이 발생하면 밤 수확이 좋다고 한다.
- 봄이 되어 나비가 나올 때 흰나비를 가장 먼저 보면 그해 부모 가 죽는다고 한다.
- 소의 역병이 유행한 후 반드시 개의 역병이 유행하고 개의 역 병이 유행한 후에는 사람의 역병이 유행한다고 한다.
- 집의 담장 부근에 커다란 뱀이나 두꺼비가 나타나면 집을 지켜 준다고 하여 해치지 않는다.

(4) 식물에 관한 것

- 호박씨를 많이 먹으면 그 사람에게 이가 많이 생긴다고 한다.
- 집 주위에는 복숭아나무를 심지 않는다. 이것은 사신(死神)이 병자를 잡으러 갈 때 이 나무를 타고 쉽게 집안으로 들어갔기 때문이다.
- 정월 망야(罔夜)에 지은 팥밥을 과일나무 껍질에 조금씩 발라둔다. 그러면 과실을 많이 맺는다고 한다.
- 집 부근에 고목이 많으면 그 기에 눌려 점차 가운이 쇠한다고 한다.
- 처음 나는 밤을 여자 아이가 먼저 따서 먹으면 이후 밤이 많이 나지 않는다고 한다.
- 어디에서 나왔는지 확실히 알지 못하는 잡목을 사용할 때는 그 부정함을 제거하기 위해 '사해주천목왕봉왕자(四海周天木王封王子)'의 아홉 자를 적어 사용한다. 그렇게 하면 거기에서 불길한 일이 생기지 않는다고 한다.
- 참외 파는 여자는 병이 많지만 무 파는 여자는 병이 없다고 한다.
- 가을 단풍이 아주 아름답게 들면 그 다음 해에 풍년이 든다고 한다.
- 잣이 많이 달린 잣나무의 가지를 꺾어 부엌에 꽂아 두면 부유해진다고 한다.
- 집 부근에 있는 대나무가 말라 죽으면 가운이 점차 기운다고 한다.
- 등나무 꽃을 머리에 꽂아 두면 두발이 잘 자란다고 한다.
- 입구에 고목 등이 있는 마을은 매년 한 번 씩 청결한 공물(供物)을 바쳐서 고목에 제사지내지 않으면 마을에 질병이 생긴다.
- 밭에 있는 나무의 작은 가지를 꺾어 땅 위에 꽂아 두면 농부의

손가락에 종기가 생긴다고 한다.

- 문 앞에 수양버들이 가지를 늘어뜨려 머리카락처럼 되면 그 집에는 비참한 상(喪)이 계속해서 일어난다고 한다.
- 8월 20일 경에 야채 씨를 뿌리는데, 그때 씨를 담아가는 용기는 주로 유기이다. 씨뿌리기가 끝나면 그 유기를 두드리면서 밭 주위를 한 번 돈다. 그렇게 하면 야채가 자라도 해충이 생기지 않는다고 한다.

(5) 그 외

- 약수에는 귀신이 있다고 해서 약수를 마신 날 아침은 소고기를 먹지 않는다. 만일 먹으면 귀신의 혼기를 받아 죽는다고 한다.
- 소년과 청년이 밤중에 거울을 보면 풍채가 나빠진다고 한다.
- 밤에 청소하는 것은 집안의 행복을 쓸어내는 것이라고 하여 밤에는 절대로 청소하지 않는다.
- 실내에서 피리를 불면 뱀이 들어온다고 한다.
- 마을 앞산이나 뒷산에 매장하면 마을에 불길한 일이 생긴다고 하여 절대로 금지한다.
- 빨래한 천을 긴 장대에 걸어 말릴 때 날아가 버리는 일이 생기면 불길한 징조라고 하여 걱정한다.
- 장례일에 관이 방에서 나갈 때 문지방에 닿으면 매장 후 여우가 묘를 파서 시체를 먹는다고 한다.

- 바늘에 실을 꾀어 달라고 부탁할 때 실 끝을 묶어서 전해주면 서로 싸움을 하게 된다고 한다.
- 베개 위에 앉으면 창이에 걸린다고 한다.
- 마을 부근에 있는 암석이 붕괴하면 마을에 죽는 사람이 생긴 다고 한다.
- 원인을 알 수 없는 화재가 계속되면 도깨비가 지른 불이라고 해서 두려워한다.
- 길에 떨어져 있는 연초를 주어 피면 감기에 걸린다고 한다.
- 처가 있는 사람이 촛불 아래에 앉으면 처를 장사 지내게 된다 고 한다.
- 찐 콩 껍질을 까서 먹으면 의복과 인연이 멀어진다고 한다.
- 담뱃대의 마디가 하나면 빈자(貧者), 둘이면 부자, 셋이면 귀인, 넷 이면 달인, 다섯이면 통자(通者), 여섯이면 수자(壽者) 된다고 한다.
- 남자가 인두불로 담배를 피면 다른 사람에게 얼굴이 붉어질 일을 보이게 된다고 한다.
- 양말에 인두를 사용하면 첩을 두어 가정의 평화가 교란된다.
- 부인이 누워 바느질을 하면 그 바느질한 옷을 누워서 입게 된 다고 한다(병에 걸린다는 의미).
- 집안을 청소할 때 아침에는 바깥에서 안으로, 저녁에는 안에 서 밖으로 청소하면 점차 부자가 된다고 한다.
- 보리 껍질이 물에 뜨면 비가 내린다고 한다.
- 밭에 있는 암석을 빼내어 바깥에 버리면 그 사람의 자손이 밭 을 팔아버리게 된다고 한다.

- 두 개의 밭을 하나로 해서 경작하면 밭을 팔게 된다고 한다.
- 큰 산에 제사지낼 때 제물에 부정한 것이 섞여 있든지, 제사지내는 사람이 부정한 것을 보았든지 하면 죽는 사람이 생긴다고 한다.
- 사일(巳日)에 파종하면 까마귀가 많이 모여들어 씨앗을 먹어 버린다고 한다.
- 처마에서 떨어지는 비를 손으로 받으면 종양이 생긴다고 한다.
- 정월 망일에 술을 마시면 귀가 전보다 잘 들린다고 한다.
- 변소에 빠진 후 떡을 만들어 먹지 않으면 다시 변소에 빠지게 되어 결국에는 그것으로 죽는다고 한다.
- 음식물에 고양이 털이 섞여 있는 것을 모르고 먹으면 피부에 고양이 털이 난다고 한다.
- 태양 아래 암석에 얼굴을 대고 자면 입이 한쪽으로 돌아간다고 한다.
- 이사할 때 밥을 만들어 가면 부유해진다고 한다.
- 짚신 바닥에 거죽을 붙여 신으면 등에 종양이 생긴다고 한다.
- 잠자리가 번식하면 큰 전쟁이 일어난다고 한다.

이외에도 많이 있지만 지면상의 문제도 있고 유사한 것도 있어 생략하였다. 다른 것은 다시 기회가 있으면 발표하도록 하겠다.

『조선 및 만주』 제204호, 1924. 11.

병에 관한 기발한 조선의 미신

요시우라 레이조(吉浦禮三)

‘금 몇 백 몇 십 원임’이라는 차용증서에 ‘뒷날을 위해 증서 한 장을 만드니 이와 같다(依而爲後日證書一札如件)’[1]라고 쓰는 것이 우리들의 방법이다. 조선인의 미신 같은 것을 무턱대고 비웃는 것은 아니지만, 머리가 인간이고 몸통이 소라고 할 정도를 넘어선 이것이야 말로 아주 엉뚱하고 터무니없이 기발한 것이 이른바 문명개화되었다는 현대에 공공연하게 행해지고 있는 것에 호기심이 생겨서 조선의 미신에 대해서 한 번 훑어보고자 한다.

한마디로 미신이라고 하면 범위가 아주 넓고 특히 조선의 경우는 모든 것이 미신과 관련되어 있기 때문에 이를 상세하게 연구하는 것은 그다지 쉬운 일은 아니다. 게다가 지면이 제한되어 있어 이를 모두 발표하고 연구하는 것은 도저히 불가능한 일이다. 따라서 여기에서는 병과 관련된 것만을 살펴보고, 나머지는 다른 날 기회 있을 때 연구해 볼 생각이다.

미신이라는 것은 너무도 어리석은 것이라 깊게 생각하지 않을 뿐아니라 아주 냉대하고 멸시하고 게다가 대개의 경우 그냥 웃어넘긴

---

1) 일본에서 차용증서에 쓰는 일반적인 문구이다.

다. 이러한 점에서 내친김에 나는 미신에 대한 '가치'를 찾아내고, 미신에 대해 무시할 수 없는 이유를 설명하고자 한다.

원래 어느 민족에게나 반드시 미신이 있다. 인간적인 약점 혹은 공포, 놀람, 슬픔과 같은 것에서 벗어나서 편안, 강함, 행복과 같은 것을 얻고자 하는 요구가 바탕이 되어 많은 경우 민족이 갖는 고유한 미신이 생겨나는 것이다. 따라서 민족이 가진 감정, 의지, 이지(理智)의 명암, 강약에 따라 민족의 미신은 각각 고유의 특이한 색채를 띠게 된다. 이러한 논법을 역으로 말하면 미신을 통해 각각의 민족의 생활을 알 수 있다. 즉 민족의 정신생활, 더욱이 정신생활을 기초로 해서 일어나는 물질적 생활의 일단을 우리들은 미신을 통해 상당히 깊게까지 이해할 수 있는 것이다. 여기에서는 미신을 가볍게 보아서는 안 되는 이유를 한 걸음 더 나아가 조선의 통치문제와 연결해서 생각해 보고자 한다. 견강부회(牽强附會)라고 말하지 말길 바란다. 반도 통치의 양부(良否)가 어떻게 제국의 장래와 관련되는지에 관해서는 이제 새삼스럽게 목소리를 높일 정도로 큰 인기가 없지는 않겠지만, 나는 적어도 반도의 식민정책상 조선의 미신연구가 상당히 중대한 사명을 띠고 있다고 생각한다. 또 이러한 정치적 의미와 다소 멀더라도 공중보건, 안보 등의 방면에서도 결코 등한시해서는 안 된다는 사실은 분명하다.

이야기가 좀 복잡해졌지만 사실 나는 이렇게 복잡하게 생각해서 미신 연구를 시작한 것이 아니다. 단지 기세 좋게 호기를 부려본 것으로 본심을 말하자면 앞에서 언급했듯이 이른바 호기심에서이다. 사소한 것에 흥미를 느껴서 시작한 심심풀이라고도 할 수 있다. 이렇게 말하면 아주 불성실하게 들리겠지만, 여담은 이 정도로 해 두고 서문을 끝내고 이제 본론으로 들어가 보자.

- 신장병 : 평안남도 성천군에는 신장병을 고치기 위해 생닭의 12곳을 끈으로 묶어 밭 속에 묻어 두고 다른 사람이 발견하지 않으면 완치된다는 미신이 있다.
- 치통(그 외 구강병) : 열 살 이하 아이의 소변을 끓이고 묘지의 깊숙한 안쪽 흙을 다른 사람 몰래 가지고 와서, 끓인 소변과 섞어서 입에 물고 있으면 금방 낫는다고 한다. 충청남도에서 하고 있다. 이와 반대로 돌 위에서 밥을 먹으면 이빨이 아프다는 것은 일반적으로 알려져 있다.
- 심장병 : 평안북도 영변군 일대에서 심장병 환자가 배우자의 혈액을 마시면 낫는다는 미신이다. 이와 동시에 근시인 사람의 피는 일반 중병환자에게 특효가 있다는 것은 조선뿐 아니라 일본 내지에도 알려져 있다.
- 비둘기 똥 10문과 맑은 물 5합을 끓여서 마시면 어떠한 난치의 심장병도 완치될 수 있다고 한다. 평안북도 의주군의 미신이다.
- 홍역 : 돼지 똥과 토끼 똥을 말려서 굽고 여기서 나온 재를 면포에 싸서 달여 마신다. 함경남도 장진군 지방에서 하고 있다. 돼지 똥은 해열에 묘약이고 토끼는 야생동물의 의사라는 말에서 나온 것 같다.
- 황해도 신의 지방에서는 홍역에 새끼 돼지를 쪄서 먹는 게 좋다고 알려져 있다.

－황달병 : 환자를 알몸으로 해서 검은 소의 가죽을 입혀서 자게 하면 땀을 내고 완치된다. 함경남도 서천 방면에서 행해지고 있다.

－말라리아 : 함경남도에서는 다른 사람 몰래 옛 고분(연고 없는 분묘)에 작은 칼을 찔러 두면 말라리아가 완치된다고 한다.

－평안북도 철산 지방에서는 쥐 두 마리분의 안구, 즉 네 개의 안구를 먹으면 좋다고 한다. 중강(中江)지방에서는 인간의 뇌장(腦漿)을 도려내서 건조하여 분말로 만들어 환자에게 보여주지 않고 마시게 한다. 이러한 미신 때문에 이 지방에서는 경찰의 눈을 피해 왕왕 분묘가 파헤쳐지기도 했다.

－두통 : 평안북도 후창군의 미신으로 다음과 같은 것을 붉은 글자로 써서 등에 붙여 두면 두통이 사라진다고 한다.

	寒	
	日	
髏	照	髑
	白	
	骨	

－뇌병 : 자기 혈액을 이마에 묻혀 두면 병이 완치된다고 한다. 평안북도 진천 지방에 있는 미신이다.

－복통 : 복통에는 화약이 아주 잘 듣는다. 화약은 그 외의 병 일체에 특효가 있다고 한다.

－간질 : 충청남도에 있는 미신이다. 이것 역시 재수가 없다. 다른 사람의 생명을 빼앗은 끈을 허리에 항상 매고 다니면 곧 거품을

물지 않게 된다고 한다. 즉 목맬 때 사용한 새끼나 끈, 혹은 사람을 교살할 때 사용한 끈이나 손수건을 허리띠로 하면 된다.

–십이지장 : 조선 재래의 병명은 채독(菜毒)이다. 이를 고치기 위해서는 육류, 특히 소고기를 다량으로 먹으면 좋다고 한다. 단순히 미신으로 취급하기에는 합리적인 부분이 있다. 그런데 충청남도 부근에서는 이 미신 때문에 전염병으로 죽은 소를 땅에서 다시 파내어 자주 먹었다는 사례도 있다.

–위장병 : 암모니아, 주로 비료용 5되를 열흘 동안 하루 세 번씩 복용하면 낫는다.

–감기 : 감 꿈을 구면 감기에 걸린다고 한다. 올 봄 용산 이태원 부근에서 자주 하는 것으로, 높이 1척 5촌 정도의 지푸라기 인형을 만들어 이것을 길가에 안치하고 밥과 찬을 바치고 찬은 우물에 던지는데 보통 이 우물물을 마시면 감기에 걸리지 않는다고 한다. 또 길에 떨어진 연초를 주어 피우면 감기에 걸린다고 한다.

–콜레라 : 인분을 먹으면 콜레라가 금방 낫는다고 한다.

–눈병 : 집안에 눈병 걸린 사람이 있으면 다른 사람이 연초를 맨 짚을 보름달 모양으로 둥글게 만들어 실 끝에 묶으면 눈병에 걸리지 않는다고 한다.

–출산 : 출산에 관련해서는 미신이 많다. 평안북도에는 아이를 분만하고 태반 즉 후산을 밤에 될 수 있는 대로 사람들이 많이 다니는 사거리에 반쯤 태워 놓아둔다. 다음날 아침 재에 이상이 없으면 태어난 아기는 장수한다고 한다. 만일 재 위에 개똥이 있으면 아기가 사망한다고 한다. 또 재는 태독 그 외 피부병 일체에

묘약이라고 해서 보관한다는 미신이 있다.

—이것도 평안북도에서 하는 나쁜 미신인데, 아이가 출생하자마자 출생신고를 하면 아이는 요절하든지 병약해진다고 하여, 이삼 년 후에 신고한다. 그래야 장수할 수 있다고 한다.

—사산아 혹은 출생 후 사망한 쌍생아의 시체를 물에 씻고 그 물을 마시면 자궁병과 그 외 부인병에 특효가 있다고 전해진다. 황해도 신계 지방의 미신이다.

—또한 평안북도 의주군에는 후산 즉 태반을 우물에 던지고 그 우물물을 한 사람이 여러 사람에게 마시게 하면 태어난 아기가 장수할 수 있다고 한다.

—평안북도 후창군 지방에 있는 미신으로는, 후산을 검게 태워 물로 이겨서 도포하면 아기 머리의 습진이 금방 낫는다고 한다.

—아이가 태어나면 21일 동안 가족들은 거동을 삼가야만 한다. 물고기나 새를 잡거나 도축장에 가서 살생하는 것을 보거나 부정한 것을 보면 벌로서 냉수를 마셔야 한다. 그렇지 않으면 삼신이 분노해서 아이가 병이 든다.

—그 외, 아이가 태어난 집에서 7일 이상 인두를 사용하면 아이 몸에 부종이 생긴다. 혹은 한 집에 아이가 태어나고 7일 안에 이웃집에도 아이가 태어나면 먼저 나온 아이가 나중 나온 아이에게 수명을 빼앗겨서 죽는다. 아주 재미있는 것이 많이 있다.

—유행병 : 아주 엉뚱한 미신이다.

—한 군(郡)당 70호(戶)로 쳐서 세 군에 걸쳐서 행하는 미신이다. 각 호에서 쌀, 구리, 피, 찹쌀을 각각 3합 3승 씩 모아 떡으로 만들

어 21개의 꼬치에 21개를 꽂는다. 이를 신에게 봉양하고 기도하면 역병이 유행하더라도 걸리지 않는다. 함경남도에 있는 미신이다.

- 평안북도의 미신으로 대문 앞 벽에 가위를 꽂아 세워 두면 역병이 예방된다는 것도 있다. 이러한 것들은 내지의 미신과 아주 닮은 점이 있다. 실업계와 정계의 명사인 이노우에 가쿠고로(井上角五郎) 군이 선거운동인지 뭔지로 오쿠바네(奧羽)를 여행했을 때의 일이다. 어떤 집의 문 입구에 '이노우에 가쿠고로의 숙소(井上角五郎御宿)'라는 표찰이 붙어 있었다. 미리 간 선발대가 이를 보고 이 집의 배려심이 깊다고 생각하여 숙소로 삼아야겠다고 결정하고 들어갔다. 그런데 표찰을 붙인 이유를 들어 보니, 세상에 감기가 유행하는데 이를 피하기 위한 주술로서 붙여 두었다고 한다. 게 딱지선생도 기가 막혀 할 터무니없는 이야기이다. 역시 공통되는 점이 있다고 생각한다.

- 올해 7월 홍수가 난 직후 용산 공덕리 부근 일대에서 머리카락은 물론 눈썹도 없는 조선 남자아이가 태어났다. 수해 이후에 역병이 유행하는데, 이를 막기 위해서는 떡 속에 머리카락이나 눈썹을 넣고 찧어 먹으면 좋다고 하여 전해지고 있다. 앞서의 예와 같은 이야기이다.

- 그 외 : 평안북도 진천 부근에 있는 미신이다. 이곳에서는 죽은 사람이 있으면 대문 위에 쇠똥을 발라 사신(死神)의 침입을 막았다고 한다. 혹은 병자가 죽을 때 옆에 있는 사람이 '조용한 왕생이다'라고 말하면 죽은 사람이 소생하여 신음한다고 한다. 참외

씨를 너무 먹으면 이가 생긴다고 한다. 이번에는 이 정도로 쓰고 다음에 다시 정리하여 발표하겠다.

『조선 및 만주』 제218호, 1926. 12.

우황과 목사

라엔(螺炎) 이마무라 도모

옛날 이조시대, 몇 대째인지 어느 왕 때의 일이다. 제주 목사(牧使)의 자리가 비었는데 아무도 희망하는 사람이 없었다. 왜냐하면 제주도는 통치가 미치지 않는 곳으로 여겨져 일 년에 몇 백 마리의 공마 이외에는 전세(田稅), 호세(戶稅) 등 일체의 조세가 없었다(본인이 초대 도사[島司]로 부임하여 처음으로 토지에 세금을 부과하여 징수하였다. 그때까지 이조 정치에서 몇 번이나 지세를 징수하려고 했지만, 토민의 반란이 두려워서 주저하였다. 탁지부(度支部)[1]의 장부에는 관유지(官有地)의 소작료를 지세라는 명목으로 표면지세를 징수하는 형식으로 조작해서 호도하고 있었다). 따라서 떡고물(중앙정부의 세금 대장과 실제 징수하는 것과의 차액은 결국 목사의 부수입이 되었다)이 없었다. 토지가 적고 부자가 없기 때문에 일체 부정한 수입이 없을 뿐 아니라 부임하는 과정도 아주 힘들었다. 옛날에는 교통 사정이 불편했기 때문에 작은 배로 거친 바다를 건너가는 것은 목숨을 건 일이었다. 경성을 출발해서 길게는 60여 일, 짧아도 한 달은 걸렸다(옛날 어떤 목사가 임명되어 부임하였으나 배편이 좋지 않아 몇

---

1) 조선 후기의 관청으로 1895년 탁지아문(度支衙門)을 개칭한 것이다. 국가재정 전반을 담당하였다.

개의 작은 섬에 정박하여 2개월이 지나 겨우 도착하였다. 그동안 경성에서는 정변이 일어나 이전의 목사는 파면되고 다시 새로운 목사가 임명되었다. 새로 부임된 목사는 배편이 순조로워 한 달여 만에 도착하였다. 아무것도 모르는 이전의 목사가 섬에 도착했을 때는 자신의 후임자가 이미 정무를 보고 있었다고 하는 기담도 있다). 위와 같은 상황이었기 때문에 친족과의 교제도 불가능하였다. 게다가 관직을 위해서 부모에게 효도하는 것을 그만두고 먼 곳으로 부임하는 것은 선비가 해야 할 일이 아니라고 해서 사회도덕상 비난도 들었다. 또한 친족들도 반대하였다. 인정상으로도 그랬지만, 또 한편 관리로서의 덕을 쌓기 어렵고 가족들이 매여 있는 것이 불편하기 때문이었다.

위와 같은 정황이기 때문에 제주 목사에게는 다른 목사에게 없는 특권도 주어졌다. 제주 목사를 희망하는 사람이 없어 후임관의 문제가 골칫거리가 되고 있을 때 시종무관(侍從武官) 모 씨가 이를 지원하였다. 자신을 제주 목사로 보내면 천하제일의 선정을 행하고 게다가 천하제일의 탐욕도 얻겠다고 하였다. 이를 들은 사람들은 그런 비논리적인 말이 어디 있냐고 하면서 허언이라고 하여 상대하지 않았다. 하지만 왕은 이를 듣고, 어쨌든 본인이 희망하면 임관하여 보자고 하여 본인을 불러 임명함과 동시에, "너의 말이 모순되니, 만일 부임한 후 언행이 서로 일치하지 않으면 오로지 형벌만이 있을 것이다." 라고 엄중하게 경고하였다.

드디어 목사는 여장을 준비하였다. 약간의 도구 외에 우동가루를 이겨서 치자로 염색한 단자를 커다란 상자에 밀봉하고 오로지 심복인 종복만을 데리고 부임하였다. 새로 온 목사는 정무에 있어 소송은 공평무사 신과 같이 재판하였고, 과세는 아주 가볍게 하였으며 구폐를 청산하고 산업을 권장하여 오로지 선정만을 행하였다. 도민들은 그의 덕망을 칭송하였고 고금에 있어 비할 데 없는 좋은 목사라며 갓난아기가 어미를 따르는 듯하였다.

부임한지 일 년 정도 되었을 때 목사가 갑자기 병이 났다. 방에 갇혀서 일체 면회가 사절되었다. 단지 심복인 종복만이 옆에서 간호하였다. 수일이 지나 병환이 깊어져 신음 소리가 방 바깥까지 들릴 정도였다. 백성들은 너무도 놀라 무슨 병인가 하며 읍내에는 유능한 의사가 있고 또 약도 있으니 요양을 해서 하루라도 빨리 쾌유하기를 기원하였다. 이런 좋은 목사는 다시 만날 수 없다고 생각하여 병의 쾌유를 위해서라면 허벅지를 베어서라도 피를 마시게 할 수 있고, 돈이 문제라면 얼마든지 지불할 수 있다고 진심을 다해 말하였다. 목사가 말하기를 이 병은 단독(丹毒)으로 우황(소가 담석병에 걸렸을 때 담낭에 생기는 것이다. 한방의술에서는 고가에 취급되었다)으로 몸을 싸서 독기를 빨아내는 것 말고는 방법이 없다고 하였다. 또 자기가 젊을 때 이 병에 한 번 걸린 적이 있는데, 우황 값을 대느라 재산을 모두 써 버려서 지금은 돈이 없다고 하며 운명에 맡기고 앉아서 기다리겠다고 하였다.

목사의 이야기를 들은 무리는 그 정도는 아무것도 아니라고 하면서, 섬 안에는 소가 많고 우황의 가격은 육지만큼 심하게 비싸지 않다고 하며 경내에 명해서 그 사정을 말하고 우황을 가져오게 하였다. 백성들은 명령을 듣고 경쟁하듯 우황을 바쳤다. 심복인 종복은 경성에서 가져온 치자로 물들인 우동가루로 만든 단자 덩어리를 꺼내서 우황처럼 꽂아 목사의 배를 둘렀다. 또 매일 교환하고 이미 사용한 것은 독기에 감염되었기 때문에 가까이하면 안 된다 하여 흙을 파서 땅에 묻고, 백성들에게 받은 진짜 우황은 몰래 포장해서 비축해 두니 이것이 아주 큰 액수가 되었다.

대엿새가 지나자 목사의 병은 약 덕분에 완쾌되었다. 정사를 보는 것, 평소와 같아 백성들은 안도하였다. 목사의 선정은 처음과 같았고 백성의 신뢰는 한층 더해 갔다. 삼 년의 임기가 끝나고 마음으로부터 헤어짐을 아쉬워하는 백성들을 뒤로하고 경성의 자택으로 돌아왔다. 그리고 몰래 가져온 고액의 우황을 꺼내어 팔아 엄청난 부를 축적하여 일생을 안락하게 보냈다.

제주도의 소에는 십중팔구 우황이 있다고 한다(도축장에서 검사해 보았으나 이는 실제 사실이 아니라는 것이 판명되었다). 미리 사정을 알고 있었던 시종무관은 처음부터 이를 도모해서 목사가 되었고 결국 천하제일의 선정과 천하제일의 탐욕을 모두 실행한 것이다.

이상은 조선의 고서에 나오는 이야기의 줄거리인데, 물론 실제 있었던 일이 아니라 만들어 낸 이야기이다. 조선의 옛날이야기는 아주 많은데 대체로 다음과 같다.

1. 수호전(水滸傳) 식으로 가공해서 신비롭게 만든 것.
2. 유교도덕의 교훈을 포함하고 있는 것.
3. 교활한 재치(얕은 꾀)로 장난친 것.

조선의 옛날이야기는 위의 세 가지에 속하는 것이 대부분이다. 위의 본문은 그 세 번째에 해당한다. 도쿠가와 막부(德川幕府)시대에도 관리가 백성을 사기술로 속인다는 것은 허용할 수 없는 죄악이었다. 그런데 조선에서는 자기 스스로 임관도 되기 전에 욕심을 채우겠다고 공언하고 있는데도 이를 비난하지 않고 또 알면서도 임명되고 있다. 필자도 재미 반으로 썼겠지만 글 속에서 이러한 행태를 비판하는 부분은 보이지 않는다.

　　이조 초기에 지방관의 횡포는 심하지 않았다. 세조 대왕이 수령(守令)을 임명할 때 쓴 문장에는 '주군과 백관은 동등하고 하늘을 대신해서 백성을 다스리는 것이다. 때에 임하여 하루를 근신하고 항상 천심(天心)에 합하고자 노력해야만 한다. 만일 백성의 일을 업신여기면 하늘이 여기에 재앙을 내릴 것이다. 수령의 직분은 이렇게 중요한 것이다'라고 되어 있다. 후세에 국가의 재정이 궁핍해지자 매관의 폐해가 일어나게 되었고 지방관은 투자에 대하여 수익을 계산하면서 부임하고 세금을 제멋대로 징수하였다. 지방관(지방관에만 한정되지 되지 않지만)이 부정한 수입을 획득하는 것은 상류 사회에서 도덕상 비난받지 않을 뿐 아니라, 당연한 행위로서 간과되었다. 본문에 있는 우황의 착취 정도는 아직 가벼운 죄이다. 내가 17년 전에 조선에 부임해 왔을 때에도 관리가 부정행위를 저질렀지만, 그것을 심각한 죄악으로 생각하지 않았다. 상류사회의 도덕성이 그 시대에 비해 오늘날에 얼마나 향상되었는지에 대해서는 연구해 볼 필요가 있을 것이다.

『조선 및 만주』 제206호, 1925. 1.

태반을 먹는 풍습

이마무라 도모

포유류 중에는 출산을 하고 어미인 암컷이 자신의 태반을 먹는 것이 있다. 이는 유즙의 분비를 촉진하는 약효가 있어 이유가 있는 일이다. 인간도 옛날에는 그랬던 것 같다. 지금도 야만인 중에는 먹고 있는 사람이 있다.

그 점에 관해 중국의 문헌을 조사해 보면 『수서(隋書)』에 류큐국 (琉球国) 여자들은 아이를 낳으면 반드시 태반을 먹는다고 나와 있고, 『본초강목』[1])에는 그 류큐에 관해 기록하고 있는 바 시진이 이르기를, 이는 즉 모든 짐승의 일로 인류의 일이 아니다라고 그 행위를 악매(惡罵)하고 있다. 여기서 류큐라고 하는 것은 타이완을 포함한 명칭이다.

또한 『권유잡록(倦遊雜錄)』에는 계주(桂州) 여자들은 아들을 낳으면 태반을 씻어서 잘게 썰어 거기에 양념을 해서 볶아 친척을 불러 술과 함께 먹었다, 만약 이를 받아들이지 않는 자가 있으면 반드시 분쟁을 일으킨다… 라고 나와 있다.

『삼재도회(三才圖繪)』에는… 왕왕 이것을 약으로 사용하는 자가 있다. 인자는 하지 않는다… 라고 나와 있다.

---

1) 중국 명나라 때의 본초학자(本草學者) 이시진(李時珍 : 1518~1593)이 엮은 약학서(藥學書).

어머니가 태반을 먹는 풍습이 변화하여 후에 태반을 약제로 사용하게 된 것 같다.

이상의 내용을 긍정한다면, 조선에도 그러한 풍습이 옛날에 있었다고 할 수 있다. 즉 태반을 약용으로 하는 민간요법이 지금도 행해지고 있기 때문이다.

1909, 10년 무렵 내가 민간요법을 조사했을 때, 기가 부족한 병 즉 신경쇠약, 영양불량 등의 증상이 있는 환자들 사이에,

- 사람의 태반을 피를 제거하고 죽도로 잘라 참기름을 섞어 먹는다.
- 사람의 태반을 환약으로 만들어 먹는다.
- 초산 남자아이의 태반을 달여 하루 세 번씩 복용한다.

와 같은 방법이 경기도를 중심으로 행해지고 있음을 알았다.

작년에 평안남도 위생과에서 조사한 위생에 관한 속전 중에도,

- 영원군 대흥면 사창리 부근에서는 폐병의 약으로 남자아이의 태반을 복용한다.
- 양덕군 용계리에서는 제 병에 효과가 있다고 하여 태반을 복용한다.
- 강동군 원남면 원신리 동면신리에서도 상동.

이라고 나와 있어 지금도 여전히 각지에서 행해지고 있는 것 같다.

고려 말 그 유명한 정몽주 선생의 아버지 되는 사람이 어느 날 시원한 바람을 쐬며 기분 좋게 낮잠을 자고 있었다. 그때 베개맡에 위용 있는 일개 귀신이 모습을 드러내고는,

"내가 사정이 있어서 지금 인간세계에 몸을 바꾸어 태어나고자 한다, 그대는 어서 내방에 가서 주무(綢繆)2)의 교(交)를 맺으라. 그러면 불세출의 영웅이 태어날 것이다. 절대 의심치 마라…."

라고 하는가 싶었는데, 곧 잠에서 깨어났다.

선생은 이상하게 여기면서도 그 귀신이 알려준 대로 즉시 내방으로 갔다. 그리고 바느질에 여념이 없는 부인의 손을 잡아당기니 부인은 정색을 하고 엄연하게 선생에게,

"이게 대체 무슨 일이신지요. 선비 되는 사람이 백주에 느닷없이 망측한 행동을 하시다니요. 성인의 가르침에 부부유별하다고 하지 않습니까, 좀 나무랐지만 괜찮으시죠?"

라고 주장하니 당연한 이치로 선생은 할 말이 없어 터벅터벅 원래 있던 방으로 돌아가 다시 낮잠을 잤다. 그런데 얼마 안 있어 또 아까 나타났던 귀신이 다시 머리맡에 나타나서,

"그대가 내 계시를 받들지 않아 나는 어쩔 수 없이 그대 집의 돼지 뱃속으로 들어갔다…."

라고 고하는가 싶었는데 잠에서 깼다.

선생 또 이상한 생각이 들어 다시 내방에 들어가 아까부터 꾸었던 꿈에 관해 자초지종을 남김없이 부인에게 털어놓았다.

---

2) 미리미리 빈틈없이 자세하게 준비함.

부인은 그 이야기를 듣더니,

"그런 일인 줄은 꿈에도 몰랐습니다. 아까는 무례한 말씀을 올렸습니다. 처음부터 사정을 말씀하셨으면 저도 생각이 있었을 텐데요, 참으로 아깝습니다."

라고 하고 잠시 생각을 하다니 곧 뭔가 짚이는 데가 있는지, 서둘러 주방으로 가서 잘 드는 칼을 들고 나와 돼지우리로 가서 암퇘지 한 마리를 잡아 배를 가르고 태반을 꺼내 그것을 먹었다.

그렇게 해서 임신을 하여 낳은 것이 그 유명한 정몽주 선생으로 국난에 처한 고려조를 혼자 몸으로 지키며 끝까지 절개를 지킨 인물이다.

이 전설은 아주 옛날 산부가 태반을 먹던 풍습의 면영을 전하고 있다고 생각한다.

『조선 및 만주』 제250호, 1928. 9.

조선의 고서에 나타난 돈과 여인천하

박서방

여기에 황금과 미녀 그리고 천하를 일시에 다룬, 활기차면서 동시에 에로가 충만한 이야기가 있습니다. 그러나 이것은 먼 옛날 삼한시대의 일입니다.

이야기를 하기 전에 우선 그 소재를 밝히겠습니다. 하나는 약 700년 전에 완성되었다는 『삼국유사』의 제2권의 백제 무왕조이고 또 하나는 아유카이(鮎貝)[1] 씨의 강의 「국문사토속증조자속음차훈자(國文土土俗證造字俗音借訓字)」속 동요해제이며, 또 하나는 45년 정도 전에 완성된 『동국여지승람』 권 33 익산군 기사입니다.

때는 빛나는 신라가 금은능라로 번영했던 진평왕조 때의 일입니다만, 옥적 소리가 신묘하게 들려오는 월성(月城) 깊은 곳은, 아름답기 그지없다고 칭송을 받는 셋째 선화공주를 모시는 시녀들의 아름다운 향기로 가득했습니다. 이웃나라 백제는 국운이 기울어 점차 남

---

1) 아유카이 후사노신(鮎貝房之進, 1864.2.11~1946.2.24)을 말함. 일본의 언어학자이자 역사학자, 가인(歌人). 1884년 관비유학생으로서 도쿄외국어학교 조선어학과(東京外國語學校朝鮮語學科)에 입학하였고, 1894년 조선에 건너와 경성에서 5개 사립소학교 창설 책임자가 되었다. 1916년에는 조선총독부박물관의 협의원(協議員)이 되고, 1933년에는 조선총독부 보물고적명승천연기념물 보존회위원이 된다. 대표적 저작인 『잡고(雜攷)』는 조선의 지명, 왕호 등을 연구한 것으로 1931년 5월부터 1938년 5월에 걸쳐 경성에서 출판되었다.

쪽으로 밀려 지금은 사비 즉 백마강변 부여로 도읍을 옮겼습니다. 그보다 훨씬 하류에 있는 금마(金馬) 근처에 매일 산에서 마를 캐다가 마을에 내다 팔며 부지런히 노모를 봉양하며 효도를 하는 가난한 청년이 있었습니다. 그 본명은 무엇인지 모르지만 마을사람들은 '마총각(薯童)'이라고 불렀습니다.

신라 공주의 아름다움은 이 시골 총각의 귀에도 들어왔습니다. 아무리 가난해도 아무리 효심이 깊어도 신라의 공주를 한 번 보고 싶다는 젊은이의 혈기는 그로 하여금 어머니를 남겨두고 신라의 수도로 가게 하였습니다. 그는 그곳에서도 마를 팔아 입에 풀칠을 하고 있었습니다만, 아무래도 성 안 깊숙한 곳에 사는 공주를 어떻게든 엿보고 싶어 거기에만 신경을 쓰고 있었습니다. 그러다가 무슨 생각을 했는지 이 골목 저 골목에서 놀고 있는 아이들을 마로 유혹하여 노래를 부르게 했습니다. 노래의 의미는 '궁궐의 공주님은 다른 곳에 시집을 가지 않네, 마총각하고 그러고 그런 사이라서'라는 것이었습니다. 그 노래는 온 성내 어린이들 사이에서 유행을 했고, 마침내 궁궐 안에도 들어가 크게 물의를 빚었습니다. 결국 백관들의 엄중한 간언에 어찌할 수 없어 왕과 왕비는 본의 아니게 애지중지 기른 공주를 성 밖으로 쫓아낼 수밖에 없었습니다.

공주가 성문을 나오자 무정한 옥졸들은 바로 문을 꼭 걸어 잠갔습니다. 헤어지기 힘든 부모와 헤어지고 또 정든 성을 떠나는 것이 괴로운 공주는 잠시 마지막 이별을 아쉬워하고 있었습니다. 이리하여 달빛 아래 눈물을 뚝뚝 흘리며 정처 없이 소위 연보(蓮步)를 옮기고 있었습니다. 숨어서 몰래 그 장면을 지켜보고 있던 서동은 달려

가서 무릎을 꿇고 공주에게 절을 하며 호위를 하게 해 달라고 부탁했습니다. 사정을 전혀 모르는 공주는 외로웠던 처지에 친절한 젊은이라고 생각했는지 가볍게 고개를 끄덕이며 허락을 하였습니다. 그리고 며칠 밤 지나서 백제에 있는 서동의 초라한 집에 도착했습니다. 하지만 공주는 서동의 집이 너무 가난하여 깜짝 놀라, 궁궐을 떠나올 때 어머니가 몰래 싸 준 황금을 팔아 살림에 보태라고 내 놓았습니다. 황금의 값어치를 모르는 서동은 웃으며 상대를 하지 않았습니다. 공주는 여러 가지로 설명을 하며 이것은 황금이고 사람들에게 백 년의 부를 이루게 하는 것이라고 가르쳐 주었습니다. 그러자 서동은 나는 어렸을 때부터 마를 캐며 살았다, 산에 들어가면 그런 것들이 흙이나 돌처럼 산더미처럼 쌓여 있다고 했습니다. 공주는 천하의 보물이니, 그 소재를 기억하신다면 제 아버지인 임금에게 보내달라고 했습니다. 서동은 일도 아니라는 듯이 산에 가서 버려두었던 많은 금덩어리를 용화산(龍華山) 사자사(師子寺)의 주지에게 가져갔고, 공주는 거기에 공손하게 편지를 붙여 주지의 신력으로 하룻밤 사이에 신라의 도읍으로 보냈습니다.

신라 진평왕과 백관들은 엄청난 보물을 받고 크게 기뻐하며 서동을 칭찬하였고 또한 당연한 이야기이지만 두 사람 사이를 허락하였습니다. 그리고 그 후 끊임없이 안부를 물었습니다. 그 일은 백제에서도 큰 화제가 되어 결국은 인심을 얻어 왕위에까지 올랐습니다.

하고 싶은 말은 많은데 말은 부족하다고 합니다만, 돈과 여자와 천하의 이야기는 이것으로 끝입니다. 그러나 아마 호기심과 욕심은 어쩐지 비슷한 느낌인 것처럼 누구에게나 있는 것이므로 서동의 금굴을 찾아보겠습니다.

『동국여지승람』의 익산군 불우(佛宇)의 조(條)에 오금사(五金寺)라는 이야기가 있습니다. 그 주에 '오금사는 보덕성(報德城) 남쪽에 있는 절로 전하는 이야기에 의하면, 서동은 어머니를 모시며 효를 다하고 있었는데 마 밭에서 마를 캐다가 어느 순간 오금을 얻었다, 후에 왕이 되어 그곳에 절을 세웠다, 그래서 오금사라 한다'라고 기록되어 있고, 고적(古跡)의 조에 보덕성이 나와 있다. 주에 '보덕성은 익산 서쪽 일한리(一韓里)에 있었는데 아직도 그 터가 남아 있다.' 또한 산천(山川)의 조에는 '마룡지(馬龍池)는 오금사에서 수백 보 남쪽에 있다. 전하는 바에 의하면 서동대왕의 어머니가 사시던 곳이다'라고 나와 있고 마지막에는 또 고적의 조에 '쌍륙(雙陸)은 오금사 봉우리에서 서쪽으로 수백보 간 곳에 있다. 고려사에 의하면 후조선 무강왕(武康王) 및 비의 능이 있으며 세속에 이르기를 말통대왕릉(末通大王陵)이라고 한다. 또한 일설에는 백제 무왕은 아명을 서동이라고 한다. 말통이란 서동의 사투리이다'라고 기록되어 있다.

이상의 이야기와 『동국여지승람』의 기술이 사실이라면 지금의 전라북도 익산군 부근은 서동왕 발상지이다. 또한 익산에서 서쪽으로 3정 정도 되는 곳에 만약 성벽터 같은 것이 있었고 그 남쪽에 절터도 있다면 그것이 서동의 금굴일 것이다. 육지측량부 5만 분의 1 지도를 보면 익산 서남쪽으로 5리 정도 되는 곳에 쌍륙이라 기록된 곳이 있고 또 익산 남쪽으로 왕궁리나 왕궁탑이라고 기록된 곳이 있다. 남아 있는 황금이 있을까 하는 노골적인 생각이 드든 것은 아니지만, 천하는 어쨌든 사랑과 돈으로 복을 받은 서동왕자와 선화공주

의 기운을 조금이라도 나누어 받고 싶다는 의미에서 쌍륙을 찾는
것도 나쁘지는 않지 않을까 한다.

『조선 및 만주』 제279호, 1931. 2.

재조일본인이 본 조선인의 심상 2

『조선 및 만주』의 조선문예물 번역집

초판 1쇄 인쇄 2016년 3월 23일
초판 1쇄 발행 2016년 3월 30일

편역자 김효순·송혜경

펴낸이 이대현
편 집 이소정
펴낸곳 도서출판 역락 | 등록 303-2002-000014호(등록일 1999년 4월 19일)
주소 서울시 서초구 동광로46길 6-6(반포4동 577-25) 문창빌딩 2층(우137-807)
전화 02-3409-2058(영업부), 2060(편집부) | 팩시밀리 02-3409-2059
이메일 youkrack@hanmail.net
역락블로그 http://blog.naver.com/youkrack3888

ISBN 979-11-5686-312-0 94810
     979-11-5686-321-2 (전 2권)

정 가 20,000원

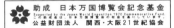
助成 日本万国博覧会記念基金
Supported by the Japan World Exposition 1970 Commemorative Fund.
この助成金は、日本万国博覧会の収益金によっています。
公益財団法人 関西・大阪21世紀協会

본서는 정부(교육과학기술부)의 재원으로 한국연구재단
의 지원을 받아 수행된 연구(NRF-2007-362-A00019)임.